DAGMAR MARIA TOSCHKA

Hafenwasser mit Schuss

NEUE BESEN KILLEN GUT Gerade noch gelangweilte Ehefrau, stolpert Linda Weißenberg jetzt von einem Abenteuer ins nächste. Sie bezieht ein kleines Boot im Kölner Stadthafen und freundet sich hier schnell mit ihren exzentrischen Nachbarn an. Doch dann findet sie bei einem Putzjob in der Deutzer Brücke die Leiche des Mannes, den sie erst wenige Stunden zuvor kennengelernt hat. Kommissar Golt, bekannt für seine ungewöhnlichen Ermittlungsmethoden, übernimmt den Fall. Er fährt mit seinem Camper am Hafen vor, um Linda und die anderen Bootsbewohner zu beobachten. Es dauert nicht lange, bis sie sich verdächtig machen. Auch Linda, die Golt bereits von einem früheren Fall kennt und die er mehr mag, als ihm lieb ist. Schweren Herzens ermittelt er gegen sie. Linda versucht jedoch selbst, sich auf ihre ganz eigene Art diesen Mordverdacht vom Hals zu schaffen. Durch unbedachte Alleingänge begibt sie sich in brenzlige Situationen, die bald ziemlich ausweglos erscheinen.

© Ralph Wessels

Am Niederrhein geboren, machte Dagmar Maria Toschka, nach kurzen Ausflügen in ein Kloster und ans Fließband einer Plätzchenfabrik, das Abitur in Geldern. Sie studierte Literatur, Pädagogik und Psychologie, arbeitete in England, den USA und Kanada. Später war sie als Hörfunkreporterin und im Tourismus tätig, gab ein Reisemagazin heraus und wurde schließlich Autorin und Dozentin für kreatives Schreiben. Ihre Bücher entstehen meist am Tatort oder auf einem Boot im Kölner Hafen. Dagmar Maria Toschka beschreibt in ihren Kriminalromanen neben den Mordfällen auch außergewöhnliche Lebensentwürfe – immer mit Humor und Spannung.

DAGMAR MARIA TOSCHKA

Hafenwasser mit Schuss

KRIMINALROMAN

GMEINER

Personen und Handlung sind frei erfunden.
Ähnlichkeiten mit lebenden oder toten Personen
sind rein zufällig und nicht beabsichtigt.

Immer informiert

Spannung pur – mit unserem Newsletter informieren wir Sie regelmäßig über Wissenswertes aus unserer Bücherwelt.

Gefällt mir!

Facebook: @Gmeiner.Verlag
Instagram: @gmeinerverlag
Twitter: @GmeinerVerlag

MIX
Papier aus verantwortungsvollen Quellen
FSC® C083411
www.fsc.org

Besuchen Sie uns im Internet:
www.gmeiner-verlag.de

Im Ehnried 5, 88605 Meßkirch
Telefon 07575/2095-0
info@gmeiner-verlag.de

1. Auflage 2022

Lektorat: Claudia Senghaas, Kirchardt
Herstellung: Mirjam Hecht
Umschlaggestaltung: U.O.R.G. Lutz Eberle, Stuttgart
unter Verwendung eines Fotos von: © engel.ac / AdobeStock
Druck: CPI books GmbH, Leck
Printed in Germany
ISBN 978-3-8392-0264-7

Mit herzlichem Dank an
Ralph
Ingrid, Thomas, Henning Werker und Ali Yünlü

UNTERGANG?

Ich gurgle, japse nach Luft, ringe mit schmutzigem Wasser, gehe unter, ersticke fast, strample mich mit all meiner Kraft hoch und bekomme gerade wieder Luft, als mich ein Schlag trifft und wieder herunterdrückt. Ich schlucke dreckiges Wasser, kämpfe mich zurück, spüre den Schmerz. Als ich den Kopf wieder über Wasser bekomme, will ich um Hilfe rufen. Das Wasser färbt sich rot. Ich kämpfe um mein Leben, schlage mit den Armen um mich, will atmen, kann es nicht. Es ist kalt. Etwas in mir will aufgeben, sich dem Rhein ergeben, Erlösung finden, als jemand meinen Namen ruft. Ich kann nicht antworten. Hänge zwischen Wasser und Luft, zwischen Atem und Untergang auf dem Weg zur Hölle.

»Linda!«, höre ich wieder, ein Sog zieht mich hinunter. Alles an mir ist schwer und kalt. Ich kann nichts tun. Warum rettet mich keiner? Ich will nicht im Rhein begraben sein.

»Linda! Hilf mir, ich blute«, ruft diese Stimme, die klingt, als sei sie weit weg.

Eine Hand. Ich greife nach ihr. Sie zieht mich hoch. Dann noch ein Schlag, lautes Pochen. Ich fasse mir an die Stirn, in warmes Blut, öffne die Augen. Bin nicht mehr im Wasser. Gott sei Dank. Ich hechle.

Ich fühle mich verloren, weiß nicht, wo ich bin und wer mich ruft, sehe mich vorsichtig um. Klopfen. Ist es Tag oder Nacht? Mich umgeben Dunkelheit und Enge wie in einem Sarg. Dies ist nicht mein Schlafzimmer zu Hause. In welche Richtung ich mich auch bewege, überall stoße ich an. Selbst nach oben. Der Raum endet einen

Meter über meiner Nasenspitze. Mein Kopf pocht. Ich versuche, mich aufzurichten, stoße an einen Balken über mir und fluche. Was mache ich hier?

»Linda«, höre ich gedämpft wie aus der Ferne und kann mir nicht zusammenreimen, wer mich ruft.

Mit der Hand ertaste ich einen schmalen Spalt, durch den ein wenig Licht scheint. Vielleicht eine Türe. Sie lässt sich öffnen. Frische Luft kommt herein. Ich kann wieder atmen.

ERWACHEN

Langsam fügten sich hinter meiner pochenden Stirn Erinnerungsstücke zusammen und mir dämmerte, wo ich war: auf der *Happy Days*. Einem alten kleinen Kahn im Yachthafen mitten in Köln. Ich schaute auf die Uhr. Halb neun. Mein Zuhause, eine behagliche Villa im Stadtteil Rodenkirchen, nur ein paar Kilometer von hier, hatte ich verlassen, um mich hierher zurückzuziehen. Mein Leben dort hatte nach fast 25 Jahren geendet. Das war gestern. Heute traf es mich wie ein Schlag.

Ich hatte Mühe, die kaum anderthalb Meter hohe Holzklappe meiner Schlafkabine aufzustoßen, auf deren Boden sich eine Matratze befand. Endlich gelang es mir und ich robbte durch sie hindurch. Als ich mich aufrichten konnte, stand ich gleich neben dem Steuerrad, dahinter die Bootstür. Durch ihre milchige Scheibe erkannte ich die Umrisse meiner Cousine Maike, die draußen vor dem Boot auf dem Steg stand. Ich zog die Schiebetür auf, die zu meinem Schrecken gar nicht abgeschlossen war. Mein Boot zog seitlich an Maike vorbei. Ich hatte keine Kontrolle darüber. Dann zog es sich zu meiner Erleichterung wieder zurück. Vor Maike kam es zum Stillstand, nein, bewegte sich aufs Neue. Ein Schiff fuhr durch den Hafen, das Wasser war unruhig, meine *Happy Days* auch. Aber sie war angeleint, bewegte sich nur an den Tauen, die nicht stramm gezogen waren, vor und zurück.

Maike stand auf dem Steg und schaute dem Boot zu. Sie trug einen ihrer Kaftane, der ihr bis zu den Knöcheln reichte, darunter eine Hose aus demselben Stoff im gleichen, hellen Blau. Eine Bäckertüte, randvoll mit Brötchen, verströmte ihren Duft, den ich tief in mich hineinsog. Uns trennten drei Stufen im Inneren und eine kleine Laufleiste außen ums Boot herum, kaum einen Fuß breit. Ihr linker Ellenbogen war aufgeschürft. Ich sah mich um. Über dem alten Holzsteuerrad hing ein alter Putzlappen. Wohl kaum das Richtige für die Erstversorgung ihrer Wunde.

»Dachte schon, du wärst heute Nacht mit diesem Ding abgesoffen oder vor Kummer ins Wasser gegangen.«

»Hab ich erwogen, dann aber gelassen.« Ich beugte mich vor über die Stufen und nahm ihr die Brötchentüte ab. »Komm rein.«

»Wie soll das gehen?«, fragte sie.

Meine Eingangstür lag etwa einen halben Meter höher als der Steg, hinzu eine circa zehn Zentimeter hohe Umrandung der Laufleiste, über die man hinübersteigen musste, und die Bewegung des Bootes. Auf einen ausgewachsenen Hengst stieg es sich leichter auf.

»Stell dich seitlich zum Boot und setze einen Fuß auf diese kleine Laufleiste hier oben. Halte dich an dem Griff über der Türe fest. Dann ziehst du den anderen Fuß nach, drehst dich leicht, sodass du mit dem Rücken zur Tür stehst, duckst dich und kommst rückwärts nach vorne gebeugt herein. Achtung, es folgen sofort Stufen auf der Innenseite. So jedenfalls mache ich es.«

Maike raffte ihren Kaftan hoch und folgte meinen Anweisungen. Sie stellte sich seitlich zum Schiff, hob den linken Fuß, setzte ihn auf die schmale Laufleiste der Bordwand, ich nahm ihre freie Hand, um ihr Halt zu geben. In diesem Moment fuhr hinter uns eine Yacht aus dem Hafen. Es kamen Wellen im Hafen auf, mein Boot driftete leicht ab, der Steg kam etwas hoch, als sie das zweite Bein anhob, sie schwankte, mir flog ein Brötchen aus der Tüte. Eilig zog sie den anderen Fuß nach und drehte sich rückwärts zur Tür. Mit eingezogenem Kopf und vorgebeugtem Oberkörper kam sie wie ein Klappmesser zu mir herein.

Ich versuchte, sie zu dirigieren. Dieses Manöver erforderte ein wenig Geschick, wenn man nicht die Stufen hinunterfallen wollte, die gleich hinter der Türe lauerten und ins Innere des Bootes führten. Auch die ging man besser rückwärts herunter, in gebeugter Haltung und mit eingezogenem Kopf. Maike meisterte den Aufnahmetest in mein neues Zuhause und stand nun mit mir im Eingangsbereich, gleich neben dem alten Steuerrad, dessen

Holz schon einige Kerben aufwies. Das gefallene Brötchen gab ich verloren. Es war ins Hafenwasser gefallen und weichte darin auf.

Maike schnaufte ein wenig, als ich sie bat, mit mir drei weitere Stufen, ebenfalls rückwärts, hinabzugehen. Dort unten befand sich ein kleiner Raum mit Tisch und zwei gepolsterten Sitzbänken. Der Durchgang dorthin war schmal und niedrig, man zog besser den Kopf ein.

»Hast du einen Erste-Hilfe-Kasten?«, fragte sie.

Ich zuckte mit den Schultern. So weit hatte ich meine neue Bleibe noch nicht erkundet. Ich folgte ihr die Stufen herunter, bat sie, sich hinzusetzen, damit ich an ihr vorbeikam, und ging durch den engen Raum, den ich Salon taufte, in eine Mini-Küchenzeile, die sich dahinter befand. Hier passte auch nur einer von uns rein. Ich öffnete einen kleinen Holzhängeschrank, dessen Türen so laut knarzten, als würde es sie schmerzen, sich zu bewegen. Darin fand ich ein paar Heftpflaster und klebte ihr eins davon auf die Wunde.

»Habe einen von diesen E-Scootern ausprobiert«, erklärte sie, »weil ich die letzten Meter vom Auto nicht zu Fuß gehen wollte. Parke unter der Severinsbrücke. Es lief ganz gut, bis mir so ein junger Typ mit seinem Fahrrad die Vorfahrt nahm. Dann verlor ich die Balance und flog hin.«

»Ich weiß nicht, ob wir in unserem Alter noch auf diesem Kinderspielzeug unterwegs sein sollten.«

»Warum nicht? Ich bin doch jetzt im richtigen Alter.«

»Wofür?«

»Für alles.« Sie strich über ihr Pflaster. »Er war bestimmt zur Sturzgeburt seines ersten Kindes unterwegs.«

»Hat er das gesagt?«

»Nein. Aber ich nehme das zu seinen Gunsten an. Sonst müsste ich denken, er sei ein rücksichtsloser Dummkopf – und das möchte ich nicht.«

»Warum nicht?«

»Es fühlt sich nicht gut an.«

»Wenn er es aber ist?«

»Bevor ich schlecht über jemanden denke, denke ich lieber gar nicht an ihn.«

»Klappt das?«, fragte ich.

»Ich übe es.«

Das musste ich auch mal ausprobieren und aufhören, an Adrian zu denken.

»Und du?«, fragte sie, »Überfallen worden? Vom Klabautermann?«

»So ungefähr. Die Schlafkajüte ist eng und niedrig. An der Decke hängt ein Balken, an den bin ich wohl gestoßen.« Ich fasste mir an die Stirn. »Habe geträumt, dass ich ertrinke. Kein Wunder, so wie sich das Boot hin und her bewegt.«

Die *Happy Days* war mit der Bugspitze am Steg festgemacht und längsseits rechts an einem schmaleren Seitensteg. Sie zog sich an ihren Leinen vor und zurück.

»Anfangs hatte ich Angst, dass ich aus der Parkbucht heraus in den Hafen treibe und das Schiff ohne mein Zutun ablegt. Aber dann zog es sich wieder sanft zurück. Ich kann ja so ein Boot gar nicht steuern. Ich wäre verloren, wenn es sich wirklich losreißen würde.«

»Besonders weit wärst du nicht gekommen, bevor die Hafenmauer dich aufgehalten hätte. Das Hafenbecken ist ja nicht sehr groß. Du hättest von Bord springen und zurück zum Steg schwimmen können«, sagte Maike.

»Nachts im Nachthemd.«

»Im Dunkeln hätte das ja keiner gesehen. Sonst gehst du heute Nacht besser im Badeanzug schlafen.«

»Danke für den Tipp.«

»Jederzeit.«

»Kaffee?«

»Bitte.«

Sie sah sich um. »Wo ist denn das Bett? Ich sehe keins.«

»Schau mal geradeaus die Stufen hoch.«

Ich zeigte auf die kleine Holzklappe oben gleich neben dem Steuerrad.

»Passt du da durch?«

»Ich robbe.«

»Das ist nichts für Phobiker.«

»Man spürt einen Hauch von Endlichkeit. Es fühlt sich an wie im Sarg.«

»Damit wollte ich mir eigentlich noch Zeit lassen.«

»Mach das.«

»Was?«

»Das mit dem Zeit lassen.«

Vornübergebeugt hatte sie sich in den schmalen Spalt zwischen Tisch und Bank geklemmt, um sich zu setzen. Alles war am Boden befestigt und ließ sich nicht verschieben.

»Hier wohnst du also nun«, sagte Maike.

»Erst mal«, antwortete ich.

Sie grinste. »Gemütlich.«

Ich war froh, dass sie meinen Entschluss weder hinterfragte noch kommentierte, und bot an, Kaffee zu kochen. In der winzigen Küche standen eine kleine Kaffeemaschine, ein Porzellanfilter und ein Wasserkessel. Ich suchte Tassen und Teller zusammen und legte die Brötchentüte auf den Tisch. Im Kühlschrank befanden sich noch ein bisschen Butter und Marmelade. Ansonsten war er leer.

»Ist mal was anderes.« Maike schnitt eines der Brötchen auf.

»Ja ja, das ist es.« Eigentlich fühlte ich mich selbst auf diesem Schiff, das inklusive Bugspitze kaum sechs Meter lang war, wie eine Sardine in der Dose. Aber ich war froh, erst mal eine Bleibe gefunden zu haben, die nichts kostete. Ich wunderte mich selbst, dass ich diese Entscheidung spontan getroffen hatte und wirklich von zu Hause weggegangen war.

»Du tauschst also ein Haus mit vier Schlafzimmern gegen ein altes, enges Boot auf dem Rhein und dein sicheres Leben an der Seite eines erfolgreichen Apothekers gegen eine ungewisse Zukunft ohne festen Boden unter den Füßen.«

»Der erfolgreiche Apotheker ist leider ein Hallodri.«

Sie nickte. »Mutig, Linda. Respekt.«

»Was ich jetzt brauche, ist nichts weniger als ein neues Leben. Und Geld. Ich brauche Arbeit.« Ich reichte ihr die Marmelade. »Willst du dir nicht schnell die Blutflecken aus deinem Kaftan waschen?«

»Jetzt bleibe ich erst mal sitzen. Ob ich je wieder herauskomme, ist fraglich. Schon beim Einatmen stößt mein Bauch an die Tischkante.«

Maike war mit ihren 1,70 Meter etwa so groß wie ich und rundum rund. Dieses schmale Boot war für jemanden mit ihrer Statur nicht gemacht. Obwohl ich um einiges weniger wog als sie, stieß auch ich ständig überall an.

»Die schlechten Nachrichten vorweg«, begann Maike, während die Kaffeemaschine nebenan vor sich hin tuckerte. »Als ich gestern nach Hause kam nach unserem turbulenten Urlaub auf dem Rhein, musste ich feststellen, dass ein Rohr im Bad leckte und meine Wohnung unter Wasser stand. Habe gleich einen Handwerker angerufen, der mir ein paar seiner Leute vorbeischickte, um es dichtzumachen. Es wird ein paar Tage dauern, bis ich wieder in meine Wohnung kann. Aber Alice, eine Freundin aus meinen Künstlertagen, arbeitet auf einem Campingplatz gleich am Rhein drüben in der Nähe der Poller Wiesen. Sie lässt mich dort für kleines Geld im Zelt schlafen. Ich fahre gleich nachher hin.«

»Camping, das ist ja super. Habe ich immer geliebt.«

»Seit wann?«, fragte sie.

»Seit immer.«

»Wann warst du mit Adrian in den letzten 25 Jahren zelten?«

»Nie.«

»Kannst du mir mal sagen, warum die Leute von den spannendsten Dingen träumen und sich dann im Alltag mit den langweiligsten zufriedengeben?«

WAS VON OBEN

Ich schenkte Maike Kaffee ein, während sie versuchte, das kleine Schiebefenster hinter sich zu öffnen. Es klemmte, doch gerade, als sie es mit einem Ruck aufgezogen hatte, kam vom Nachbarschiff, das um einiges größer war als die *Happy Days*, ein Schwall Wasser herunter und traf ihren Kopf. Sie zog den Kopf erst ein, schob ihn dann aber gleich durchs Fenster, um zu fluchen, ob man da drüben keine Augen im Kopf hätte.

Eine junge Frau mit einem dunklen, seitlich geflochtenen Zopf schaute über die Reling zu uns herunter. »Ist was passiert?« Sie sprach mit osteuropäischem Akzent. Dann erkannte sie, dass ihr Schmutzwasser Maike getroffen hatte, und schickte eine Litanei von Entschuldigungen hinterher. Eine zweite Frau schaute über die Reling, mit blonden, aufwendig frisierten Haaren und reichlich Make-up im Gesicht. »Ilona, ich habe dir tausend Mal gesagt, du sollst kein Brackwasser über Bord kippen, wir bekommen Ärger mit der Hafenmeisterin.«

In Maikes Haaren klebten Sachen, von denen keiner wissen wollte, worum es sich da handelte.

»Komm, wasch dir schnell den Kopf über dem Spülbecken«, bot ich an. »Im Notfall mit Spüli.«

Es klopfte. Immer noch im Nachthemd ging ich hoch zur Schiebetür und öffnete. Draußen auf dem Steg stand die blonde Frau von der Yacht nebenan. Sie stellte sich als Marisa van Gedden vor und lud uns auf ihre *Blue Sky* ein, um die Sache wiedergutzumachen.

»Mein Frisör ist noch da. Er bringt das Haar Ihrer

Freundin wieder in Ordnung. Danach frühstücken wir gemeinsam, der Caterer ist unterwegs, mein Mann Richard auch.«

Schnell strich ich mit den Fingern durch meine krausen Locken, die auch einen Frisörbesuch benötigten, zog mir was an und ein paar Bröckchen aus Maikes Haar. Dann verließen wir unser kleines Boot. Maike raffte ihren Kaftan hoch, um genügend Beinfreiheit zu bekommen. Aber er rutschte immer wieder runter, bevor sie den großen Schritt herunter auf den Steg machen konnte. Deshalb stopfte sie sich den Stoff in die Hose und sah nun aus wie ein Ballon. Wir liefen einige Meter über unseren kleinen Seitensteg zum Hauptsteg, bogen links ab an unserem Heck vorbei und standen vor unserem Nachbarschiff, der *Blue Sky*. Dort warteten die Wasserschütterin und Marisa van Gedden. Deren Yacht, mit der ich mir eine Parkbucht teilte, war doppelt so breit und lang wie meine *Happy Days*. Zwei weiße Treppen am Heck rechts und links führten hoch an Bord. Man erreichte sie ebenerdig vom Hauptsteg aus, das Schiff hatte rückwärts angelegt. Hier musste man keinen doppelten Rittberger veranstalten, um es zu betreten, sondern ging bequem sechs Stufen hoch. Oben erwartete uns eine U-förmige Sitzbank in weißem Leder mit karamellfarbenen Kissen sowie einem großen Tisch. Der Caterer erschien, verteilte Platten mit Canapés und stellte einen Sektkühler auf den Tisch. Unsere Nachbarin führte Maike durch eine verdunkelte Schiebetür aus Glas ins Innere des Schiffes zum Frisör. Von hinten sah ich, dass noch ein Zipfel ihres Kaftans in ihrer Hose feststeckte. Kaum saß ich, kam eine junge Frau in dunkelblauem Hosenanzug mit einem kleinen Jungen an der Hand vom Steg aus hoch und gesellte sich zu mir. Sie stellte sich vor als Annabelle Hartung, Richard van Geddens Assistentin. Ich schätzte sie auf Mitte 30, sie trug blutroten Lippenstift und ihre langen braunen Haare in einem strengen Knoten. Der Junge, vielleicht fünf Jahre alt, war ihr Sohn Paul. Er lief auf Marisa zu und umarmte sie, dann warf er sich auf das Sofa und fühlte sich offenbar wie zu Hause. Auf dem Tisch stand eine Porzellanschale mit blau verziertem Deckel. Den öffnete er, um etwas hineinzulegen. Für Onkel Richi, sagte er zu Marisa van Gedden. Die schaute nur kurz, denn sie unterschrieb gerade Unterlagen, die Frau Hartung ihr zusammen mit einem Päckchen hinhielt. »Das ist der Tablettennachschub für Richard. Alles wie immer.« Schon gingen sie und Paul wieder von Bord. Die drei wirkten wie ein eingespieltes Team.

Marisa goss mir Kaffee ein und winkte in Richtung Steg. Dort kam ein älterer Herr entlang, mit welligem Haar, Sonnenbrille, schwarzem Sakko, weißem Hemd und karminroter Hose. Dazu Schuhe in derselben Farbe.

»Richard, da bist du ja. Darf ich dir unsere neue Nachbarin von der *Happy Days* vorstellen?« Marisa zögerte, ich hatte meinen Namen noch gar nicht genannt. Er wartete ihn auch nicht ab, sondern sagte:

»Sie wollen bestimmt mal auf einem richtigen Schiff frühstücken. Wie hält Harry das in seinem Bötchen nur aus? Der Kerl könnte sich längst was Gescheites gekauft haben. Hier fehlt Kaffeemilch. Hat das schon jemand bemerkt?«

Er setzte sich. Marisa sprang auf, öffnete die Schiebetür und kam kurz darauf mit Milch zurück. Richard griff nach einem Canapé, dabei fiel ihm eine Krabbe auf einen seiner Slipper. Mit einer lässigen Fußbewegung befreite er sich von dem toten Tier und ließ es auf das helle Parkett unter sich fallen, ohne groß Notiz von diesem Malheur zu nehmen.

»Sind Sie Harrys neue Freundin? Seine Erika hat er in den Wind geschossen, richtig?«

»Richard!«, sagte Marisa in ermahnendem Ton.

»Wer auch immer wen wohin geschossen hat«, erklärte ich, »die beiden sind wieder zusammen und verreist, deshalb lassen sie mich hier wohnen.«

»Echt, die haben sich versöhnt?« Richard rutschte etwas Kaviar vom Brot, was eine kleine Schmierschicht über seinen Handrücken und einen goldenen Siegelring zog. Er wirkte fahrig und wischte sich mit einer Serviette sauber. Er müsse dann auch wieder los. »Schon nach neun. Ich bin spät dran. Sei pünktlich heute Abend, du weißt, wir sind bei den Bernsteins eingeladen«, sagte er zu Marisa, ohne sie anzusehen. Er beugte sich über den Tisch, öffnete den Deckel der Porzellanschale, griff hinein und nahm etwas heraus, das er sich in die Jackentasche steckte. Unten auf dem Steg zündete er sich eine Zigarette an, während er in Richtung Hafenausgang lief. Wir sahen ihm aus luftiger Schiffshöhe nach.

Die Lachs-Canapés sahen gut aus, ich nahm eins. Maike sollte sich ruhig noch eine Weile mit dem Frisör vergnügen, dann konnte ich mich so richtig satt essen. Seit meinem Auszug gestern Nachmittag hatte ich nichts mehr gegessen. Meine neue Zukunft begann besser mit wohlgenährtem Magen. Nach und nach bediente ich mich an allem, was auf dem Tisch stand und von Marisa kaum beachtet wurde. Sie schien ihren eigenen Gedanken nachzuhängen, blickte immer wieder herunter auf den Steg, den man von hier oben aus bis zum Hafeneingang überblicken konnte. Das war mir ganz recht. Ich genoss es, im

Freien zu sitzen. Obwohl erst Ende April, war es sonnig und angenehm warm an Deck.

Nach einer Zeit des Schweigens, in der ich ordentlich aß, erhob sich Marisa von ihrem Sitz und winkte. »Da ist meine Tochter Cara. Meist kommt sie zum Frühstück vorbei, bevor sie in die Uni geht.«

»Wohnen Sie auf Ihrer Yacht?«, fragte ich.

»Nein, wir haben eine Villa draußen in Hahnwald. Wenn es bei meinem Mann spät wird, bleibt er oft in seiner Stadtwohnung. Wir treffen uns dann zum Frühstück auf der Yacht. Das ist für alle das Bequemste. Und ich freue mich, wenn ich alle um mich habe. Leben Sie allein?«

»Ich glaube schon.«

»Cara, Schatz, hast du gut geschlafen?« Marisa umarmte ihr Kind, das seine blonden langen Haare zu einem Krönchen auf dem Kopf gedreht hatte. Alles an ihr wirkte makellos, ihre Haut so hell und zart wie Mozzarella.

Cara setzte sich auf die Polster mit etwas gelangweilter Miene und saftig vollen Lippen, die aussahen wie ein großer Schmollmund, und bekam sofort Kaffee von ihrer Mutter eingeschenkt. »Gut geschlafen, Spätzchen?«

Das Mädchen reagierte kaum, nippte nur an der Kaffeetasse. Ich schätzte sie auf Anfang 20. Sie legte ihre Endlosbeine übereinander, während sie sich mit einem Kaviar-Canapé zurücklehnte. Keine fünf Minuten später verabschiedete sich das Spätzchen wieder.

Ich aß, Marisa schwieg. Maike ließ auf sich warten. Es dauerte noch fast eine Stunde und viele weitere Häppchen, bis sich die Schiebetür endlich wieder öffnete und Maike samt Frisör ins Freie trat. Meistens schlang sie sich Tücher zu einem Turban um den Kopf und scherte sich wenig um ihre Haare, die kaum zu einer Frisur taugten, wie sie fand. Zusammen mit ihren Kaftanen sah das dann so aus, als käme sie geradewegs aus Afrika. Heute dagegen war sie mal richtig gut frisiert, und weil die Gelegenheit so günstig war, auch gleich geschminkt. Sie begann nun, die von mir noch nicht verwerteten Canapés zu essen, bis wir schließlich gegen halb elf die Yacht wieder verließen und zu meiner *Happy Days* wechselten. Auf der Treppe hinunter zum Steg kam uns eine junge Frau mit Rastalocken und Yogamatte unter dem Arm entgegen.

Eigentlich hatten Maike und ich uns verabredet, um Zukunftspläne für mich zu schmieden. Ich wollte wieder arbeiten, wusste aber nicht, was.

»Du bist künstlerisch interessiert, aber nicht ausgebildet. Du könntest ein Nageldesignstudio eröffnen. Die schießen wie Pilze aus dem Boden«, schlug Maike vor.

»Auf so miese Ideen komme ich ja noch nicht mal alleine. Fällt dir da nichts Besseres ein? Trink mehr Kaffee.«

»Du bist finanziell verwöhnt, musstest nie arbeiten, hast dein Studium nie beendet, stell dir das mal nicht so einfach vor, deinen Lebensunterhalt jetzt selbst zu verdienen.«

»Wer hat von einfach gesprochen? Ich bin zu allem bereit. Du sagst selbst immer: Jammern ist wie schaukeln, man kommt nicht von der Stelle.«

Nach einer angeregten Stunde des Kopfzerbrechens ohne brillante Ideen erhielt Maike einen Anruf von Alice, der Bekannten, die ihr eine Schlafgelegenheit auf dem Campingplatz vermitteln wollte. Nach einer kurzen Unterhaltung legte sie auf.

»Komm mit«, sagte sie, »vielleicht ist ein Job da für dich drin.«

»Was denn für einer?«, fragte ich.

»Ich hab's nicht ganz verstanden. Alices Mutter ist ins Krankenhaus gekommen. Jemand muss die vertreten. Ich fahr uns schnell hin.«

»Mit dem Auto, oder? Nicht mit einem E-Scooter.«

»Ich will ja, dass wir das überleben«, antwortete sie.

NEUES UFER

Maikes hellroter Golf bildete einen schönen Farbkontrast zum hellen Seegrün der Severinsbrücke, unter der er parkte. Schon von Weitem sah ich ein Knöllchen unter dem Scheibenwischer.

Maike riss es wütend runter. »Das Parken in Köln frisst einem den letzten Hafer aus der Tasche.«

Mein Auto stand in der Tiefgarage gleich neben dem Hafen und aß mir eine ganze Haferplantage aus der Tasche, so teuer wie die Parkgebühren dort waren. Das musste ich bald ändern.

Wir fuhren los, überquerten den Rhein und fuhren auf der anderen Seite an den Poller Wiesen entlang, bis wir in eine kleine Straße abbogen. Weidenweg, las ich auf dem

Straßenschild. Auf dem Asphalt ein großes Zeichen in Blau-Weiß: *Fahrradstraße*. Mit unserem Auto waren wir nur zu Gast, höchstens geduldet. Entsprechend langsam fuhr Maike. Kurz nach zwölf erreichten wir den Campingplatz, verwunschen hinter Bäumen und Sträuchern.

Eine Frau in geblümten Leggins und lila T-Shirt winkte uns zu. Sie saß auf einer Bank vor einem grün gestrichenen Container mit weißen Fenstern, in ihm war offenbar die Rezeption der Anlage. Es war Alice. Wir parkten das Auto und gingen auf sie zu. Auf ihrem Shirt sah ich ein Logo mit bunten Lettern: Campingplatz der Stadt Köln. Sie wirkte angespannt, ihre Mutter Gundel war gestürzt, auf dem Weg zu einem Putzjob für einen Kunden, der wichtig für sie war. Alice konnte jedoch nicht für ihre Mutter einspringen. Auf dem Platz war zu viel los. Ihre Schwester hatte nur kurz die Mutter im Krankenhaus besucht und Alice einen Schlüssel gebracht, den man für jenen Raum brauchte, der gereinigt werden sollte.

Wenn ich eines konnte, dann putzen. Und so sagte ich zu, diesen Job zu übernehmen, ohne zu ahnen, worum es ging. So ganz genau wusste Alice es auch nicht, aber es wurden vier Stunden vom Auftraggeber bezahlt. Ich sollte einfach schauen, was am dreckigsten aussah, und mich daran abarbeiten. Wichtig war, die Toilette vor Ort gründlich zu reinigen und das auf einem Zettel an der Wand zu protokollieren, der den Namen der Putzfirma ihrer Mutter trug: Shiny Clean.

Sie gab mir einen Schlüssel, der aussah wie ein großer schwarzer Chip. Mit ihm ließen sich alle nötigen Türen öffnen. Der zu reinigende Raum befand sich innerhalb der Deutzer Brücke. Meinen Lohn würde man mir später geben.

Ich sagte zu, war zu allem bereit. Jemand ohne Berufsausbildung wie ich musste nehmen, was man kriegen konnte. Und wenn dieser Putzjob ein erster Schritt in die neue Freiheit war, dann wollte ich ihn kurz entschlossen antreten. Maike fuhr mich gleich wieder zum Hafen, wo ich mich schnell umziehen wollte. In weißer Bluse und heller Leinenhose ließ es sich schlecht putzen. Von der Eingangstreppe aus, die hinunter ins Hafenbecken führte, sah ich meine Schiffsnachbarin Marisa auf einem Stand-Up-Paddle-Board knien, das an ihrem Schiff mit einer Leine befestigt war. Neben ihr befand sich die junge Frau mit Rasta-Locken auch auf solch einem Board. Als ich näher kam, hörte ich deren Anweisungen. »Und wir gehen in den herabschauenden Hund …«

Marisa nahm Yoga-Unterricht. Während ihre Lehrerin sich souverän auf ihrem Board bewegte, wackelte Marisa hin und her. »Komm, mach mit«, rief sie mir zu, als ich näher kam. »Gerne beim nächsten Mal. Ich muss weg.«

»Ach was, du kneifst.«

Wie recht sie hatte. Ich sah mich auf diesem Brett sofort untergehen.

Bei meiner *Happy Days* bog ich in den kleinen Seitensteg ein. Genau auf der Höhe meiner Tür saß ein Mann mit geschlossenen Augen zurückgelehnt auf einem schwarzen Sitzsack. Er trug eine hellgraue Jogginghose, über seinen nackten Oberkörper hatte er ein weißes T-Shirt wie eine Minidecke gelegt. Seine ergrauten Haare standen ihm vom Kopf ab. Die Frisur erinnerte an Albert Einstein, nachdem der in eine Steckdose gegriffen hatte. Die Arme hatte er unter dem T-Shirt verschränkt. Um in mein Boot zu kommen, hätte ich über ihn hinweg steigen müssen. Sein

Sitzsack war fast so breit wie der Seitensteg, der zu meinem Eingang führte, und stand genau davor.

»Entschuldigung«, versuchte ich ihn leise anzusprechen. Er öffnete ein Auge und brummte etwas vor sich hin, was ich nicht verstand.

»Geht es Ihnen gut?«, fragte ich. Er machte ein zustimmendes Geräusch. »Es ist nur so, dass ich nicht in mein Boot komme, wenn Sie hier sitzen.«

Er öffnete sein zweites Auge und schaute mich verschlafen an. »In welches Boot?«

»Die *Happy Days*.«

Er stand auf, und prompt flog sein T-Shirt herunter, während er versuchte, den Sitzsack zur Seite zu schieben.

»Ich bin Ben, hallo, guten Morgen.« Er streckte seitlich eine Hand aus, um mich zu begrüßen. »Dann sind wir ja jetzt Nachbarn. Mein Schiff ist die *Tobago Sun*.« Mit dem Daumen zeigte er auf die andere Seite des kleinen Steges. »Nur keinen Stress.«

Mir fielen seine freundlichen braunen Augen sofort auf. »Nein, nein. Wer will schon Stress«, antwortete ich, hängte ihm das T-Shirt zurück über die Schulter und setzte zu meinem etwas umständlichen Einsteigeritual an. Ich war froh, dass er damit beschäftigt war, seinen Sitzsack in Schach zu halten. Bei meinem linksgedrehten Fallrückzieher-Bootseinstieg wollte ich lieber nicht gesehen werden.

»Da liegt übrigens ein Brötchen im Wasser«, sagte er.

»Ja, stimmt«, antwortete ich, »es ist sicher längst zu Brei geworden.«

»Die Enten würden sich freuen, nur kommen sie dort nicht hin, zwischen Boot und Steg ist es zu eng für sie.«

Meine *Happy Days* war rückwärts zum Hauptsteg eingeparkt. Das Boot verschlankte sich nach hinten etwas und ließ eine Ecke zwischen Seitensteg und Längsseite frei, wo sich das Brötchen, oder was noch von ihm übrig war, befand.

Er legte sich auf den Steg und kam mit seiner Hand so gerade an das Brötchen heran, das es zerfiel, als er es hochholte. Er trug seine tropfende Beute zum Ende des Steges und rief: »Helma, Louise!« Zwei Enten kamen angeschwommen und machten sich über den Brötchenbrei her.

Eilig zog ich mich um und wollte wieder von Bord gehen, als ich Ben draußen auf dem Steg wieder an derselben Stelle vorfand.

»Ich müsste dann mal wieder raus.«

»Oh ja, Entschuldigung.« Er stand auf und schob den Sitzsack erneut zur Seite. »Nur keinen Stress.«

»Nein, nein«, antwortete ich und lief schnell auf den Hauptsteg in Richtung Hafenausgang, am herabschauenden Hund der beiden Damen auf ihren Stand-Up-Boards vorbei.

AUF ZU NEUEN UFERN

Der Gedanke an einen bezahlten Job beschwingte meine Schritte. Ich würde die Strecke längs des Rheins zu Fuß gehen. Vorbei an der gläsernen Fassade des Schokoladenmuseums, in der sich die Sonne spiegelte, und jeder Menge Spaziergängern, die an der Rheinpromenade entlang schlenderten. Ich schlängelte mich an ihnen vorbei, begann zu rennen, wollte keine Zeit verlieren. Alice hatte mir beschrieben, wo ich den Eingang zu diesem ominösen Raum finden würde. Demnach musste ich unter der Deutzer Brücke hindurch und dann gleich links gehen. Diesen Anweisungen folgte ich und stand vor einer Einfahrt, die bergab zu einem großen grauen Rolltor führte. Darin befand sich eine Türe. Sie führte in einen der Brückenpfeiler. Zu meiner Linken stand ein Werbeschild mit Männern in Warnwesten, die Spundwände gegen Hochwasser aufbauten. Darunter ein Slogan: DIE WASSERBESSERMACHER. Ich fand Wasser ja schon perfekt, so wie es war. Aber ich würde denen später mal mein Wischwasser geben, damit sie es besser machen konnten. Zum ersten Mal spürte ich so etwas wie Aufbruchsstimmung. Ich freute mich auf diesen neuen Job, auch wenn ich langfristig gerne etwas anderes machen wollte als putzen. Ich betrachtete ihn als Neuanfang. Gespannt lief ich die sieben, acht Meter bis zur Türe hinunter und konnte diese tatsächlich mit dem schwarzen Chip öffnen, als ich ihn vor das Schloss hielt. Kühle empfing mich und Dunkelheit. Alles war finster mit Ausnahme der ersten zwei, drei Meter, auf die ein wenig Tageslicht durch die offene Tür fiel. Vorsichtig trat ich ein, fühlte mich, als würde ich ein großes schwarzes Loch betreten. Bevor ich den Lichtschalter fand, fiel die Tür hinter mir ins Schloss und mein Herz blieb stehen. Ich sah nichts mehr und mir war, als hörte ich etwas rascheln. Vorsichtig versuchte ich, mich zurück zur Türe zu orientieren, tastete nach der Klinke und war froh, dass sie sich ohne Schlüssel von innen öffnen ließ. Denn ich hätte nicht gewusst, wo ich den Chip im Dunkeln hätte hinhalten müssen. Ich ging zurück ins Freie und atmete tief durch. Hier schien die Sonne. Alles gut, dachte ich. Hatte mich nur ein wenig erschrocken. Ich würde den Lichtschalter schon finden. Wenn ich auf eigenen Füßen stehen wollte, dann besser nicht auf Hasenfüßen. Also hielt ich wieder den Chip vor das Türschloss, öffnete die Tür und hielt sie mit meinem Fuß einen Spalt weit offen. Links an der Wand sah ich einige Lichtschalter. Die würde ich nicht erreichen, ohne den Fuß aus der Türe zu nehmen und einige Schritte im Dunkeln zu gehen. Das musste machbar sein. Andere Leute kamen schließlich auch herein, ohne sich im Dunkel zu verlieren. Ich prägte mir also ein, wie hoch sie hingen, etwa kurz über meiner Nase, stieß die Tür noch einmal weit auf und ging die paar Schritte in Richtung Schalter. Die Tür fiel schneller zu als gedacht, ich tastete mit der Hand an der Wand entlang und hörte wieder etwas rascheln. Lauter als vorher und vor allem näher. Endlich fand ich den ersten Schalter, drückte ihn hastig, und sofort sprangen Deckenleuchten an. Wieder ein Rascheln. Ich sah mich um. Nichts bewegte sich. Um mich herum war alles grau. Betongrau. Ich war in einem Bunker gelandet. Hunderte von Quadratmetern groß, wie es schien. Die Decke gut und gerne fünf Meter hoch, getragen von meterdicken Betonsäulen. Vor mir erstreckte sich ein Raum von bestimmt 20 Metern Länge und zehn Metern Breite, der an seinem gegenüberliegenden Ende abbog und dort offenbar weiterging. An den Wänden lagerten gestapelte Leisten, die für mich aussahen wie Stahlträger. Zu meiner Linken gab es einen weiteren Raum, den ich auf etwa 15 Meter Länge schätzte bei vielleicht acht Metern Breite. In vier Stunden bekam man das hier nicht sauber. So viel sah ich gleich. Im Gegenteil konnten diese Räumlichkeiten einen Frühjahrsputz gebrauchen, für den ich Jahre an Arbeit veranschlagte. Vorsichtig ging ich ein paar Schritte hinein, ehrfürchtig wie in einer Kirche. Vorbei an einem blauen Container, der nicht nur locker hineinpasste, sondern der fast klein wirkte. Überall sah ich Lagerregale mit Spaten, Zangen und anderen Geräten. Ich knöpfte meine Strickjacke zu, das nächste Mal würde ich meinen Skianzug mitbringen. Besser ich bewegte mich, sonst fror ich noch fest.

Alice hatte von einer Toilette und dem Container gesprochen, die auf jeden Fall blitzeblank geputzt werden sollten, über den Rest sollte ich selbst entscheiden. Die Auswahl war riesig, wie ich feststellte. Ich schaute auf die Uhr. Es war Viertel nach eins. Von nun an also vier Stunden, die bezahlt wurden. Ich wollte mit dem Container beginnen, den hatte ich ja schon gesehen. In ihm sollte es fließendes Wasser sowie Putzeimer und Ähnliches geben. Vorsichtig betrat ich ihn und machte Licht an. Seine Tür fiel hinter mir ins Schloss. Wieder zuckte ich zusammen. Es raschelte nichts, im Gegenteil, es war ganz still und erstaunlich gemütlich. Hier stand ein Tisch mit Stühlen. Es gab Fenster mit Vorhängen, die zugezogen waren. Sogar ein Bett gab es. Weiß-rot kariert bezogen. Zumindest in Teilen. Es fehlten ein Kopfkissen und das Laken. Alles wirkte zerwühlt, so als hätte gerade noch jemand darin gelegen.

Es lag ein eigenartiger Geruch in der Luft. Eine Mischung aus Putz- und Desinfektionsmitteln. Alles sah ansonsten sauber aus.

Soweit ich wusste, wurden diese Räume nur bei Hochwasser genutzt. Und das letzte war eine Weile her. Seither herrschte Ruhe an der rheinischen Wasserfront. Dementsprechend wohl auch in diesen Räumen. Sollte die Eingangstüre klemmen oder sich nicht mehr öffnen lassen, war man bestimmt hier für lange Zeit gefangen. Schluss jetzt, Linda, rief ich mich zur Ordnung, hör auf zu grübeln und fang an zu putzen. Ich wollte das Bettzeug ausschütteln, als ich zwei schwarze Finger zwischen den Laken sah. Ich sprang zurück. Atmete heftig. Es waren Finger in einem Handschuh. Mit Noppen darauf. Etwas pochte gegen meine Halsschlagader. Im Bett lag niemand, das hätte ich gesehen. Es waren nur zwei Finger. Sollte ich die Polizei rufen? Schnell raus, dachte ich. Aber was sollten mir zwei Finger antun? Ich sah mich im Container um, hier war niemand. Meine Hände zitterten, als ich vorsichtig das Bettzeug nach vorne zog. Der Handschuh bewegte sich, fiel auf den Boden. Ich lachte, als sich meine Anspannung entlud, denn er war leer. MaxiFlex ENDURANCE, stand in der Handinnenfläche. Arbeitshandschuhe in Schwarz-Grau. Wahrscheinlich trug Gundel sie beim Putzen. Bedächtig legte ich sie auf den Tisch. Es waren keine Finger darin. Dieser Ort regte meine Fantasie an. Ich schüttelte das Bettzeug aus, und es fiel ein kleiner quadratischer Gegenstand in grünem Papier heraus. Ich hob ihn auf. Starburst, stand darauf. Ein Bonbon. Ich legte es auch auf den Tisch.

Neben dem Waschbecken stand ein Putzeimer, in einem Regal darüber lagen unbenutzte Arbeitshandschuhe. Während ich mir ein Paar anzog, sah ich eine rote Schmierspur auf dem Boden. Die würde ich zuerst wegwischen. Dann war mir, als ob ich Geräusche hörte. Sie schienen von außerhalb des Containers zu kommen. Ich verharrte in meiner Bewegung, hielt den Atem an und horchte. Dieses Mal war es kein Rascheln, sondern es klang anders. Wie Schritte. Dann ein lautes Geräusch. War da die Rolltor-Eingangstür ins Schloss gefallen? Zumindest hörte es sich so an. Wer konnte das sein? Mir war gesagt worden, ich sei hier allein. Das Licht konnte ich nicht löschen, dazu hätte ich an die Schalter neben dieser Eingangstür kommen müssen. Ich fühlte mich gefangen in diesem hell erleuchteten Container. Was immer passierte, niemand würde etwas mitbekommen, und niemand würde mich hier so bald finden. An meinem Haaransatz im Nacken kribbelte es. Ob ich unters Bett kroch? Zu niedrig. War nur ein Feldbett. In den Schrank? Ich ging zu ihm hin und öffnete ihn. Zu klein. Zu spät? Die Schritte kamen näher. Ich begann zu zittern. Draußen vor der Gardine sah ich einen Schatten, der sich vorbeibewegte. Ich schaute auf die Containertür. Sie öffnete sich. Eine kalte Hand griff nach meinem Herzen. Ein Mann, ganz in Schwarz, stand in der Tür, sah mich an, mir blieb die Luft weg, ich wollte laut schreien, aber wer außer ihm sollte mich hören? Ich war wie gelähmt. Selbst meine Stimmbänder ließen sich nicht bewegen.

TOTENTANZ

Er stand nur da, sah mich an. Lächelte.

»Linda?«, fragte er dann.

»Wie bitte?«

»Bist du das?«

Ich atmete stoßweise aus, fühlte mich, als käme ich nach langem Tauchen wieder an die Wasseroberfläche. Wieso kannte dieser Mann meinen Namen? Hatte Alice mich doch irgendwo angemeldet?

»Linda Weißenberg. Erkennst du mich nicht?«, fragte er.

Oh Gott, Linda, streng dich an, woher könntest du den Mann kennen? Was macht er hier und was will er von dir?

»Elfte Klasse, Tanzschule. Du warst mit mir in einem Kurs«, sagte er.

»Was?«

»Tanzschule. Du und ich, ich meine, ein Kurs, du weißt schon. Wir haben miteinander getanzt.«

Meine Knie wollten nachgeben, jetzt nur nicht ohnmächtig werden, dachte ich, das ist ein neuer Alptraum. Ich kannte den Mann nicht.

»Ich bin Leander Winterhaus. Erinnerst du dich denn gar nicht mehr?«

»Doch, doch«, antwortete ich, ohne dass es stimmte.

»Linda Weißenberg, das ist ja eine Ewigkeit her, komm, lass dich drücken.« Er kam auf mich zu und breitete beide Arme aus. Wenn er mich jetzt erdrosselte, nahm ich ein trauriges Ende in den Armen eines Fremden in der Deutzer Brücke, ohne dass es jemand bemerkte. Zu spät, er drückte mich an sich. Zart und liebevoll.

»Wie schön, dich wiederzusehen nach so langer Zeit.« Ich spürte seinen Atem in meinem Ohr.

»Ja«, log ich und klang etwas dumpf, während ich diesem wildfremden Mann tatsächlich erlaubte, mich anzufassen.

Er ließ mich wieder los. »Wie ist es dir ergangen in all den Jahren?«

Was erzählte man in solchen Momenten einem Mann, von dem man ausging, dass er einen erdrosseln wollte und den man nie zuvor gesehen hatte?

»Du wolltest damals etwas mit Kunst und Kindern machen. Kunstlehrerin? Stimmt's?«

Der Mann wusste erstaunlich gut über mich Bescheid. Mit Kunst und Kindern hatte mein Leben in der Tat zu tun, nämlich mit der Kunst, ein Kind großzuziehen. Ich schätzte ihn auf Anfang 50, sein Haar war dunkel, er trug eine schwarze Hornbrille, die sein Gesicht dominierte. Erinnerungen? Fehlanzeige.

»Tanzt du immer noch so gut? Erinnerst du dich an den Song, auf den wir damals abgerockt sind? Von Rick Astley, den höre ich bis heute gerne.« Er griff in seine Hosentasche, holte sein Handy hervor, und schon hörte ich Musik. Der Mann zog mich aus dem Container, griff mir in den Rücken und tanzte mit mir, während er den Text des Songs mitsang. »Never gonna give you up, never gonna let you down …«

Das hätte ich besser mal Adrian, meinem So-was-wie-Ehemann vorgespielt, als es noch ging. An dieses Lied erinnerte ich mich tatsächlich. Sogar, darauf getanzt zu haben. Aber nicht mit Herrn Winterhaus. Mein Partner für den Abschlussball hieß anders. Leider erinnerte ich mich auch an dessen Namen nicht mehr.

»Du fühlst dich immer noch so gut an wie damals«, sagte der Fremde und tanzte mit mir in dieser unheimlichen Betonwüste, die so anheimelnd wie ein Friedhof zur Geisterstunde auf mich wirkte. Mein Tanzpartner sah das augenscheinlich anders, denn er wollte nicht mehr aufhören, sich mit mir zu drehen.

»Du glaubst gar nicht, wie oft ich mich gefragt habe, wie es dir geht und wo du bist«, sagte er.

Mir erschien dieser Song wie endlos. Ich sollte, wenn überhaupt, mit Adrian tanzen. Er sollte mich im Arm halten und unserer Ehe ihre Unschuld zurückgeben. Stattdessen drehte ich mit einem wildfremden Kerl meine Runden und tat so, als würde ich ihn kennen. Dabei machte er einen ganz angenehmen Eindruck und tanzte richtig gut. Man fühlte sich leicht an seiner Seite, was wirklich etwas hieß bei meinem Gewicht. Aber es verunsicherte mich, dass ich mich nicht an ihn erinnerte, er hingegen so vertraut mit mir tat. Endlich war das Lied zu Ende. Wir lachten beide, ich aus Verlegenheit, er vielleicht auch. Wir waren aus der Puste.

»Ach Linda, wie lange ist das her mit uns?«

»Mit uns?« Sollten wir damals mehr als nur getanzt haben, dann hätte mein Hirn mehr Löcher als Käse. Ich versuchte zurückzurechnen. Jetzt war ich fast 50, in der Tanzschule 17. Demnach war es 32 Jahre her. Wir lachten über diese Zahl. Sie schien so unwirklich. Wie alles hier.

»Wer hätte gedacht, dass es so lange dauert, bis wir uns wiedersehen? Erzähl mir von dir. Was machst du so, wohnst du in der Nähe?«

Der Mann fragte genau alle wunden Punkte ab. Schließlich machte ich so gut wie nichts und hatte leider auch keinen festen Wohnsitz mehr.

»Du siehst gut aus. Deine Hände waren damals etwas zarter.«

Kein Wunder, ich trug noch die Arbeitshandschuhe. Er fuhr über die Noppen auf meinen Handrücken. »Wie ist es dir ergangen in all den Jahren?« Er lächelte. Vielleicht erwartete er jetzt die Geschichte einer erfolgreichen Frau.

Ich atmete tief durch. »Eigentlich ganz gut, bis vor Kurzem.« Ich geriet ins Stocken, wie sollte ich ihm mein Leben der letzten drei Jahrzehnte erklären? Dazu noch mit diesem vorläufigen Ende. Konnte man das überhaupt erklären?

»Was meinst du mit ›bis vor Kurzem‹?«, fragte er.

»Ach, ich orientiere mich gerade neu. Probiere Jobs aus, so wie diesen.«

»Du putzt?«

»Neuerdings ja.« Was erzählte ich für einen Blödsinn? Ich putzte, seit ich denken konnte. Was hatte ich schon anderes zu Hause gemacht?

»Ich wusste nicht, dass du für uns, also für die Stadtentwässerungsbetriebe arbeitest«, erklärte er.

»Ich auch nicht.«

»Dir gehört also Shiny Clean?«

»Ich helfe nur aus.« Auf einer nach oben offenen Skala der Peinlichkeit stieg der Grad der unangenehmen Gefühle mit jedem Satz sprunghaft an.

»Und du? Was machst du hier?«, versuchte ich das Gespräch von mir weg zu lenken.

»Ich bin Wasserbauer.«

»Du baust Wasser?«

Er lachte. »Nicht doch. Wie sollte das gehen? Ich halte es höchstens im Zaum. Seit wann machst du diesen Job?«

»Seit fünf Minuten. Ich vertrete Gundel, die ist krank.«

»Wie geht es ihr?«

»Sie liegt im Krankenhaus Porz.«

»So schlimm? Ich schicke ihr einen Blumenstrauß.« Leander strich sich durch die Haare. »Für sie einzuspringen, ist nett von dir. Du bist noch immer so wunderbar fürsorglich wie damals. Manche Dinge ändern sich eben nicht.«

Wohin hatte mich meine Fürsorglichkeit gebracht? An einen Ort wie diesen.

»Hat dich jemand eingeführt, dir alles gezeigt?«

Ich zögerte, wollte Gundels Firma nicht in Misskredit bringen. Alice hatte mir in der Eile nur ein paar Info-Brocken vor die Füße werfen können. Er zögerte nicht und begann mit einer Führung.

Wir ließen den Container hinter uns und liefen durch den großen Betonraum. Jedes seiner Worte hallte, während er mir Areale zeigte, die durch Metallgitter abgetrennt waren und mich an Raubtierkäfige im Zoo erinnerten. Wir gingen vorbei an Tausenden von Sandsäcken.

»Wenn du bei Hochwasser mal ein paar brauchst, kannst du dir hier welche nehmen, und mit unserer Befüllmaschine produzieren wir ganz schnell mehr.«

Die alle abzustauben, schaffte ich auch nicht in vierzig Stunden. Ihre Bestimmung war das Wasser. Das musste notfalls diesen Job besorgen. Für die Firma Shiny Clean andererseits war dies ein Endlosjob. Hatte man den letzten Sandsack sauber, konnte man gleich vorne wieder anfangen. Vielleicht gingen die Stadtentwässerungsbetriebe Köln in das Guinness-Buch der Rekorde ein für die saubersten Sandsäcke der Welt, wenn ich mich erstmal an die Arbeit gemacht hatte. Wir kamen vorbei an Sackkarren und Hubwagen und umrundeten hochgestapelte Spundwände.

»Hier diese Bottiche dienen auch dem Hochwasserschutz. Die Klemmen, die aussehen wie überdimensionale Wäscheklammern, halten die Folie fest. Wir spannen sie von einem Bottich zum anderen, so entsteht ein wasserdichter Schutzwall.«

Leander schien ganz in seinem Element.

»Es macht Spaß, wenn wir einen guten Job machen. Hast du nie einen Beruf gefunden, der dir Befriedigung gibt?«

»Ich war Mutter.«

»Du warst?«

»Bin. Nur mein Kind ist mir entwachsen. Vor etwa zwei Wochen.«

»Es wurde volljährig?«

»Sie heiratete völlig überstürzt einen mir fremden Mann und ging am selben Tag nach Australien. Es ist kompliziert.«

Er kam näher auf mich zu. »Das tut mir leid. Meine Tochter ist jetzt auch schon 20. Sie studiert in Dresden. Wo ihre Mutter wohnt. Oft sehe ich sie nicht mehr. Und Dresden ist nicht Australien.«

Jetzt stand ich mit einem mir unbekannten Mann in diesem Sandsack-Arsenal und besprach mit ihm seine mir ebenso unbekannte Tochter. Wo führte dieser Tag noch hin?

»Und du, Linda, bist du verheiratet?«

»Ich bin mir nicht sicher.« Eine Kloschüssel konnte intelligenter antworten.

»Das tut mir leid zu hören. Da möchte man sich doch gerne sicher sein. Aber du glaubst nicht, wie oft ich darüber nachgedacht habe, wie es dir wohl geht.«

Dieser Mann erstaunte mich. Hatte mich doch mein eigener Mann offenbar vergessen. Nach 25 Jahren.

»Hast du Lust, einen Kaffee mit mir zu trinken? Kannst du nicht Pause machen?«

»Hab erst vor zehn Minuten angefangen und muss noch vier Stunden arbeiten.«

»Ja, richtig, wollte dir ja zeigen, was wichtig ist. Danach?«

Ich nickte. Aus Höflichkeit. Aber auch, weil ich ihn nett fand. Wir gingen zurück in Richtung Container. Er zeigte mir dies und jenes, bis ich an einer Stelle unvermutet stolperte. Überall sonst bestand der Boden aus dunkelschwarzem Beton. Nur an dieser Stelle war plötzlich lockerer Sand. Darauf war ich nicht gefasst gewesen. Ich folgte Leander durch eine Tür in einen schmalen Gang. Etwa vier Meter lang und zwei Meter breit. Am Ende knickte er ab in einen unbeleuchteten, schmalen Schacht.

»Soll ich hier auch putzen?«

»Nein, nein. Den Raum benutzen wir nicht mehr. Ich weiß gar nicht, warum hier drin auch immer das Licht mit anspringt, wenn wir es einschalten.«

In diesem Moment sah ich etwas Weinrotes an seinem Ende. Es sah aus wie Leder. Die Tür hinter uns fiel ins Schloss.

»Also hierum musst du dich gar nicht kümmern.«

»Dahinten liegt jemand«, sagte ich.

»Wo?«

»An der Wand, da wo es abknickt in den Schacht.«

»Du machst Witze.«

»Wollen wir wetten?«

»Von mir aus. Was ist dein Einsatz, Linda? Ein Kuss?«

Als wir näher kamen, erkannten wir einen Schuh. Ich ging rückwärts auf Abstand. Dabei taumelte ich und stieß mit dem Kopf irgendwo an. Ich drehte mich um und sah einen Eisenträger, der aus der Wand ragte. Man musste wirklich darauf aufpassen, wohin man trat.

»Hallo«, rief Leander und zog eine Taschenlampe aus seiner Tasche. Vorsichtig ging er Richtung Schacht und leuchtete hinein. »Hier ist niemand. Keine Ahnung, wem der Schuh gehört. Mir jedenfalls nicht.«

Ich sah ihn mir an. Es war ein karminroter Wildlederslipper.

»Ich lass dich jetzt mal arbeiten und hole dich in vier Stunden ab«, schlug Leander vor.

Ich nickte. Überlegte aber insgeheim, ob ich diesen Job hinschmiss. Mir war es unheimlich in diesem grauen Grab. Was, wenn der Schuhträger sich noch in einem dunklen Winkel aufhielt? Vielleicht ein Einbrecher, der sich versteckte?

»Mach dir keine Sorgen«, sagte Leander, »hier unten bist du sicher. Hier kommt sonst keiner rein.«

Wir liefen Richtung Ausgang. Wieder tapste ich in die Stelle mit dem Sand, und mir war, als spürte ich etwas unter meinem linken Schuh. Etwas Hartes. Ich drehte mich um und sah etwas Goldenes durch den Sand schimmern. Ich beugte mich herunter und griff danach. Es schien ein Ring zu sein. Er steckte an einer Hand.

Ich hörte mich schreien.

VERLOREN

»Tut das weh?« Der junge Mann tupfte auf meinen Hinterkopf. Ich konnte nicht antworten. Saß auf dem Bordstein. Die Tür zum Brückenraum zu meiner Rechten. Nicht weit genug weg von mir, um mich nicht zu ängstigen.

»Ich klebe Ihnen ein Pflaster auf den Hinterkopf, okay?« Der Sanitäter beugte sich über mich. »Sie müssen sich gestoßen haben.«

Meine Hände zitterten. Ich spürte Schweiß in den Innenflächen. Oben hielt ein weiterer Rettungswagen mit der Aufschrift *Notarzt*. Eine Frau stieg aus, ließ sich von zwei Polizisten briefen, kam dann zu mir heruntergelaufen, schaute auf mein Pflaster und verschwand im Inneren des Raumes. Leander kam heraus. Leichenblass. Ein Mannschaftswagen hielt oben. Männer mit Spaten und anderem Gerät liefen an uns vorbei in den Raum. Wir hatten beide bereits zu Protokoll gegeben, was geschehen war. Ich durfte gehen.

Wie in Trance starrte ich auf das Grau des Asphalts unter mir und fragte mich, ob ich einfach diesen Ort verlassen könnte, um an anderer Stelle diesen Tag neu zu beginnen. Ohne Leiche, ohne Brücke, ohne diesem Menschen beizustehen, der sich unter dem Sand verbarg.

Leander half mir auf, ich hielt mich an seinem Arm fest, fühlte mich auf meinen Beinen wie ein Rehkitz, das zum ersten Mal versucht, zu gehen. Dieser Ort musste ohne mich auskommen. Auch die Seele, die dort verborgen lag. Der Sanitäter fühlte meinen Puls. Gab mir ein Stück Traubenzucker. Leander wurde noch gebraucht, mit mir würde sich der zuständige Kommissar, der etwa in einer halben Stunde erwartet wurde, in Verbindung setzen. Am liebsten wollte ich alleine sein und mich sortieren. Ich schaute die Rampe hinauf. Dort oben fuhr ein Leichenwagen vor. Nach einem Gespräch mit einem Polizisten rangierte der Fahrer langsam rückwärts an uns vorbei, bis kurz vor die Eingangstür herunter.

Jetzt wollte ich weg. Eine Polizistin bot an, mich nach Hause zu fahren.

HEIMATHAFEN

Die Sonne schien freundlich auf das Weiß der Boote im Hafen. Als ich die Steintreppe hinunterging, fühlte ich mich, als ob ein Sack Beton auf meinen Schultern lastete. Auf dem Weg zur *Happy Days* kam ich an der *Blue Sky* vorbei. Bisher kannte ich nur einen einzigen Mann, der karminrote Slipper und einen goldenen Siegelring trug. Es war Richard van Gedden. Nicht auszudenken, wenn wir ihn in der Deutzer Brücke gefunden hätten. Schnell ging ich weiter. Mein Nachbar Ben pinselte einen lachenden Anker in Azurblau auf sein Boot.

Er bot mir an, den Sitzsack zu benutzen. »Auf dem fühlt man sich wie in Abrahams Schoß. Ich habe ihn weiter nach hinten geschoben, damit er dich nicht stört beim Ein- und Aussteigen.«

»Danke, das ist sehr liebenswürdig …«, mir gelang es nicht, den Satz zu Ende zu sprechen. Meine Stimme zitterte, mir wurde flau, Tränen liefen über mein Gesicht.

»Hey, Linda«, er stand auf, legte den Pinsel weg und nahm mich in den Arm. Obwohl ich ihn kaum kannte, vergrub ich mein Gesicht in seinem mit Farbe bekleckstem T-Shirt und berichtete heulend, was ich gerade erlebt hatte. Als ich mich ein wenig beruhigte, zog er mich zum Sitzsack und setzte mich behutsam darauf. Ich solle kurz warten, er würde einen Schnaps holen oder doch lieber Kaffee? Ich konnte nicht antworten. Kurz verschwand er auf seinem Boot und kam dann mit einer Flasche Korn und zwei Gläschen zurück.

»Wenn man Medizin braucht, muss man sie nehmen«, sagte er und goss uns beiden ein. Ich trank aus dem Glas und spürte, wie sein Inhalt meine Kehle runterlief. Ich mochte keinen Korn, aber vielleicht würde er mich beruhigen. Ben holte Kaffee. Er fragte nicht, stellte nur die beiden Tassen auf den Steg und setzte sich vor mich im Schneidersitz hin. Er trank seinen Schnaps und schüttelte sich. »Zieht ganz schön rein das Zeug.« Er strich sich durch seinen grauen, fast weißen Bart, zog ein Gummi aus seiner weißen Malerhose und bändigte darin sein Haar zu einem kleinen Pferdeschwanz. Er sah mich nicht an, sagte nichts, blieb nur in meiner Nähe. Ich mochte es, wenn jemand merkte, dass er gebraucht wurde.

Ich erzählte ihm, wie mir das Ganze in den Knochen steckte. Dann stand er auf, kniete sich neben meinen Sitzsack und drückte mich. Ich legte meine Arme um ihn und schloss die Augen. Eine ganze Weile blieben wir so, bis jemand auf den kleinen Steg gelaufen kam.

»Frau Weißenberg, was machen Sie hier?«, fragte eine Männerstimme. Es war Kommissar Raimund Golt, der vor uns stand.

Ben richtete sich auf. »Das geht Sie gar nichts an.«

Golt sah sich Ben intensiv an. Währenddessen zog er wortlos seinen Dienstausweis aus seiner Westentasche und hielt ihn Ben vor die Augen. »Und Sie sind?«

»Ich bin Ben.«

»Ben wer?«

»Einfach Ben. Wie Madonna. Die heißt auch nur Madonna.«

»Wo sind Sie her?«

»Grünland.«

»Wie bitte?«

»Tschuldigung. In Wirklichkeit stamme ich aus dem Phantasialand.«

»Ben hat mit der ganzen Sache nichts zu tun«, schaltete ich mich ein. »Er ist mein Nachbar und hat mich getröstet.«

»Herr Ben, kennen Sie Herrn Richard van Gedden?«

»Herr Ben?«, wiederholte der kopfschüttelnd.

»Kennen Sie ihn?«

»Ja klar, der liegt mit seiner *Blue Sky* gleich hinter der *Happy Days*.«

»Wann haben Sie ihn das letzte Mal gesehen?«

»Keine Ahnung, heute morgen irgendwann.«

»Geht das genauer?«

Ben dachte nach. »Ich habe ihn nicht gesehen, sondern gehört, wie er auf seinem Außendeck-Salon gequatscht hat. Seine Stimme kennt man ja. Die klingt laut und herrisch.«

»Wie standen Sie zu Herrn van Gedden?«

»Wir kennen uns, aber wir stehen nicht zueinander. Hat er was ausgefressen?«

»Herr van Gedden ist ermordet worden.«

Stille trat ein. Ich hatte also recht. Der Tote war Marisas Mann Richard.

Ben hob die Hände hoch, als richtete jemand seine Pistole auf ihn. »Ich kenne meine Rechte als Bürger dieses Landes.«

»Und Sie Frau Weißenberg, was bringt Sie hierhin?«

»Ich wohne hier.« Ich deutete mit dem Finger auf das Boot.

»Seit wann?«

»Seit gestern.«

»Und schon sind Sie in einen Mord verwickelt. Das ist rekordverdächtig.«

»Linda ist ein freier Mensch«, Ben nahm seine Hände wieder herunter, »sie kann hier wohnen und in so viele Morde verwickelt sein, wie sie will.«

»Wie lange kennen Sie beide sich?«, fragte Golt.

»Seit vorhin«, antwortete ich.

»Sie lagen sich gerade in den Armen!«

»Mir war zum Heulen und Ben tröstete mich«, erklärte ich die Lage.

»Ach«, kam es von Golt, »das ging ja schnell.«

»Was geht Sie das an?«, fragte Ben. »Sie sollten diesen Mord mal schnell aufklären, bevor es noch mehr Tote gibt.

Wer sich mit wem in den Armen liegt, können Sie dann später ausklamüsern, wenn es Sie wirklich so interessiert.«

Golt sah ihn an, blieb jedoch stumm. Bevor die beiden noch aneinandergerieten, lud ich Golt auf einen Kaffee in meinen bescheidenen Salon ein. Er stimmte zu und war offensichtlich froh, aus dieser Situation herauszukommen. Ich erhob mich vom Sitzsack. »Ben, auch Lust auf einen Kaffee?«

»Nein, danke. Ich bleib hier auf dem Steg und pinsle.«

Vor Golts Augen nahm ich den beschwerlichen Aufstieg auf die *Happy Days* in Angriff. Mir entging nicht, wie er sich jede meiner Bewegungen genau ansah und sie mir nachmachte. Auf die Stufen, die gleich hinter der Tür hinunter ins Bootsinnere führten, war er jedoch nicht eingestellt, und so stolperte er mir auf ihnen entgegen, mich rückwärts auf die kleine Sitzbank schiebend. Während ich abrupt zum Sitzen kam, stützte er sich an der Wand rechts und links von mir ab, sodass er halb über mir hing. Sein Gesicht ganz nah an meinem, ein Bein zwischen meinen. Er roch nach Minze und Tabak. Für einen Augenblick hielt er inne.

»Das sind ja schöne Manieren. Deshalb bist du nicht nach Hause gekommen«, rief eine Stimme.

Golt richtete sich auf und drehte sich um. Draußen vor der offenen Bootstür stand mein Mann Adrian. Wie immer leicht vornübergebeugt, das Haar zottelig, als wäre er gerade aus dem Bett gefallen.

»Ich bin aus ganz anderen Gründen nicht nach Hause gekommen. Das weißt du sehr genau«, rief ich zurück. Mein Erlebnis in der Brücke verschwieg ich zunächst lieber. Sonst zog er mich womöglich an den Haaren aus dem Hafen nach Hause.

Adrian ließ seine Hände, die er in die Hüfte gestemmt hatte, sinken und wurde leiser. »Was machst du hier überhaupt?«

Draußen fuhr ein Schiff mit lautem Motor an uns vorbei und verursachte Wellen, die auch die *Happy Days* erfassten. Man hörte Wasser schwappen. Kommissar Golt verlor das Gleichgewicht und taumelte zu mir auf die Bank, saß nun fast auf mir.

Adrian sah durch die offene Türe ins Boot hinein. »Linda, du siehst doch, wo du gelandet bist. Der Mann gräbt dich plump an. Komm jetzt nach Hause.«

Golt richtete sich auf, zog sein Sakko gerade, ging zur Tür und schob sie vor Adrians Nase zu.

»Linda!«, hörte ich von draußen. Also zog ich die Tür einen Spalt breit auf und bat ihn, jetzt keinen Ärger zu machen. Adrian fand jedoch, dass er genug gesehen hätte und sich selbst verarschen könne. Er ging.

Ich rief ihm hinterher: »Wenn du glaubst, mein Auszug hätte mit dem hier etwas zu tun, dann liegst du falsch! Kommissar Golt ermittelt nur.«

Er drehte sich nicht mehr um, machte nur eine abfällige Handbewegung, die deutlich machte, dass er mir nicht glaubte, und lief auf den Hauptsteg.

FREIHEIT?

Golt stand neben mir, hielt sich mit einer Hand am Steuerrad fest und sah sich um. »Hier wohnen Sie jetzt?«

»Erst mal.«

»Darf ich fragen, warum?«

»Fragen dürfen Sie. Ob ich es wirklich erklären möchte, weiß ich nicht.«

»Alleine?«

Ich nickte.

Seine Nähe brachte mich in eine Unruhe, die es mir schwermachte, klar zu denken. Ich bat ihn in den Salon und deutete auf die drei Stufen, die hinunterführten. Unten setzte ich Kaffeewasser auf und setzte mich zu ihm an den Tisch, auf dem noch die Brötchen vom Frühstück lagen.

Er sah mich an. Eine ganze Weile. Dann sagte er: »Wer ist dieser Ben?«

»Ich kenne ihn tatsächlich erst seit heute früh.«

»Sie liegen in den Armen eines Mannes, den Sie so gut wie gar nicht kennen?«

»Ich weiß, in einigen Kulturen müssten wir jetzt heiraten. Aber wenn jemand bereitsteht, um zu trösten, sollte man nicht zögern, das Angebot anzunehmen.«

»Finden Sie?«

»Können Sie gut trösten?«

Er zögerte. »Was weiß ich? Das ist nicht mein Job.«

»Trösten Sie nie?«

»Selbstverständlich tröste ich, wenn es gebraucht wird. Aber ich bin hier in ganz anderer Mission.«

»Wenn Sie wollen, kann ich Sie auch mal trösten«, schlug ich vor. »Eine Umarmung sagt mehr als 1000 Worte.«

Golt sah mich an, als ob ich ihn gebeten hätte, nackt vor den Papst zu treten. Es dauerte eine Weile, bis er sich wieder gefangen hatte. Allerdings gab er zu, Frau van Gedden nicht selbst über den Tod ihres Mannes in Kenntnis gesetzt zu haben.

»Wie ist der denn gestorben?«, fragte ich ihn.

»So wie es aussieht, wurde er erschossen.«

Um mich herum drehte sich die Einrichtung des Bootes. Alles schien blau für einen Augenblick. Ich schloss meine Augen, hielt meine Hände vors Gesicht. Heute früh hatte ich noch neben ihm gesessen. Ihn arrogant gefunden. Dafür schämte ich mich jetzt. Ich versuchte mich zu fangen, das Erlebte irgendwie abzuschütteln.

»Frau Weißenberg, sind Sie o.k.? Dem Beamten vor Ort gaben Sie Ihre Adresse als Chopinstraße 38 in Köln-Rodenkirchen an.«

»Reflexhandlung, nehme ich an. Ist ziemlich frisch mein Entschluss, dort nicht mehr zu wohnen. Welche Adresse ich im Hafen hätte, weiß ich noch gar nicht.«

»Bayenstraße 28a.«

»Echt?«

»Steht oben am Eingang. Wo diese alte Steintreppe ins Hafenbecken herunterführt, hängen ja sogar Briefkästen.«

»Demnach kann ich meine Post hierhin umleiten lassen. Dann bin ich richtig frei.«

»Freiheit wird überbewertet, glauben Sie mir.«

»Sagt man das nicht nur, wenn man sie hat?«

Der Wasserkessel pfiff.

»Nehmen Sie mich zum Beispiel«, sagte er, »ich lebe weitestgehend in meinem Camper und fahre in ihm zu den Tatorten. So mancher beneidet mich darum, dass ich heute hier und morgen dort bin.«

Ich stellte die Kaffeemaschine an, während er vor sich hin philosophierte.

»Aber manchmal ist es ganz schön, wenn jemand Rechenschaft fordert. Könnte ein Zeichen von Interesse sein.«

Als ich ihm einschenken wollte, merkte ich, dass meine Hände zitterten. Ich sah dem Kaffee dabei zu, wie er die Tasse langsam füllte, dann überfüllte und auf den Tisch lief. Obwohl ich sah, was geschah, fühlte ich mich wie gelähmt, unfähig, zu reagieren. Währenddessen saugte sich die kleine weiße Tischdecke voll. Golt nahm mir sachte die Kanne aus der Hand und stellte sie auf den Tisch.

»Alles gut«, sagte er, »das ist der Schock.« Er strich über meinen Arm. »Soll ich psychologische Unterstützung für Sie anfordern?«

Während ich überlegte, ob mir das helfen konnte, wurde ich auf ein Geräusch aufmerksam, was ich nicht einzuordnen vermochte. War es drinnen oder draußen? Auch Golt hob den Kopf in die Höhe und schaute suchend umher. Dann stand er auf, ging die Stufen zum Führerstand hoch und zog die Bootstür auf. Das Geräusch hörte man jetzt lauter. Es klang wie ein Scheuern.

»Was machen Sie hier zum Teufel, Herr Ben?«, hörte ich Golt fragen.

»Ich muss diese Stelle ausbessern. Harry hatte mich damit beauftragt. Hier sehen Sie, da ist Rost am Schiffsrumpf«, antwortete Ben.

»Aber doch nicht jetzt!«

»Das muss fertig werden. Harry hat mich schon vor langer Zeit dafür bezahlt.«

»Wer ist Harry?«

»Ihm gehört dieses Boot.«

»Wenn dieser Harry Sie schon vor langer Zeit dafür bezahlt hat, wird es ja wohl noch eine halbe Stunde warten können.«

Ich war Golt gefolgt und stand hinter ihm, konnte Ben jedoch nicht sehen.

»Lassen Sie mich mal«, bat ich Golt, schob ihn sanft beiseite und beugte mich heraus. Ben lag längst zum Schiff auf dem Steg, mit Schleifpapier in der Hand.

»Alles o.k. bei dir?«, fragte er leise und blinzelte mir zu.

»Ja, ja, alles gut«, sagte ich, schob die Türe zu, bevor die beiden Männer wieder aneinandergerieten und schlug vor, dass wir den Kaffee tranken, bevor er kalt wurde.

Zurück im Salon berichtete ich Golt alles, was ich im Zusammenhang mit van Gedden wußte, was allerdings nicht allzu viel war.

»Wie war Ihr Eindruck von der Ehe der van Geddens?«

»Schwer zu sagen. Marisa jedenfalls schien ihn zu vergöttern. Umgekehrt wüsste ich das nicht so genau. Aber Aufschneider zeigen ihre Gefühle ja nicht. Das Aufschneiden soll doch von denen ablenken, denke ich.«

Er nahm einen Schluck Kaffee. »So habe ich das noch nie gesehen. Sie könnten Recht haben.«

Golt trank bedächtig aus und erhob sich.

»Erreiche ich Sie hier?«

»Klar«, antwortete ich.

»Passen Sie mal gut auf sich auf hier im Hafen. So ein Boot bricht man leicht auf.«

»Haben Sie die riesige Eisentür zu Beginn des Hauptsteges gesehen? Die wird nachts abgeschlossen und hat noch Flügel, die rechts und links davon übers Wasser ragen. Hier kommt keiner so leicht rein.«

Er ging die Stufen hoch zum Steuerstand und verließ das Boot.

TEURE TRÄUME

Ich setzte mich raus auf den Sitzsack und dachte an die vielen Möbel in meinem Haus in Rodenkirchen. Sessel, Sofas, Bilder. Alles schöne Dinge. In diesem Augenblick, auf einem kleinen Steg im Stadthafen von Köln, fehlte mir nichts davon.

»Dieser Golt. Was will der von dir?«, fragte Ben.

»Der macht auch nur seine Arbeit. Schließlich habe ich die Leiche von van Gedden gefunden.«

»Der hält dich doch nicht etwa für die Mörderin?«

»Um Himmels willen, nein.«

»Der soll bloß nicht wiederkommen.«

»Dein lachender Anker gefällt mir«, sagte ich.

»Ja, der ist ganz nett geworden. Ich bin Maler.«

»Was malst du so?«

Er rollte sich eine Zigarette. »Dir male ich alles.«

»Mal mir ein neues Leben.«

Er sah auf zu mir, während er gerade die Zunge herausgestreckt hatte, um sein Blättchen zu befeuchten.

»Was zahlst du?«

Ich überlegte, wie viel sich in meinem Portemonnaie befand. »28,40 Euro. Das ist alles, was ich noch habe.«

»Das wird ein kleines Leben«, meinte er, steckte sich die fertige Zigarette an und stieß kleine Wölkchen aus Rauch aus. »Ich hab noch ’nen Zwanni. Aber ich bin ein Surviver. Man nennt mich auch Sir Viver.«

Immerhin hatte ich noch meine Kreditkarte. Das Konto, von dem ich mich seit fast einem Vierteljahrhundert bediente, wurde monatlich von Adrian gefüllt. Davon wollte ich jetzt eigentlich nichts mehr ausgeben. Unser ehelicher Pakt war aufgekündigt. Aber so schnell kam ich nicht auf eigene Beine. Und mein Putzjob in der Brücke hatte noch keinen Cent eingebracht. Ich würde mich auf das Allernotwendigste beschränken. Als Erstes musste ich mein Auto aus der Tiefgarage holen. Das fraß mir sonst ein Loch ins Portemonnaie.

»Über Geld sollte man sich nicht so viele Sorgen machen«, meinte Ben. »Sonst frisst es einen auf. Als Jugendlicher habe ich mal erwogen, in die DDR zu ziehen. Weißt du, warum?«

Mir schauerte bei dem Gedanken. »Nee.«

»Weil Geld dort keine so große Rolle spielte wie hier. Es hat eine Weile gedauert, bis ich verstand, dass es deshalb so war, weil man nicht viel dafür bekam. Aber der Gedanke, dass Geld nicht viel bedeutet, hat mir damals schon gefallen. Es gibt Tage, da denke ich darüber nach, ob ich die Leinen losmache und in die Türkei fahre. Dort würde ich in einer verwunschenen Bucht festmachen, die ich kenne. An Land wächst genug, um sich selbst zu versorgen.«

Er lehnte sich an die Bordwand seines Schiffes. »Dort wäre ich frei und hätte meine Ruhe. Ich könnte malen, schlafen, träumen, wann immer ich es will.«

»Ich komm mit.«

Er sah mich an und sagte: »Gut.«

Eine hübsche junge Frau mit kurzen dunkelblonden Haaren, kleiner Stupsnase und Apfelbäckchen bog in unseren Seitensteg ein. Meine wunderbare Tochter Floriane. Ich sprang auf, um sie zu umarmen. Die Sonne ging in mir auf. Ich drückte sie fest an mich. Wie sehr hatte ich sie vermisst. Gleichzeitig überlegte ich, ob ich von meinem Brückenerlebnis berichten wollte. Es war so ungeheuerlich.

»Ich muss dir unbedingt was erzählen«, sagte Floriane und klang aufgekratzt. Ben stand auf und stieg in sein Boot, noch bevor ich ihn vorstellen konnte.

»Stell dir vor, Mamma, Matthes und ich haben uns ausgesprochen und versöhnt. Wir lieben uns doch noch immer. Das ist schließlich das Einzige, was zählt.«

Matthes, seit zwei Wochen ihr Ehemann, war jetzt in Kalifornien und versuchte dort, beruflich etwas klarzumachen, wie sie es nannte. Sie wollte ihm nachfliegen. Paps hatte das Ticket schon bezahlt. Heute Abend um sechs sollte es bereits losgehen.

Sie strahlte. Ich strich ihr durch die Haare. Kaum zehn Tage war es her, dass ihr Matthes sie krank auf ihrer Hochzeitsreise in Australien zurückgelassen hatte. Heute schien bereits wieder die Sonne über ihr junges Glück.

»Kommst du mit zum Flughafen? Paps bringt mich. Doris kommt auch dorthin, sie bringt noch Matthes' Neoprenanzug, den ich ihm mitbringen soll.«

Mir war, als schlug mir jemand den Sitzsack ins Gesicht. War das jetzt die neue Einheit: Paps und Doris? Mit dieser neuen Traumpaarung brachte ich mein Kind besser nicht zum Flughafen, wenn es keine weitere Leiche geben sollte.

»Komm doch wieder nach Hause, Mamma. Was hat Paps dir denn getan? Ich verstehe dich nicht.«

Adrian hatte ihr also nichts erzählt. Sollte ich nun meinem Kind sagen, dass ihr Vater es mit ihrer Schwiegermutter trieb? Das ging für mich schlicht nicht.

»Könnt ihr euch denn nicht wieder vertragen? Matthes und ich haben es doch auch geschafft. Papa ist total am Ende.«

Offen gestanden fühlte ich mich schon weit dahinter. Zärtlich strich ich ihr über die Wange. »Was wird aus deinem Studium? Du wolltest Pharmazeutin werden, Papas Apotheken übernehmen.«

»Das Studium kann warten, das Leben nicht. Und die Liebe auch nicht.«

Was sollte man dagegen sagen? Irgendwie hatte sie ja auch recht. Kalifornien. Da wollte ich selbst immer hin.

»Bring trotzdem dein Studium zu Ende. Erlerne einen Beruf, sonst bist du aufgeschmissen, wenn's mit der Ehe nicht klappt. Mach dich unabhängig.«

»Aber Mami, das bin ich doch. Dafür brauche ich kein Geld.«

Hast du eine Ahnung, wollte ich sagen, noch gab es unser Geld für sie. Adrians Geld, um genau zu sein. Aber ich schwieg. Brachte es nicht übers Herz, ihre Pläne madig zu machen. Sie schien ohnehin bereits entschlossen. Meine Stimme zählte nicht mehr.

»Komm uns besuchen!«

»Mach ich.«

In mir bahnte sich bereits ein Sturzbach an, gegen den die Niagarafälle eine Vogelpfütze waren. Noch konnte ich ihn zurückhalten, aber viel länger würde das nicht mehr klappen.

»Versprochen, Mamma?«

»Versprochen.«

»Mit Papa?«

Darauf sagte ich nichts. Sie umarmte mich, küsste mein Gesicht und verabschiedete sich hastig, es war schon halb drei, sie musste noch schnell ihren Seesack packen. Ich sah ihr nach, wie sie über den Steg lief, hüpfend wie ein Kind, während ich auf meinem Sitzsack kauerte und mich fühlte, als würde der Rhein durch mich hindurchlaufen. Tu dir nicht leid, sagte ich mir still, das zieht noch mehr runter.

»Kaffee?« Ben schaute von seinem Boot auf mich herunter. Seine *Tobago Sun* lag genau andersherum zur *Happy Days*. Ihr Heck befand sich da, wo mein Bug war. Auf der Höhe meiner Schlafkajüte befand sich auf seinem Boot eine Art Veranda mit zwei Stühlen und einem kleinen Tisch, alles aus verwaschenem Holz, dem man ansah, dass es schon eine Menge Wetter hinter sich hatte. Von dort verschwand Ben eine Treppe hinunter. Kurz darauf erschien er mit zwei Kaffeetassen und balancierte mit ihnen über sein Schiff. Er reichte sie mir von der Reling herunter, dann nahm er einen der beiden Klappstühle von seiner Schiffsterrasse, stellte ihn auf den Steg und lehnte sich darin zurück. Ich wollte jetzt nicht reden. Nur in den Himmel schauen. Gedanklich ging ich in den alten

Kinderbüchern meiner Tochter spazieren und hätte mich am liebsten in dieser bunten und liebevollen Welt niedergelassen. Vielleicht schrieb ich mal ein Kinderbuch für Erwachsene und verschwand selbst dort hinein. So entkam man den Belästigungen durch die Realität.

TRÖSTER

Jemand rannte über den Hauptsteg.

»Mama! Mama! Mama!« Es fuhr in meinen Körper wie ein Stich.

Es war Cara, Marisas Tochter, die weinend auf das Schiff ihrer Eltern zulief. Die Schiebetür öffnete sich, Marisa trat mit roten Augen auf den Außensalon und breitete die Arme aus, um ihr Kind an sich zu drücken. Beide hielten sich fest umschlungen. Marisa versuchte, ihr Kind zu beruhigen, und strich ihr zärtlich über das Haar, verschwand mit ihr hinter der Schiebetür. Ich fragte mich, wie wir die beiden Frauen trösten konnten. Ben schlug einen Weinbrandkaffee vor und stieg hinab in seine *Tobago Sun*. Ein paar Minuten später kam er mit zwei Tassen wieder raus. »Aber sollen wir die beiden jetzt wirklich stören?« Er war sich nicht sicher.

»Wir stellen es ihnen nur da hin«, schlug ich vor.

»Bis die wieder rauskommen, ist der Kaffee kalt.«

»Dann klopfen wir und reichen es ihnen rein.«

»Ben, du wolltest mir die Welle fetten.«

Eine junge Frau stand auf unserem Zwischensteg, in Klapperschläppchen mit Absätzen so hoch wie der Kölner Dom und gelbem Bikini und null Gramm Fett am Körper. Wenn man diese Art von Bauch besaß, sollte man ihn zeigen, solange er so schön war. Jeden Tag, sommers wie winters. Meinen hielt ich lieber verdeckt. Sommers wie winters. Welche Welle man an ihr fetten wollte, blieb mir verborgen.

»Lola, ja, hatte ich versprochen. Jetzt?«, fragte Ben.

»Du hattest es für genau jetzt versprochen.«

»Genau jetzt, ach so.« Er stand auf und stellte mich vor.

»Hi, ich bin Lola. Dein Schiff?«, fragte sie.

»Nein, darf es nur nutzen.«

»Cool. Was ist jetzt, Ben?«

Ihr gelber Nagellack strahlte mit der Sonne um die Wette. Sie schien um die 20 und voller Energie.

»Machst du die Sache mit den Kaffees klar?«, fragte Ben und reichte mir die Tassen. Ich nickte, daraufhin ging er hoch zu seinem Schiff und kam mit schmierigen Gummihandschuhen unterm Arm wieder heraus.

»Dann mal viel Erfolg bei Marisa«, sagte er, als er auf den Hauptsteg trat, um Fräulein Hauchdünn zu folgen, und klopfte mir liebevoll auf die Schulter. Da stand ich nun mit zwei dampfenden Kaffees in der Hand, unschlüssig, ob es wirklich eine so gute Idee war. Aber ich wollte mein Glück versuchen und beschritt die Stufen zum Nachbarschiff. Als ich den Außensalon erreichte, hörte ich Marisa und ihre Tochter laut hinter der Glastür sprechen.

»Rede keinen Unsinn, Cara, warum solltest du Schuld tragen? Wir wissen doch noch gar nicht, wie es passiert ist.«

»Weißt du, wie oft ich ihm den Tod gewünscht habe?«

»Aber warum in aller Welt? Er war dein Vater. Er hat dich vergöttert.«

»Aber hat er auch dich vergöttert? Verarscht hat er dich.«

»Aber Cara, sag doch so was nicht!«

Gerade als ich im Begriff war, umzudrehen, um diesen Unglücksort so schnell wie möglich zu verlassen, hatte man mich offenbar entdeckt. Die Schiebetür öffnete sich, und Marisa trat heraus.

»Ich wollte auf gar keinen Fall stören. Ich weiß von Ihrem Unglück. Mein aufrichtiges Beileid. Darf ich Ihnen beiden einen Kaffee mit Weinbrand anbieten? Zum Trost, meine ich. Ben hat ihn gekocht. Wir hatten überlegt, was Ihnen jetzt guttun könnte.«

Ich stand da wie angewurzelt. Selten hatte ich mich weiter weggewünscht als jetzt gerade. Und Ben schmierte in aller Ruhe die Welle einer jungen Frau.

Marisa bedankte sich, nahm mir die beiden Tassen ab, und ich verließ so schnell ich konnte ihr Schiff. Ein junger Mann mit festem, eiligem Schritt, in schwarzer Jeans und weißem Hemd kam über den Hauptsteg und lief auf die *Blue Sky* zu. Ohne mich eines Blickes zu würdigen, nahm er die Stufen auf der rechten Seite der *Blue Sky*, während ich die Treppe auf der anderen Seite hinunterging.

»Kilian!«, rief Marisa und umarmte auch ihn, als er den Außensalon erreicht hatte.

»Mama, was ist denn passiert?«

»Ich weiß es nicht. Ein Verbrechen.«

»Was?«

»Er wird noch obduziert.«

»Opa kommt gleich, habe im Auto mit ihm telefoniert sowie mit der Kanzlei Rosenstein, das war doch richtig, oder? Ich dachte nur, dass wir jetzt anwaltlichen Beistand brauchen könnten. Da hinten kommt er schon.«

Bevor ich in meinen Seitensteg abbog, wagte ich noch einen Blick zurück auf den Hauptsteg. Mit einem Strauß schwarzer Rosen in der Hand lief gerade ein Herr in dunkelblauem Anzug und weißen Haaren die Steintreppe ins Hafenbecken hinunter.

»Wahrscheinlich hast du recht«, meinte Marisa und setzte sich auf eines der Polster ihrer Sitzgruppe. Nun trat auch Cara hinaus, und ich verzog mich auf meinen Sitzsack, um ihre Privatsphäre zu wahren, auch wenn ich weiterhin versuchte zu verstehen, was dort oben gesprochen wurde. Es interessierte mich, was dieser Familie widerfahren war. Schließlich war ich dabei, als van Gedden gefunden wurde. Der Herr wurde als Dr. Rosenstein von Kilian begrüßt, nachdem er die Stufen zur *Blue Sky* emporgestiegen war.

Auch Marisa begrüßte ihn. »Artur, wie schön, dass du so schnell kommen konntest.«

Der Mann sprach sein Beileid aus.

»Lasst uns reingehen und drinnen alles Weitere besprechen«, schlug Kilian vor.

Die Stimmen wurden leiser, ich hörte das Surren der Schiebetür, dann war es still. Neben mir nur noch das Glucksen des Wassers und das Knarzen der Taue. Marisa schien auffallend gefasst dafür, dass sie gerade ihren Ehemann verloren hatte. Und wie kam Cara darauf, Schuld daran zu sein? Ob ich mit Golt über diese Gesprächsfetzen sprechen sollte? Er war der Profi, besser, ich pfuschte ihm nicht ins Handwerk. Wieder hörte ich die Schiebetür und gedämpft auch Stimmen. Jemand ging die Treppe der *Blue Sky* hinauf.

»Pappa!«, hörte ich Marisa rufen. Sie schluchzte auf. Ich schloss die Augen und dachte darüber nach, ins Bootsinnere zu gehen, weil ich fehl am Platze war, auch wenn man mich von der *Blue Sky* nicht sah, als mir jemand auf die Schulter klopfte.

»Junge Frau, weißt du, wo Ben ist?«

Ich drehte mich um und blickte in das Gesicht eines Herren, aus dessen Mundwinkeln etwas zu hängen schien. Etwas Labberiges, das aussah wie ein Wurm. Ein weißer, etwa fünf Zentimeter langer Wurm. Auf beiden Seiten seines Mundes einer.

»Ich bin Fritz. Wir kennen uns wohl noch nicht.«

»Das ist gut möglich, bin erst seit gestern hier.«

Je länger ich ihn ansah, desto mehr erkannte ich, dass das, was immer da herunterhing, angewachsen war und Teil seines Bartes zu sein schien. Zwei schmale Haarstreifen hingen dort. Es sah aus, als würden rechts und links je ein Stück Nudel herabhängen. Labberig gekochte Nudeln. Dieser Anblick absorbierte meine gesamte Aufmerksamkeit.

»Was ist denn hier los?«, erkundigte er sich.

Nebenan führte der Vater eine schluchzende Marisa ins Schiffsinnere.

»Fritz, alles frisch? Ist deine Welle gut gefettet?« Ben kam mit einer großen Kartusche in der Hand auf uns zu. »Hast du schon von Richards Tod gehört?«

Fritz schüttelte den Kopf, und alles, worauf ich achten konnte, war, wie sich seine beiden Bartnudeln dabei bewegten. Ben erklärte ihm die Lage.

»Hat ihm jemand das Herz gebrochen?«, fragte Fritz.

»Nicht jeder leidet so an Liebeskummer wie du. Ich sagte doch, er ist höchstwahrscheinlich ermordet worden.«

Der Mann verschränkte die Arme und murmelte: »Bestimmt von einer Frau.«

Langsam lief er zurück quer über den Hauptsteg zu seinem Boot gleich gegenüber meiner *Happy Days*.

»Arme Marisa«, sagte Ben und verstaute seine Kartusche samt Arbeitshandschuhen auf seiner Terrasse.

RAUSWURF

Ich ging zurück an Bord meines neuen Zuhauses. Unten in meinem kleinen Salon lag mein Koffer auf der Sitzbank gegenüber vom Tisch. Meine Sachen lagen verstreut auf der Bank. Ich suchte nach etwas Frischem, das ich anziehen konnte. Allzu viel hatte ich nicht hineingepackt, aber

Freiheit hatte einen Preis. Sollte ich diesen Preis in Form von Textilien bezahlen, war das nur fair.

Eigentlich hatte ich doch alles, was ich brauchte. Zwei Sitzbänke mit blauen Polstern, dazwischen einen Holztisch, Teppichboden, ebenfalls in Blau. Keinen Kleiderschrank, aber als Ausgangspunkt für ein neues, eigenes, wenn auch bescheidenes Leben, taugte es.

Als ich mit frischen Klamotten auf den Steg stieg, saß Ben auf seiner Terrasse und zeichnete. Er hielt seinen Block hoch und zeigte mir ein Bild von uns beiden, wie wir ins Wasser sprangen. Hand in Hand. Ich schaute mir die beiden Figuren an. Sie sahen uns ähnlich. Er schmal und drahtig, mit strubbeligem Haar, ich ein wenig füllig, mit meinen schulterlangen krausen Locken. So sah ich aus. Selbst meine knollige Stupsnase und meine Pausbacken hatte er gut getroffen. Er schrieb einen kleinen Text unter das Bild:

Wir springen in den Rhein und kommen in unserer eigenen Welt wieder heraus. Dort, wo jeder Tag im Frühling beginnt.

Er schenkte mir das Bild und verschwand ins Innere seines Bootes, um Sekt zu holen, den er noch im Kühlschrank stehen hatte. Wir hatten ihn uns verdient, fand er, und alleine würde er ihn niemals trinken. Ich lehnte mich im Sitzsack zurück, mit seinem Bild auf dem Schoß, und dachte darüber nach, ob ich hier im Hafen ein neues Leben beginnen könnte oder ob es bereits begonnen hatte. Eines, dessen Tage immer im Frühling begannen.

»So junge Frau, wer sind wir denn?«

In unseren kleinen Steg bog eine kräftige Frau ein mit brünettem Kurzhaarschnitt, beide Hände in die pummelige Hüfte gestemmt. Ihr Ton klang, als hätte sie ein kleines Mädchen beim Klauen erwischt. Das kleine Mädchen schien ich zu sein.

»Und Sie?«, fragte ich gegen. Sie sah mich auf eine Weise an, die ich als einschüchternd empfand. Ich konnte mir gar nicht erklären, warum sie so wütend war.

»Ich bin Marta, die Hafenmeisterin. Ich beobachte Sie jetzt schon eine ganze Weile. Wie kommen Sie auf die *Happy Days*?«

»Also ich stelle mich immer erst mal seitlich zum Boot, nehme dann einen Fuß hoch …«

»Was erzählen Sie mir denn da für einen Quatsch? Ich will wissen, was Sie hier suchen. Dieses Boot gehört den Weinbergs, die sehe ich aber nicht.«

»Ich bin deren Gast.«

»Und sind die hier?«, ihre Stimme wurde lauter. »Sie packen jetzt Ihre sieben Sachen und verschwinden. Aber ganz schnell!«

»Die beiden erlauben mir, in ihrer Abwesenheit hier zu wohnen.«

Sie stemmte die Hände in die Hüfte und drückte ihre Brust raus, die man auch ohne diese Geste wegen ihres Volumens nicht übersah. So wirkte ihre Statur noch gewaltiger.

»Warum weiß ich dann nichts davon?«

»Müssen Sie das?«

»Sie machen mir Freude. Was glauben Sie, was mein Job ist? Ich bin für diesen Hafen zuständig. Und Ihnen gehört kein Boot, also weg hier. Und zwar hopp.«

»Aber ich könnte die beiden anrufen, die sagen Ihnen, dass ich hier sein darf.«

»Warum hat man Sie dann nicht angemeldet?«

Ich versuchte, ihr meine Geschichte zu erklären. Aber sie ließ sich nicht darauf ein.

»Entweder, Sie holen jetzt einen von den Weinbergs an die Strippe, oder ich bringe Sie gleich zur Polizei.«

»Nein, nein, nicht die schon wieder.«

»Ach, mit denen hatten Sie also auch schon zu tun.« Marta zog sich die Ärmel ihres Shirts hoch. »Dachte ich's mir doch.«

Ich suchte an Bord nach meinem Handy und rief Erika an. Aber die ging nicht ran, ich bat dringend um Rückruf. Allerdings wusste ich, dass sie auf Reisen waren. Wie brachte ich das der resoluten Hafenmeisterin bei? Sie war um einiges größer als ich und besaß Oberarme wie Popeye und wollte mich wegen Hausfriedensbruchs oder besser Bootsfriedensbruchs drankriegen.

Da ging er hin, mein Traum vom neuen, leichten Leben auf dem Wasser, wo man sich Traumwelten erschaffen konnte.

»Wie meinen Sie, dass ich an den Schlüssel gekommen bin?«, versuchte ich noch einzuwenden.

»Gestohlen, nehme ich an.« Sie schaute mit zusammengekniffenen Augen. Hastig stopfte ich meine Sachen in den Koffer zurück und fragte mich, wo ich nun hinsollte, als ich draußen Bens Stimme hörte. Er bot Marta einen Sekt an.

»Ja, gern«, hörte ich die kampfbereite Dame antworten, die nun ganz anders klang. Er ging noch ein Glas für sie holen.

»Dalli da drinnen«, rief Marta und schlug mit der Faust von außen auf das Boot. Drinnen zuckte ich zusammen, als hätte mir jemand auf den Kopf gehauen. Sie vertrieb mich gerade aus etwas, was mein neues Leben hätte werden können.

»Linda, der Sekt ist da«, rief Ben draußen. In Gedanken ging ich meine Optionen durch. In ein Hotel zu ziehen, schien mir unbezahlbar, unter der Brücke zu schlafen unaushaltbar. Blieb eigentlich nur noch übrig, zurück zu meinen Eltern zu ziehen und mit der Schmach leben zu lernen. Sie befanden sich im Frühjahrsurlaub mit Adrians Eltern in deren Haus an der Loire. Ich wuchtete meinen Koffer die Stufen hoch.

»Hey, was wird das denn?« Ben half mir, den Koffer vor die Tür zu stellen. »Willst du weg? Ich dachte, wir trinken einen Schluck zusammen.«

»Kennst du die?« Marta deutete mit einer Kopfbewegung auf mich.

»Selbstverständlich. Wir machen zusammen ein Projekt.«

»Echt?«

Er lächelte sie an. »Harry hat sie eingeladen, auf seinem Boot zu wohnen. Sie hat sonst kein Zuhause. Ist doch so, Linda, oder?«

Ich nickte.

»Kannst du ganz sicher bezeugen, dass Harry Bescheid weiß?«

»Ja, klar. Du kannst sie nicht vom Boot schmeißen, wo soll sie hin?«

»Aber ich trage hier die Verantwortung. Was machen wir, wenn sie klaut?«

»Sieh sie dir an, sieht sie aus wie eine Diebin? Was immer sie klaut, ersetze ich«, sagte Ben.

»Ich habe in meinem ganzen Leben noch nichts gestohlen«, schaltete ich mich ein, »und habe nicht vor, hier im Hafen damit anzufangen!«

Marta erhob drohend ihren Zeigefinger. »Wehe, ich erwische dich dabei!«

»Wirst du nicht!«, sagte Ben. »Jetzt trinken wir erst mal alle zusammen einen Schluck.«

Marta leerte ihr Glas und verabschiedete sich mit einem: »Ich hab dich im Auge, Fräulein.«

Noch bevor ich antworten konnte, brummte laut ein Motor. Schräg gegenüber parkte jemand sein Boot aus. Es roch nach Diesel. Das Wasser um uns herum schwappte. Ich gab Frau Hafenmeisterin keine Antwort, während sie auf einen Roller stieg und über den Hauptsteg in Richtung Hafeneingang davonfuhr.

Ben reichte mir ein Glas. »Darfste nicht so eng sehen. Sie ist halt launisch. Bei ihr zu Hause läuft es nicht so gut.«

Ich dankte ihm.

»Wofür?«, fragte er.

HIERGEBLIEBEN

»Puh, Linda, das war weiter als gedacht.« Maike bog in unseren Seitensteg ein. Sie war die Strecke vom Campingplatz bis in den Hafen gelaufen und nun völlig aus der Puste. Auf dem Kopf hatte sie sich aus einem Tuch einen

Turban geknotet. Mit ihrem Kaftan und dem aufrechten Gang konnte man meinen, sie käme gerade vom Wasserholen aus der Serengeti. Dabei hatte sie nur den Rhein überquert. Ich bot ihr meinen Sitzsack an. Darauf ließ sie sich seufzend fallen, so wie sie sich eigentlich immer auf eine Sitzgelegenheit eher fallen ließ, als dass sie sich setzte. Sitting Bull nannte sie es selbst.

»Ich kann gerade das Auto nicht benutzen, weil man mein Zelt darauf montiert.«

»Auf deinem Auto?«

»Es ist ein Autodach-Zelt. Ich probiere das aus. Damit kann ich schlafen, wo ich will. Du kannst gerne mitkommen. Es ist groß genug für zwei.«

Vor meinem geistigen Auge sah ich uns in Embryohaltung übereinander liegen. So groß war ihr Autodach nicht.

Maike kam sofort mit Ben ins Gespräch. »Wohnst du hier?«

»Ich bin im Urlaub.«

»Für immer?«

»Vielleicht.«

»Ich glaub, ich bleibe auch hier. Linda, hast du noch ein Bett für mich?«

»Du kannst dir gerne meine kleine Koje anschauen. Zwei Wuchtbrummen wie wir würden sie heute Nacht wahrscheinlich sprengen.«

»Ich hab noch eine freie Koje, die kannst du haben«, sagte Ben, und es klang so selbstverständlich, als würde er ihr einen Tee anbieten.

»Gerne«, sagte sie nur, und ich hatte den Eindruck, beide meinten ernst, was sie da sagten.

Ben holte seine Klappstühle von Bord, und wir saßen zu dritt wie die Hühner auf der Stange auf dem schmalen Steg zwischen den Booten. Ich überließ den beiden die Unterhaltung. Für einen Augenblick wollte ich alles vergessen, was passiert war, und schloss die Augen. Ich dachte an Floriane, vielleicht würde ich sie lange nicht sehen. Wer wusste schon, wann ich es nach Kalifornien schaffte. Das Geld für ein Ticket wollte erst mal zusammengeputzt werden. Vor meinem geistigen Auge sah ich mich mit Flori am Strand spazieren, Muscheln sammeln, das Tosen der Wellen hören und den Surfern im Meer zuschauen. Vielleicht würde ich selbst noch einen Surfkurs machen und blieb einfach dort. Warum flog ich nicht einfach mit? Ich konnte zum Flughafen fahren, am Schalter ein letztes Mal meine Kreditkarte nutzen, um mir spontan einen Sitz in diesem Flieger zu sichern. Ich würde Adrian das Geld zurückzahlen, es abstottern, es als Entschädigung für seine Untaten nehmen, was auch immer, ich musste jetzt sofort los, wenn ich das umsetzen wollte. Mein Koffer war schon gepackt. Ich flog mit.

»Frau Weißenberg?«

Diese Stimme kannte ich. Ich öffnete meine Augen, und vor mir stand Kommissar Raimund Golt. Seine fransigen Haare wehten im Wind. Er blieb auf dem Hauptsteg stehen und schaute zu uns dreien aus einigen Metern Abstand herüber.

»Na, das ist ja eine Überraschung«, sagte Maike und begrüßte ihn, »haben Sie Lust aufs Bootfahren bekommen, nachdem Sie mit uns auf der *River Diamond* Blut geleckt haben? Oh, Entschuldigung, das klingt jetzt makaberer, als ich es gemeint habe.« Sie drehte sich zu Ben und machte die beiden Herren miteinander bekannt. »Stell dir vor, wir haben Kommissar Golt erst vorletzte Woche kennengelernt auf einer Flusskreuzfahrt.«

»Ihr seid zusammen verreist?«

»Ganz so war es nicht. Linda und ich waren auf dieser Schiffsreise, als jemand dort zu Tode kam. Herr Golt musste den Fall aufklären. Zum Schluss hat Lindas Mann noch vor dem Schiff gezeltet. War ziemlich wild das Ganze«, erklärte sie. Ich erzählte ihr davon, was sich in der Deutzer Brücke zugetragen hatte.

»Oh Gott Linda, das ist ja ein Alptrauma.«

»Was soll das sein?«, fragte Golt, »ein Trauma aus den Alpen?«

Maike nahm mich in den Arm. »Der zweite Tote in zwei Wochen, was für ein trauriger Rekord.«

»Fürwahr«, bemerkte Golt und wandte sich zu mir. »Frau Weißenberg, ich muss Sie sprechen.« Mit Blick auf die anderen fügte er hinzu: »Allein.«

»Ist gerade schlecht«, erklärte ich, »ich muss einen USA-Flug erwischen. Dringend.«

»Sicher nicht.« Seine Stimme klang ruhig, aber bestimmt.

»In zwei Stunden geht der besagte Flieger, und ich brauche noch ein Ticket. Das ist jetzt schon knapp.«

»Sie verlassen das Land bitte nicht, bis dieser Mord aufgeklärt ist.«

Mein Herz fühlte sich an wie das Triebwerk einer Düsenmaschine, in das gerade ein Holzklotz geworfen wurde. »Das können Sie mir nicht antun.«

»Sollen wir alles Weitere lieber auf dem Polizeipräsidium besprechen?« Es klang wie eine Drohung.

Ben stemmte die Hände in die Hüfte und stellte sich zwischen Golt und mich. »Wenn Sie mich fragen, sind Sie dazu nicht befugt. Sie können keinen unbescholtenen Bürger einfach so auf eine Behörde verschleppen.«

»Wer spricht hier von verschleppen?« Golt war sichtlich irritiert. »Wenn Sie Frau Weißenberg einen Gefallen tun wollen, lassen Sie uns jetzt alleine. Sonst nehme ich Sie auch mit.«

»Ich geh hier nicht weg«, sagte Ben. »Als Nächstes werden wir alle vorläufig erschossen, oder was?«

Ich ging zwischen die zwei Männer. Mit ein wenig Glück konnte ich Golts Fragen schnell beantworten und ihn davon überzeugen, mich fliegen zu lassen. Maike und Ben bat ich, sich kurz zurückzuziehen. Der zögerte, reichte ihr dann aber die Hand, um ihr an Bord zu helfen. Sein Boot lag noch höher als die *Happy Days*.

RHEINFALL

Golt zeigte auf den Sitzsack. »Setzen Sie sich.« Es wirkte schon jetzt wie ein Verhör auf mich, und ich folgte lieber seinen Anweisungen. Ein paar Enten quakten aufgeregt hinter uns auf dem Wasser. Golt nahm auf dem Klappstuhl Platz, als ein Vogel sich auf seinem dunkelgrauen Anzug erleichterte. Ich sprang unwillkürlich auf, um den weißen Klecks von ihm abzuwischen. Er wehrte es ab. »Sitzen habe ich gesagt. Jetzt ist es sowieso zu spät.«

Mein Körper kribbelte vor Unrast, ich wollte zu Flori und zum Flughafen. »Können wir uns beeilen?«

»Frau Weißenberg, wir werden alles in angemessenem Tempo machen. Oder wollen Sie sich noch verdächtiger machen?«

»Was meinen Sie damit?«

Er zog seine Augenbrauen hoch, auf seiner Stirn kräuselten sich kleine Falten.

»Erklären Sie mir, warum Sie an der so ziemlich finstersten Stelle der Stadt putzen gehen? Letzte Woche waren Sie noch die Frau eines arbeitssamen Apothekers und bewohnten, wenn ich mich recht erinnere, eine Villa im teuren Stadtteil Rodenkirchen. Heute treffe ich Sie auf einem kleinen Boot an und finde heraus, dass Sie das Innenleben der Deutzer Brücke schrubben.«

»Ist das so schlimm?«, fragte ich.

»Nein. Ganz und gar nicht. Es wäre nur schön, wenn Sie es mir erklären könnten. So groß kann der Zufall kaum sein, dass Sie plötzlich an diesem Ort die Leiche Ihres Schiffsnachbarn finden. Denken Sie nicht auch?«

Er zog ein Taschentuch aus seiner Hosentasche und versuchte damit, den Vogelschiss auf seinem Leinen-Jackett zu bearbeiten. Ich erzählte ihm, wie mein Leben weiterging, nachdem er das Flusskreuzfahrtschiff verlassen hatte, auf dem wir uns kennenlernten.

Zunächst reiste ich auf einem Schwesterschiff weiter. Dieses Mal ohne Leiche. Danach hatte ich mir vorgenommen, meinem Mann noch eine Chance zu geben und ihm zuliebe zu glauben, dass Frauen mit nacktem Po auf seinem Schoß nichts zu bedeuten hatten. Den Zeitpunkt meiner Heimkehr hatte er allerdings vergessen und war in eine seiner Apotheken gegangen, statt mich abzuholen. So nahm ich ein Taxi und setzte mich zu Hause in unserem Schlafzimmer aufs Bett. Dort spürte ich etwas Hartes unter meinem Hintern. Ich schlug das Bettzeug zurück und fand eine Zigarettenspitze. Es gab in meinem Umfeld nur eine Person, die so was verwendete: Doris, die Frau auf seinem Schoß und Schwiegermutter unserer Tochter. Daneben lag ihr Feuerzeug mit dem eingravierten Buchstaben D. Sofort packte ich meinen Koffer um und zog auf die *Happy Days*. Seit einem Tag bewohnte ich jetzt dieses Boot und wollte finanziell auf eigene Beine kommen. Deshalb dieser Putzjob. So zufällig wie ungeplant. Dass ich vor Ort einen alten Tanzpartner wiedersehen und mit ihm zusammen eine Leiche finden würde, war beim besten Willen nicht vorauszusehen.

»Sie kennen also Herrn Winterhaus?«, fragte Golt.

»Kennen ist zu viel gesagt. Wir haben mal miteinander getanzt. Sagt er.«

»Sie erinnern sich nicht daran?«

»Nein. Es ist so lange her. Wir gingen noch zur Schule.«

»Waren Sie ein Paar?«

»Ich glaube nicht. Daran müsste ich mich doch erinnern.«

»Wann hatten Sie ihn davor das letzte Mal gesehen?«

»In der elften Klasse. Sagt er.«

»Jetzt mal ganz ehrlich: Wie zufällig finden Sie das alles?«

»Ziemlich«, fand ich.

»Überzufällig, wenn Sie mich fragen.«

»So war es aber.«

»Ich will Ihnen das gern glauben. Aber was würden Sie tun, wenn Sie als Ermittler diese Story hören würden?«

»Es könnte sein, dass ich mich wundere.«

Er nickte bedächtig und zog sein Handy aus der Hosentasche. Nach einem Moment des Zögerns tippte er auf eine Kurzwahl und bestellte jemanden von der kriminaltechnischen Untersuchung in den Hafen. Nachdem er das Gespräch beendet hatte, schaute er noch einen Augenblick lang auf sein Handy, bevor er es wegsteckte. »Ich muss allen Spuren nachgehen und jeden überprüfen, darf keinen Verdacht außer Acht lassen. Das verstehen Sie doch?« Seine Stimmlage hatte sich geändert, so als wollte er mir etwas schonend beibringen. »Sie wollen sicher jeglichen Verdacht gegen sich ausräumen, nehme ich an?«, fragte er.

»Richtig«, sagte ich, was vielleicht ein wenig hastig war, »was kann ich tun?«

Einen Moment lang schwieg er. Dann bat er mich darum, ihm alle Kleidungsstücke, die ich beim Putzen trug, für eine kriminaltechnische Untersuchung zu überlassen. Ich ging ins Boot, um sie zu holen. Als ich Minuten später wieder aus meinem Boot stieg, sah ich Ben aus seinem Seitenfenster gucken, dahinter saß Maike und schaute genauso neugierig herüber. Beide hielten eine Kaffeetasse in der Hand. Als ich Golt meine Sachen überreichte, die er in eine große Plastiktüte steckte, standen sie auf.

»War es das?«, fragte ich und schaute auf die Uhr. Vielleicht konnte ich Floriane wenigstens auf Wiedersehen sagen.

Er räusperte sich, schaute auf die hellen Holzplanken des Steges und zog den Ziehverschluss der großen Zippertüte, in der sich meine Sachen befanden, auf und zu. »Wie geht es Ihnen persönlich?«

»Inzwischen habe ich mich ein wenig von dem Schock erholt. Gut, dass meine Cousine in meiner Nähe ist und mein neuer Nachbar Ben. Wäre sonst – wie soll ich sagen – ziemlich allein.«

Er nickte. Sicher war er mit Situationen wie meiner vertraut. In seinem Job hatte er ja täglich mit Morden zu tun. Ein schrecklicher Gedanke. Was brachte einen jungen Mann in der Berufsfindungsphase in Gottes Namen darauf, Kommissar zu werden, fragte ich mich.

»Schonen Sie sich, ich fahre jetzt schnell zum Campingplatz, um Ihre Aussage zu überprüfen. Diese Alice sollte uns kurz bestätigen, wie Sie an diesen Putzjob kamen.«

»Kann ich jetzt zum Flughafen?«

»Nur wenn Sie nicht wegfliegen.«

Ich sah auf die Uhr. Es war eh zu spät. Flori war sicher längst hinter der Absperrung. Vielleicht war es besser so. Der Abschied tat jetzt schon weh. »Dann nehmen Sie mich mit zum Campingplatz.«

»Nein.«

»Lassen Sie mich nicht allein.«

»Nur wenn Sie im Wagen sitzen bleiben.«

»Mach ich.«

Etwas in mir fühlte sich so zerknautscht an wie das Sitzmöbel unter mir. Flori flog ohne mich. Auch das letzte In-die-Arme-Nehmen war nun Adrian und dieser doofen Doris vorbehalten. Mir gefror die Spucke im Mund bei dem Gedanken.

Am besten konzentrierte ich mich auf meine Entlastung. Danach war ich wieder frei und würde so schnell es ging, genug Geld zusammenbringen, um ihr nachzufliegen.

Golt beugte sich zu mir herunter. »Alles in Ordnung, Frau Weißenberg?« Ich nickte, obwohl eigentlich nicht wirklich viel in Ordnung bei mir war.

Maike erschien zusammen mit Ben auf seiner Heckterrasse und ließ sich von ihm dabei helfen, auf unseren Seitensteg herunterzusteigen. Golt richtete sich auf, um den beiden Platz zu machen. Hinter uns fuhr ein Jetski durch den Hafen und verursachte Wellen. Die Boote kamen in Bewegung und mit ihnen auch der kleine Seitensteg, auf dem wir uns befanden.

»Langsamer«, rief Ben dem jungen Fahrer hinterher. »Denk an den Wellenschlag hier im Hafen.«

Der Jetski-Fahrer winkte nur, seine Badehose hatte sich heruntergezogen und legte die Ritze seiner Pobacken frei.

Gleichzeitig erhob auch ich mich vom Sitzsack, geriet ins Wanken und stolperte geradezu in Golts Arme. Er versuchte mir seitlich auszuweichen, strauchelte, rutschte an der Bordwand der *Happy Days* entlang. Die Plastiktüte mit meinen Sachen war offensichtlich offen, denn in hohem Bogen flogen meine Sachen in den Rhein. Mit ihm.

»Warten Sie, ich hole den Bootshaken!«, rief Ben.

Ich fragte mich, wie man warten sollte, wenn man gerade ertrank. Von Golt hörte man nur ein leises Ächzen. Kurz entschlossen streifte ich meine Schuhe ab und sprang ihm hinterher. Der Mann hielt sich wacker im Wasser, und so versuchten wir zusammen, zurück an den Steg zu gelangen. Der lag etwa einen halben Meter über dem Wasser, zu hoch, um sich an ihm hochzuziehen. Vor allem, wenn die eigene Kleidung an einem wie ein Backstein hing und einen herunterzog. Maike kam mit einem Rettungsreifen, Ben mit einer langen Stange, an der ich mich festhielt. Er dirigierte uns wie ein Schwimmlehrer zu einer roten Metallleiter, die am Hauptsteg befestigt war. Die zog er aus ihrer Verankerung hoch, sodass sie sich nach unten hin tiefer ins Wasser verlängerte. Ich klammerte mich an sie. Mit meiner nassen Kleidung kam ich kaum hoch. Golt fluchte, als er oben ankam, denn sein Schlüssel war weg. Er wollte wieder zurück ins Wasser, um nach ihm zu tauchen. Das Hafenwasser zeigte sich jedoch von seiner schlammigen und blickdichten Seite. Ben schlug eine andere Lösung vor. Marta, die Hafenmeisterin, hielt für solche Fälle einen Magneten an einer Angelschnur bereit. Der war so stark, dass man daran angeblich ein Fahrrad hätte hochziehen können. Damit wollte er nach dem Schlüssel fischen.

»Gehen Sie lieber in Ihren Wohnwagen und legen sich trocken«, schlug ich ihm vor, »Sie holen sich sonst noch den Tod.« Ich bot an, die Schlüsselangelegenheit mit Ben für ihn zu erledigen.

»Frau Weißenberg, an diesem Bund hängt der Schlüssel zum Präsidium, das ist ein Hochsicherheitsschlüssel, wenn ich den hier nicht wieder rausfische, habe ich ein Problem. Außerdem hängen auch meine Wagenschlüssel daran. Ich komme also nicht in ihn hinein, um mich trockenzulegen, wie Sie es so schön nennen.«

Wie dumm von mir. Er hatte natürlich recht. Ich bot ihm an, auf der *Happy Days* zu warten. Auch das lehnte er ab, um nicht alles nass zu machen. So kalt sei es ja nicht. Er saß zusammengekauert auf dem Steg. Seine Haare, die ohnehin recht dünn waren, klebten in Strähnen an seinem Kopf. Er schob sein Sakko zur Seite, griff in einen Halfter unter seinem Arm und zog eine Pistole heraus und schaute sie sich näher an. »Wenn man die schon mal mit hat«, sagte er und steckte sie wieder zurück.

HAFENFISCHER

Ben lief Richtung Hafenmeisterei, Golt setzte sich auf den Steg und schnürte seine Schuhe auf. Sie klebten an seinen Füßen, als hätten sie sich festgesogen.

»Da ist was!« Ben zog die Leine hoch. Wir schauten alle gebannt ins Wasser und warteten, bis sich der Magnet zeigte. An ihm hing ein alter Löffel.

»Aber gleich bestimmt.« Ben ließ den Magneten wieder zu Wasser. Als er ihn erneut hochzog, hing ein Schlüssel daran. Maike klatschte Beifall und rief: »Du Held!« Ben verbeugte sich vor ihr in großer Geste und schwenkte den Schlüssel herüber zu Golt.

»Das ist er nicht«, sagte der trocken.

Ben ließ sich nicht entmutigen. »Deiner wird auch nicht weit sein.« Wieder ließ er die Schnur ins Wasser. Ich stieg in mein Boot, um eine Decke für Golt zu holen. Mir fiel auf, dass er sich die rechte Schulter hielt, so als hätte er dort Schmerzen. Ich legte ihm meine Zudecke um, weil ich nichts anderes fand, während alle auf das Stück Schnur schauten, das Ben im Wasser hin und her bewegte. Meine Armbanduhr tickte nicht mehr. Für Tauchgänge war sie nicht gemacht. Ich klopfte auf ihr Glas, aber der Sekundenzeiger stand still. »Kaputt?«, fragte Golt.

»Schätze schon.«

»Ist sie wertvoll?«

»Ein Geschenk von meiner Mutter.«

»Geben Sie mal her.«

»Vielleicht kann man sie reparieren«, sagte ich.

»Eben. Lassen Sie mich das übernehmen.«

Ich gab sie ihm. Ben zog wieder einen Schlüssel. Golts Gesichtsausdruck zeigte, dass es dieses Mal der richtige war. Er versuchte aufzustehen, was ihm nur schwer gelang. Ich reichte ihm die Hand und half ihm hoch. Sein graues Sakko hing nass und schwer an ihm. Seine Jeans saß eng. Er legte mir meine Zudecke um, mahnte mich, die nassen Sachen auszuziehen, und verabschiedete sich. Seine tropfenden Schuhe in der Hand, im Gangbild etwas unrund, fast so als würde er humpeln, bog er nach rechts ab und lief den Steg entlang Richtung Severinsbrücke.

»Wenn Sie zum Ausgang oder zu Ihrem Wohnwagen wollen, ist das die falsche Richtung«, rief ich ihm nach. An diesem Ende des Steges würde ihn nur Rhein-Wasser erwarten. Er blieb stehen, hielt kurz inne, drehte dann um und lief an uns vorbei in die andere Richtung mit der Anweisung: »Sie warten auf die Kollegen von der Spurensicherung.«

»Geht klar, Chef«, sagte ich. Jetzt blieb er wieder stehen, drehte sich aber nicht zu mir um, sondern lief nach einem kurzen Moment weiter.

Wir alle sahen ihm nach. Seinen Schritt kannte ich als federnd und leicht. Jetzt lief er wie ein alter Mann.

Der Jetski-Fahrer kam wieder zurück, dieses Mal langsamer. War er nicht überhaupt an allem schuld? Ein Bootsnachbar kam den Hauptsteg entlang. Hinter sich zog er ein kleines Wägelchen voll mit alkoholischen Getränken. Sein krauses Haar trug er kurz geschnitten, über der Stirn lichtete es sich bereits. Er war groß, schlank und lässig. Um den Hals trug er ein Muschelkettchen und auf seinem T-Shirt stand: *All I need is Meer.*

Ben stellte uns einander vor. Der Mann hieß Hilmar und lag mit seinen beiden Booten *Big Wave*, einer Yacht mit beachtlicher Länge, und der *Speedy Gonzales*, einem kleinen, schnittigen Sportboot, auf der gegenüberliegenden Seite des Hauptsteges.

Seine Haare waren wahrscheinlich einmal blond gewesen, jetzt mischte sich Weiß hinein. Aus einem Dreitagebart hatte sich ein Dreißigtagebart entwickelt, ebenfalls weiß-blond. Ich schätzte ihn auf Mitte 60. Oder älter. Der Mann kam zu mir, nahm meine Hand und küsste sie. »Was hat euch Himmelstöchter in unseren bescheidenen Rheinauhafen gespült?«

Ben rollte mit den Augen. Hilmar wiederholte sein Ritual bei Maike und sagte: »Welch wunderbare Wüstenblume. Bist du mit Lawrence von Arabien verwandt?«

Maike war sprachlos. Ein Zustand, den ich selten an ihr erlebte. Er schlug vor, dass ich mich trocken legte und er in der Zeit was Kühles aus dem Eisschrank holte.

»Meine Nachschubflaschen sind alle babypullerwarm.«

Wir sollten ihn Hille nennen, so wie alle seine Freunde.

Er sprach ein leichtes Berlinerisch, ein Kölner war er sicher nicht. Eine Hand in der Hosentasche schlurfte er mit seinem Bollerwagen gemütlich zu seiner *Big Wave* rüber.

Golt kam nun an der alten Treppe an, die aus dem Hafen hochführte. Er hielt sich wieder die Schulter und schleppte sich nur mühsam die Stufen hoch. Seine Sachen klebten an ihm und tropften noch immer. Es tat mir leid, dass er nun in diesem Zustand war. Höchstwahrscheinlich durch meine Schuld. Ben stellte sich neben mich und schaute mit mir gemeinsam Golt hinterher. »Der Kommissar läuft nicht gut«, meinte er und ging zu einem Boot, auf dem ein Mann seine Reling reinigte. Mit ihm sprach Ben kurz, zeigte nach oben zum kleinen Parkplatz, auf dem Golts Camper stand, woraufhin der Mann seinen Lappen weglegte, eine schwarze, kofferartige Tasche aus dem Schiffsinneren holte und sich in Richtung Treppe in Bewegung setzte.

»Peter ist Arzt und schaut mal nach dem Kommissärchen«, sagte Ben. Der Gedanke beruhigte mich ein wenig. Ich zog mir endlich trockene Sachen an.

Hille brachte Sekt und Gläser. Die Sonne kam heraus, und ich versuchte, ihre zarte Wärme in mich aufzunehmen. Langsam beruhigte ich mich. Während man sich mit Maike über deren Kaftanmode und ihre Leidenschaft für Afrika unterhielt, wurde mir klar, dass ich sowohl Floriane als auch Adrian ziehen lassen musste. Sie wollten ihre eigenen Wege gehen. Ohne mich. Damit galt es, klarzukommen. Ein Lernprojekt für mich. Unfreiwillig noch dazu.

Der Schiffs-Arzt-Nachbar kam zurück. Für eine gescheite Diagnose brauchte er Aufnahmen von der Schulter, die Herr Kommissar wahrscheinlich erst machen ließ, wenn ihm seine Schulter abfiel.

ABWEHR

Etwa eine halbe Stunde später – Ben, Maike und Hille diskutierten gerade darüber, ob Kunst ein Lebensmittel sei – trafen zwei Herren der Kriminaltechnik mit Arbeitskoffern aus Aluminium ein.

»Was wollt ihr denn hier?«, fragte Hille und prostete ihnen zu, »'nen Krimi drehen?«

Ben räusperte sich. »Du weißt es ja noch gar nicht. Es ist wegen Richard.«

»Was ist mit dem Hundsknochen?«

»Er ist tot. Ermordet.«

»Mensch Ben, über so was macht man keine Witze. Hast du 'ne Havarie im Hirn?« Hille sah Maike und mich an. »Spinnt der?«

Ich schüttelte den Kopf und erzählte ihm die Geschichte. Er trat einen Schritt zurück und lehnte sich an Bens Boot an. Es kam mir so vor, als würde ihm schwindelig.

»Warum hast du mir nichts gesagt, Ben?«, sagte er leise und schaute auf den Boden dabei.

»Wann denn?«

»Weiß Marisa es schon?«, fragte er, »Wie geht es ihr? Hat sie schon jemand gesehen? Ist sie im Hafen?«

Es trat Stille ein. Selbst die Herren von der Kriminaltechnik bewegten sich nicht. Hille stand starr da. Nahm die Hand aus seiner Hosentasche. Er kam erst wieder in Bewegung, als die Beamten seine Fingerabdrücke nehmen wollten. Das lehnte er rundweg ab und verschwand sofort auf seiner *Big Wave*, die Herren mögen Land gewinnen, aber dalli. Die wandten sich mir zu. Auf ein kleines elektronisches Kästchen sollte ich einen Finger nach dem anderen legen. Mein T-Shirt hatten wir noch aus dem Rhein fischen können, das übergab ich den Herren. Für meine Jeans war jedoch jede Hilfe zu spät gekommen. Sie ruhte nun sanft auf dem Grund des Hafenbeckens. Maike schaute dem Schauspiel vom Sitzsack aus zu, Ben aus sicherer Entfernung von seinem Schiff. Allerdings stand auch sein Name auf der Liste der Herren. Von ihm wollten sie ebenfalls die Fingerabdrücke nehmen, alles freiwillig, wie man betonte, aber über seine Kooperation würde man sich freuen. Er hustete ihnen eins. Auch nach gutem Zureden von Maike, die der Meinung war, er habe doch nichts zu verbergen. Er wollte sich keinesfalls den Behörden in den Rachen werfen, wie er es nannte, oder in die Arme oder vor die Füße oder sonst wohin auch immer. Die Herren von der Polizei bedauerten dies, zogen wieder ab und ließen uns alleine.

Ben fluchte. Von unbescholtenen Bürgern die Fingerabdrücke abzunehmen, verstieß gegen die Menschenrechte. Maike beruhigte ihn, die wollten doch nur ihren Job machen. »Beantworte mir lieber die Frage, welche Rolle die Kunst in einer Krise einnehmen kann. Dazu suche ich schon lange einen kompetenten Gesprächspartner. Bist du der?«

Ben sah sie an. »Bin ich wer?«

ROTKÄPPCHEN UND DER BÖSE ...

Ich ging zum Hauptsteg, sah den Beamten hinterher. Sie stiegen bereits die Treppe hoch, einer von ihnen stieß mit seinem großen Alu-Koffer gegen das schmiedeeiserne Treppengeländer. Dort oben am Festland parkte auch Golts silbergrauer Camper. Etwas in mir setzte sich in Bewegung. Ich wollte nach ihm schauen, lief ebenfalls den Hauptsteg entlang in Richtung Hafenmeisterei. Aus Marisas *Blue Sky* kamen ihr Sohn Kilian sowie der Anwalt der Familie die Treppe herunter. Die beiden sprachen in angespanntem Ton miteinander. Als sie mich überholten, schienen sie in Eile und sagten etwas über aktuelle Betriebskennzahlen, um das Ausmaß der Schulden abschätzen zu können.

Diese Männer hatten ihre ganz eigene Art, Trauer zu zeigen. Verbargen ihre Gefühle offenbar hinter geschäftlicher Betriebsamkeit. Sie zogen schnell an mir vorüber, aus einem Boot mit der Aufschrift *Walburga* roch es nach Essen, dort wurde gekocht. Hatte Golt vielleicht Hunger? Er lebte alleine in seinem fahrenden Zuhause. Zumindest überwiegend. So viel wusste ich über ihn. Ich lief den Steg entlang zu seinem Ende. Hier lag ein großes altes Schiff quer, auf das man zulief. Ich bog kurz davor nach rechts ab. Hier ging es zum Ausgang, vorbei am Quartier des Hafenmeisters beziehungsweise in diesem Fall der Meisterin. Ich sah sie nicht in ihrem Büro, was mir ganz recht war, und stieg die Steinstufen an der Kaimauer hoch. Oben empfing mich das Tosen von vier Spuren Autoverkehr auf der Bayenstraße, keine fünf Meter von uns entfernt. Eine kleine Mauer trennte das Hafenterrain vom Rest der Welt. Hier parkten die Autos der Bootseigner, wenn sie im Hafen waren. Nun auch das von Golt. Ein Radfahrer mit Sonnenbrille, schwarzer Mütze und dunkler Montur raste an mir vorbei. Fast hätte er mich gestreift, als ich an den Camper herantrat. Der sah aus wie ein Ford Transit mit überdimensionaler Dachbox, die sich bis zum vorderen Fenster zog. Dort oben hing sein Bett als schwebendes Nachtlager. Ich hatte es berührt, als er mich in sein Zuhauses kurz hineingelassen hatte. Das war keine zwei Wochen her. Ich blieb stehen, wollte schauen, ob ich etwas sah. Aber die seitlichen Fenster waren so dunkel getönt, dass ich nichts erkannte. Ich schaute durch die Beifahrertür hinein, sah nur zwei schwarze leere Sitze.

Deshalb klopfte ich.

»Wer ist da?«, hörte ich ihn von innen rufen.

»Rotkäppchen.«

»Auf der Suche nach dem Wolf?«

»Wäre ich dann hier richtig?«

»Was haben Sie erwartet?«

»Die Höhle des Löwen vielleicht.«

»Ein Löwe wäre ich jetzt gerne, dann könnte ich mich besser bewegen. Es ist offen. Ziehen Sie die Schiebetür auf.«

Ich sah einen Griff und schob die Tür zur Seite. Golt lag auf einer Bank, etwa drei Sitze breit. Die Füße auf dem Boden, den Oberkörper nach hinten abgelegt. Noch immer in seinen nassen Sachen. Es sah aus, als hätte man ihn in ihnen vakuumiert. Nur das Sakko hatte er abgelegt.

»Wie geht es Ihnen?«, fragte ich.

»Ich glaube, mein Rücken ist gebrochen.«
»Wären Sie dann nicht gelähmt?«
»Vielleicht bin ich das ja.«
»Spüren Sie das hier?« Ich kniff ihm in den Oberschenkel.
»Aua!«
»Gelähmt sind Sie nicht. Aber Sie müssen aus diesen Sachen raus.«
Er starrte an die Decke. »Ich weiß.«
»Soll ich Ihnen dabei helfen?«
»Nein.«
»Sie verkühlen sich.«
»Möglich.«
»Sind Sie gegen das Boot gefallen?«
»Das stand ja im Weg.«
»Können Sie sich bewegen?«
»Schlecht.«
»Und trotzdem wollen Sie nicht, dass man Ihnen hilft?«
»So ist es.«
»Wie stur kann ein Mann sein?«
»Sehr.«
»Sind Sie nicht ein wenig zu jung für Altersstarrsinn?«
»Ich bin längst in der Altersmilde angekommen.«
»Ich ziehe Sie jetzt hoch und helfe Ihnen dabei, sich aus diesen nassen Sachen zu befreien.« Ich griff nach seiner Hand.
»Das lassen Sie bleiben.«
»Aber warum denn?«
»Ich komme klar.«
»Wir wissen beide, dass das nicht stimmt. Wie kann ich nur zu Ihnen durchdringen?«
»Vielleicht mit 'nem Bohrer.«

»Deshalb sterben Männer jung.«

»Nein, weil sie es so wollen.«

Dieser Mann war das Störrischste seit der Entdeckung des Esels.

»Es ist unprofessionell, sich von einer Verdächtigen ausziehen zu lassen, wenn Sie es genau wissen wollen«, sagte er.

»Nein, so genau wollte ich es nicht wissen. Da waren ja Dick und Doof gescheiter. Aber bitte, wenn Sie es so wollen, lasse ich Sie in Ihrem Elend liegen.«

»Das ist lieb von Ihnen.«

»Und dumm von Ihnen.«

»Ich bin ganz gerne dumm.«

»Es bricht einem das Herz. Am besten ziehe ich zu den Nasenbären, da haben die Frauen das Sagen.«

»Grüßen Sie die von mir. Ist bestimmt 'ne bessere Welt.«

Sein Handy klingelte. Er hatte Mühe, es aus seiner Hosentasche zu ziehen, weil die durch die Nässe so eng an ihm klebte. Er ging ran, und ich hörte entfernt eine weibliche Stimme. Ich wollte gehen, aber er gab mir ein Zeichen, zu bleiben.

»Danke, ich gehe der Sache vor Ort selbst nach«, sagte er und legte auf.

»Frau Weißenberg, Sie wohnen ja jetzt dort unten. Kennen Sie ein Schiff mit dem Namen *Speedy Gonzales*? Es muss ein kleines Sportboot sein.«

Ich hielt inne. Ben hatte es gerade erst erwähnt. Es war Hilmars Boot. Aber kannte ich es? »Nein.«

»Tun Sie mir einen Gefallen?«

Ich nickte zögernd. Eigentlich wollte ich niemandem etwas Böses. Und in diesem Zusammenhang ahnte ich Böses.

»Gehen Sie für mich herunter in den Hafen und schauen Sie, ob Sie dieses Schiff finden. Wenn ja, schicken Sie mir den Eigner, so er an Bord ist. Wenn Sie bei dieser Gelegenheit an einem Kaffee vorbeikommen, wäre das wunderbar. Danach gehts zum Campingplatz. Ihre Cousine soll nicht weggehen.«

Ich holte tief Luft. »Und Sie ziehen sich aus. Sonst sterben Sie an Unterkühlung und nicht an gebrochenem Rücken.«

»Ja, Frau Lehrerin«, kam es mit einem Seufzer von ihm. »Ist es nicht ziemlich egal, woran wir sterben? Es muss ja doch irgendwann sein.«

»Sie sterben erst, wenn Sie meine Unschuld bewiesen haben.«

»Wenn Ihnen diese Reihenfolge wichtig ist.«

Ich verließ seinen Camper. Wieder fuhr in hohem Tempo ein schwarz gekleideter Radfahrer mit Mütze und Sonnenbrille auf dem schmalen Weg eng an mir vorbei. Dieses Mal aus der anderen Richtung. In seiner Vermummung sah er aus wie ein schwarzer Ritter. Ich ließ ihn passieren und ging die paar Meter zurück zum Geländer, das sich rund um das Hafenbecken zog. Meine Hände umfassten sein kühles Edelstahl. Zu meinen Füßen dort unten zog sich das Hafenbecken hin bis zu der kleinen Drehbrücke am Schokoladenmuseum. Etwa fünf Meter unter mir befand sich die Bootstankstelle, ein kleines Häuschen mit weißem Dach. Daneben lagen längs der Kaimauer einzelne Boote, während alle anderen sich brav in Reih und Glied entlang des Hauptsteges reihten. Zwei Boote pro Parkbucht, dann ein Seitensteg. Wieder zwei Boote, wieder ein Seitensteg und so weiter. An die 300 Meter lang. Unter ihnen musste sich die *Speedy Gonzales* irgendwo befinden. Ich hatte Hemmungen zurückzugehen. Was hatte es damit auf sich, dass Golt diesen Hilmar sehen wollte? Ich kannte ihn kaum, wollte ihn aber in nichts hineinziehen. Auf der anderen Seite wusste man ja gar nicht, warum Golt den Mann sprechen wollte. Vielleicht parkte dieses Boot nur falsch. Langsam setzte ich mich in Bewegung und stieg die alte Steintreppe hinunter. Marta saß nun im Hafenmeisterhäuschen. Ich schaute schnell auf den Boden, als ich sie sah. Lief eilig weiter und bog links ab auf den Hauptsteg. Der gab mir mit seiner Länge Zeit, nachzudenken. Ich würde zunächst einmal Kaffee kochen. Die Sonne schien auf das helle Holz des Steges. Der Himmel war blau, die Luft klar, nur das Hafenwasser trüb. Langsam lief ich auf die *Happy Days* zu. Auf der Höhe der *Blue Sky* hörte ich Stimmen. Cara kam aus der Schiebetür heraus und redete laut auf ihre Mutter ein. »Was willst du denn noch hier? Du kannst jetzt nach Hause, Mamma.«

»Das weiß ich ja, aber ich möchte noch bleiben. Die Leute vom Bestattungsinstitut kommen gleich.«

»Aber wir wissen doch noch gar nicht, wann wir Papa beerdigen können.«

»Ich will einfach vorbereitet sein.« Marisas Stimme klang dunkel, fast brüchig, Cara dagegen aufgebracht. Da ich nicht stören wollte, lief ich schnell weiter, ohne zu den beiden hochzuschauen.

MÄNNER

Auf unserem kleinen Seitensteg vergnügte sich Maike mit Ben und jenem Nachbarn, der seine Barthaare wie Nudeln wachsen ließ.

»Kennst du Fritz schon?«, fragte Ben, »ihm gehört die *Bonanza.*«

»Wir hatten schon das Vergnügen«, sagte ich. Die drei prosteten mir zu, im Hintergrund lief Reggaemusik.

»Nebenan wird getrauert, habt ihr das schon vergessen?«

Fritz stellte die Musik aus.

Hille kam von seinem Boot. Wollte wissen, ob die Bullen weg sind, und gesellte sich zu uns.

»Ihr Wüstenblumen, beehrt ihr gleich mein Boot und gebt ihm die weibliche Note, die es so dringend vermisst?«

»Mann Hille, geht's noch dicker?«, sagte Ben. Er sah mich an und rollte mit den Augen. »Leg Fleisch auf, du Heißdampfturbine. Dann können wir essen und müssen uns nicht länger dein Gesülze anhören.«

Maike reichte mir ein Glas Sekt. »Wir wollen gleich grillen, Hilmar hat uns eingeladen. Ist das nicht wunderbar?«

Ich fuhr mir durchs Gesicht. »Ja, ganz wunderbar. Aber es wird nicht gehen. Sobald Golt wieder auf den Beinen ist, will er mit mir zum Campingplatz fahren, um dort meine Aussage zu überprüfen.« Mit meinem Hunger hätte ich allerdings gerade einen Bären auf offener Straße anfallen können, und ich würde mich beherrschen müssen, das nicht mit Golt zu tun. In meinem Kühlschrank stand lediglich ein Glas Marmelade. Vielleicht konnte man etwas auf dem Campingplatz essen.

Hilmar prostete uns zu. »Kommt, ihr Lieben, es gibt Steaks. Dieser Golt-Esel kann warten.«

Ich sah hoch zum Wohnmobil. Von dort hatte man einen erstklassigen Blick über den Hafen. Golt würde jede unserer Bewegungen sehen. Letztlich war die Wahrheit doch immer noch die beste Lösung. »Kommissar Golt würde gerne den Eigner der *Speedy Gonzales* sprechen.«

Sowohl Hilmar als auch Ben hielten in ihren Bewegungen inne, als hätte man sie kurzfristig festgefroren. Die zwei sahen sich an.

»Ich werde es dem Eigner bei Gelegenheit ausrichten«, antwortete Hille und klang dabei recht gelassen. »Fritz, du Hamsternäschen«, rief er quer über den Steg, »die Steaks werden nicht besser, wenn wir sie warten lassen.« Sein Lächeln kehrte zurück, und er bewegte sich wieder. Ich war davon ausgegangen, dass die *Speedy Gonzales* ihm gehörte. Vielleicht lag ich ja falsch damit. Wie auch immer, ich hatte meine Pflicht getan und es ihm ausgerichtet. Zumindest redete ich mir das ein. Mein Magen knurrte. Was machte ich jetzt in Sachen Kaffee für Golt? Ich konnte ihn schlecht dort oben seinem nassen Schicksal überlassen. Ich versprach, zur *Big Wave* nachzukommen. Schnell kochte ich einen Kaffee in der kleinen Küche meiner *Happy Days* und brachte den hoch zu Golts Camper. Wieder klopfte ich an und hörte, wie er mich hereinbat. Da lag er noch immer in seinen an ihm klebenden Klamotten und starrte auf die Unterseite seines über ihm schwebenden Bettes.

»Herr Golt«, kam es aus mir raus mit einem gewissen Entsetzen. »Sie bringen sich um.«

»Finden Sie? Wo ist mein linkes Bein?«

»Das hängt hier runter.« Ich zog ihm die Socken aus, er wehrte sich nicht. »Seien Sie doch nicht töricht. Wenn Sie nicht aufstehen können, um sich auszuziehen, sollte ich Ihnen helfen. Alles andere ist unsozial. Wollen Sie mich zwingen, unsozial zu sein?«

»Was?«

»Sie verstehen ganz richtig.«

Er richtete sich langsam auf und machte dabei Geräusche, die verrieten, wie beschwerlich es für ihn war. »Sie haben Ihren ganz eigenen Blick auf die Dinge, wie mir scheint.«

»Das kann schon sein, aber vielleicht sind es ja Sie mit dem ganz eigenen Blick. Einem besonders halsstarrigen, nehme ich an. Wo haben Sie trockene Sachen?«

»Dort drüben«, er zeigte auf einen Schrank schräg hinter mir. Aus ihm zog ich eine Hose und ein Hemd, in einer Schublade darunter fand ich Socken und Unterhosen.

»Ist ja gut«, sagte er. »Aber Sie wollen nicht auch noch zuschauen, wenn ich mich umziehe, oder? Ich nehme Eintritt dafür.«

»Wie viel?«

Er sah mich an, grinste und schüttelte langsam den Kopf. »Was ist es Ihnen wert? Ich bin nicht billig.«

»Sie brauchen Geld?«

»Immer.«

»Verdient man als Staatsdiener nicht genug?«

»Nein.« Er öffnete seine Gürtelschnalle. »So jetzt raus hier, es sei denn, Sie geben richtig viel Geld für diese Nummer.«

Ich drehte mich um und hatte sein Wohnmobil schon fast verlassen, als er mich fragte, ob ich die *Speedy Gonzales* gefunden hätte.

»Ich habe Ihren Wunsch ausgerichtet.«

»Wem?«

»Einem Hilmar, er sagte, er würde es dem Eigner bei Gelegenheit ausrichten.«

»Da haben Sie ja noch nicht sehr viel ausgerichtet.« Er grinste wieder und gab mit der Hand ein Zeichen, dass ich gehen sollte. »Bleiben Sie dran. Und gehen Sie nicht weg.«

»Nur zur *Big Wave* nebenan, da gibt's zu essen.«

Ich lief zurück zu unseren Booten. Die Sonne glitzerte auf der Wasseroberfläche. Auf der *Rhine Goddess*, einem alten Kahn gleich zu Beginn des Steges, roch es nach Bratwurst. Auf der *Blue Sky* hingegen war alles ruhig, von Marisa keine Spur.

Hilles *Big Wave* lag gegenüber von Bens Boot. Sie war von beeindruckender Größe. Der Rumpf in Dunkelblau, der Rest ganz weiß. Rundherum ein dickes Seil, das aussah wie ein Puffer. Ich lief auf den Seitensteg entlang der Reling aus Edelstahl bis zu einer Stelle, wo sie offen war, um einzusteigen. Ich roch schon Kurzgebratenes. Hille erschien. »Schöne Frau, willkommen auf der *Big Wave*, ist das nicht ein Prachtschiff?«

»Allerdings. Wie komme ich hier hoch?«

»Mit einem gewagten Schritt und meiner Hilfe.« Er streckte mir seine Hand entgegen und zog mich hoch. Das sportlichste am Bootfahren schien mir auch hier das Einsteigen. Ich folgte ihm auf dem schmalen Weg, der um sein Schiff herumführte, nach hinten, wo es eine Art Veranda gab mit weißen Lederpolstern und einem großen Grill. Auf dessen Rost türmten sich Berge von Fleisch. Er wendete einige Stücke mit einer großen Zange.

»Ein schönes Schiff, das Sie da haben.«

»Eine *Linssen Grand Sturdy*. Der liebe Gott würde so ein Boot fahren, wenn er es sich leisten könnte. Bitte die Schuhe ausziehen.«

Von hier aus blickte man auf die andere Seite des Hafens. Es war jene Seite, auf der Golts Camper oben stand. Ich wollte auf keinen Fall von ihm gesehen werden und ging schnell in das Innere des Bootes. Dort sah ich schon Ben, Maike und Fritz. Man konnte eine Treppe hinuntergehen, keine leiterähnliche Stiege wie bei mir, um in den Salon zu kommen. Ben, inzwischen im schwarzen Sweatshirt und frischer weißer Malerhose, stand hinter einer Küchenzeile und schnippelte Salatzutaten. Seine struppelige Mähne in einem kleinen Knötchen am Hinterkopf gebändigt und frisiert. Fritz saß daneben auf einem Sofa und sah fern. Sein hellblaues T-Shirt war ein wenig zu knapp, sodass sein Bäuchlein vorwitzig über dem Hosenbund seiner Jeans herausschaute.

»Linda, da bist du ja«, rief Ben, als er mich sah. »Komm runter zu uns, das Essen ist bald fertig. Fritz, mach doch mal den Kasten aus, wir haben Besuch. Deck lieber mal den Tisch.«

»Das kann ich ja machen«, bot Maike an und ließ sich von Ben die Schränke erklären, in denen sich alles Nötige dazu befand. Ich setzte mich. Was nicht aus Holz war, war weiß. Große Fenster rundherum. Alles hell. Man fühlte sich wie im Urlaub.

»Was ist eine *Linssen*?«, fragte ich Ben.

»In erster Linie teuer.«

»Fritz, du Hängeleuchter, komm mal die erste Fuhre Fleisch holen«, rief Hilmar von oben. Ben stellte eine riesige Salatschüssel auf den Tisch, voll bis oben hin, und alles versammelte sich zum Essen. Aus einer Fritteuse holte Hille noch Pommes und sagte: »Wer nicht genießt, wird ungenießbar.«

Hier konnte ich mich mal an einen gedeckten Tisch setzen. Das genoss ich, ähnelte meine Daseinsform Zuhause doch lange einer Kreuzung zwischen Mutter und Mop.

»Was meinst du, warum Kommissar Golt den Eigner der *Speedy Gonzales* sprechen will?«, fragte ich.

»Keine Ahnung, der schnüffelt hier rum wie ein Hund«, kam es von Hilmar. »Wie gefällt dir mein Schiff? Fühlt man sich nicht wie im Urlaub? Dies ist kein Freizeit-, sondern ein Freiheitsboot.«

Die Blicke, die Ben und Hille austauschten, waren mir nicht entgangen. Ich konnte sie nicht einordnen. Aber jetzt langte ich erst mal beim Essen hin, bis ich mich schließlich pappsatt zurücklehnte. Hille bot noch Würstchen an, ich lehnte dankend ab. Dann versuchte er sein Glück bei Maike. Auch die wehrte ab. »Iss du sie lieber. Ich habe schon das ein oder andere Gramm zu viel auf den Rippen.«

»Wo soll das sein?«, fragte Hille.

»Ich zeig dir gleich die Stellen. Aber wenn du mich weiterhin so ansiehst, schmelzen sie vielleicht weg.«

Beide lachten auf eine Weise, als wäre nichts Besonderes im Hafen geschehen und als würde kein Kriminalkommissar über uns wachen.

»Du hast doch Modelqualitäten«, sagte Hille.

»Vielleicht als Bratwurst-Model«, antwortete sie und deutete mit dem Finger in Richtung Fenster hinter mir. Ich drehte mich um und sah in das Gesicht von Raimund Golt, der draußen auf dem Seitensteg in trockenen Klamotten stand und uns beim Essen zuschaute. Die Unterhaltung brach ab. Es wurde still im Boot.

»Bleibt ihr mal alle schön sitzen«, sagte Hille. »Das erledige ich. Fritz, du Heldenjüngling, bring Dessertwein auf'n Tisch. Außerdem steht noch Kuchen im Kühlschrank. Auf meinem Schiff wird nicht gedarbt.«

Er wollte aufstehen, aber ich hielt ihn zurück. Meine Stimme geriet ins Stolpern. »Ich will euch da nicht mit hineinziehen. Ich habe das Mordopfer gefunden, und Golt ist der Meinung, dass es da ein paar Zufälle zu viel gibt in dieser Sache. Ich gehöre zu den Tatverdächtigen. So, jetzt wisst ihr es. Es tut mir leid. Ich hätte euch das gleich sagen sollen. Und wenn ihr möchtet, dass ich mich von euch fernhalte, verstehe ich das.«

»Mensch Kleene, was redest du da?« Hille rückte näher und nahm mich in den Arm. »Du gehörst doch zur Gang. Du kommst sofort zurück, sobald du mit dieser Topfpflanze von Kommissar da draußen fertig bist.«

»Es könnte eine Weile dauern. Wartet lieber nicht mit dem Nachtisch auf mich«, sagte ich.

Maike bot an, mitzukommen, aber ich wollte sie da nicht noch tiefer mit hineinziehen. Die drei Herren blieben stumm, als ich das Boot verließ.

»Linda«, rief Hille mir nach. »Selbstverständlich steht hier gleich Nachtisch für dich.«

AUF TOUREN

Golt wartete auf dem Hauptsteg. Er trug nun einen olivgrünen Cordanzug, darunter das schwarze Hemd, das ich für ihn aus dem Schrank geholt hatte. Ob er auch jene Unterhose trug, die ich aus der Schublade genommen hatte, wollte ich lieber nicht nachvollziehen. Seine Haare waren getrocknet. Solange er sich nicht bewegte, sah man ihm unser Malheur nicht mehr an.

»Wenn Sie schon so scharf aufs Ermitteln sind, könnten Sie zum Campingplatz mitkommen, um Ihr Alibi zu überprüfen«, sagte er.

Da sagte ich gerne zu. Endlich bezog er mich in seine Ermittlungen ein. Es ging voran.

»Sie fahren«, sagte er. Das sollte mir recht sein, Hauptsache, wir kamen schnell dorthin.

Wir liefen los. Als ich bemerkte, dass ich zu schnell für ihn war, drosselte ich das Tempo. »Wie geht es Ihnen? Was macht die Schulter?«

Er gab ein mürrisch brummendes Geräusch von sich und lief mit schweren Schritten neben mir her. »Hilft ja nichts.«

»Was hilft nichts?«

»Sich dem Schmerz hinzugeben.«

Sprach da der Mann, der gerade noch glaubte, querschnittsgelähmt zu sein?

»Wo steht denn Ihr Auto?«, fragte er.

»Unten in der Tiefgarage.« Wieder kam dieses brummende Geräusch von ihm. Mittlerweile kamen wir an der Treppe an, die aus dem Hafen hochführte. Er atmete schwer, als wir oben auf Straßenniveau ankamen. Dort blieb er stehen und sah mich an. »Wo genau haben Sie dort unten denn geparkt? So manch einer ist da schon sehr lange umhergeirrt auf der Suche nach seinem Auto.«

»Sie halten mich nicht für besonders helle, Herr Kommissar, kann das sein?«

»Das Ding verfügt über mehr als tausend Stellplätze. Da kann man verhungern und verdursten auf der Suche nach der eigenen Karre. Wir wären nicht die Ersten.«

»Wissen Sie was?«, schlug ich vor, »Sie warten einfach da vorne an der Straße, ich hole das Auto und sammle Sie dort ein.«

Das fand er gut. Also lief ich die paar Meter zum Eingangshäuschen der Tiefgarage, einem quadratischen Glas-Kubus gleich gegenüber dem alten Hafenamt mit seinen roten Backsteinen, sandfarbenen Fenstergiebeln und spitzen Türmchen. Ich ging die Treppe zur Tiefgarage hinunter und sah unten gleich den Kassenautomaten. Nach meinem überstürzten Auszug von Zuhause hatte ich gestern meinen kleinen Mini einfach hier unten abgestellt und nicht weiter darüber nachgedacht, dass dies nicht nur eine der längsten, sondern auch eine der teuersten Tiefgaragen weit und breit war. Ich steckte meine Parkkarte hinein, und der Automat zeigte die Summe von 59,50 Euro an. Noch eine Woche, und man kaufte sich besser ein neues Auto als das alte auszulösen. Die Summe überstieg meinen Bargeldfundus. Ich musste also mit Karte zahlen, schob sie hinein, aber außer der Anzeige ›ungültige Karte‹ tat sich nichts. Es musste ein Fehler im System sein. Hinter mir wartete ein Herr. Ihn ließ ich vor, und prompt funktionierte der Apparat. Als er fertig war, versuchte ich es erneut. Wieder nichts. Mir dämmerte, dass dieser Fehler nicht im System des Parkhauses lag. Adrian hatte meine Karte gesperrt. Ich trat gegen gegen den Automaten, trommelte mit den Fäusten auf ihn. Nun war ich pleite und autolos. Das alles verdankte ich Adrian, dessen Namen ich laut vor mich hin rief.

Es näherte sich eine junge Frau und fragte: »Sind Sie fertig?«

»So was von.«

Ich verbat mir, weiter auszurasten. Es half ja nichts, wie Golt es so schön formulierte. Wollte ich dem die Wahrheit sagen? Kam nicht infrage. Hastig lief ich die Treppen wieder hoch und erklärte ihm, dass mein Wagen nicht ansprang. Das Problem sei nicht neu, der müsste dringend in die Werkstatt.

»Lassen Sie mich mal sehen, ich verstehe ein bisschen was von Autos. Stehen Sie weit weg?«, fragte er.

»Ganz weit weg, quasi am anderen Ende kurz vorm Dom. Aber es ist wirklich besser, wenn ein Fachmann sich darum kümmert, der Wagen sollte nur von der Vertragswerkstatt gewartet werden. Lassen Sie uns Ihren Camper nehmen.«

Es stellte sich heraus, dass die Wegfahrsperre zwischen Golts Autoschlüssel und dem Auto seit dem Bad im Rhein das Anlassen des Motors verweigerte. Er konnte sein Auto nur noch mechanisch damit öffnen. Daher wehte der Wind. Der Mann brauchte einen Fahrer. Jetzt standen wir dumm da. Er überlegte laut, ob er einen Streifenwagen oder Kollegen kommen lassen sollte. Entschied sich jedoch dafür, ein Taxi zu rufen. Wahrscheinlich hatte er keine Lust zu erklären, dass er samt Autoschlüssel baden gegangen war. Etwa eine halbe Stunde später fuhren wir auf der rechten Rheinseite an den Bäumen der Alfred-Schütte-Allee entlang. Sie wurden langsam grün. Ich genoss es, sie an mir vorbeiziehen zu lassen. Alle paar Meter unterbrachen sie meinen Blick auf den Fluss. Hier verlor Köln seine Hektik. Das zarte Licht der untergehenden Frühjahrssonne spiegelte sich in den Fenstern der drei Kranhäuser am anderen Rheinufer. Wir bogen ab in den Weidenweg. Er führte uns durch ein Gelände von Wiesen, Bäumen und Büschen noch näher an den Rhein. Langsam erreichten wir den Campingplatz. Als wir ausstiegen, bat Golt den Fahrer, auf uns zu warten, und ich hoffte, dass er mich nicht darum bat, mich an den Fahrtkosten zu beteiligen. Dann hätte ihm doch noch die Wahrheit sagen müssen. Alice war nicht auf Anhieb zu sehen. Wir fanden sie in einem Container, links vom Einfahrtsbereich, in dem sich der Kiosk befand, voll mit Leckereien. Ich liebäugelte sofort mit einer Tafel Schokolade.

»Wie lief das Putzen, Linda?«, begrüßte sie mich, »alles im grünen Bereich? Du kannst Maike sagen, dass ihr Dachzelt gleich montiert wird.« Ihre Haare hatte sie zu zwei Pippi-Langstrumpf-Zöpfen geflochten, die von ihrem Kopf abstanden.

Alice wusste noch nichts vom Fund der Leiche. Golt brachte es ihr auf eine, wie ich fand, wenig schonende Weise bei. Sie schaute uns mit großen Augen an, kam aus dem Container heraus und setzte sich auf einen Stuhl, der neben dem Eingang stand. Ich kniete mich neben sie, versuchte sie zu stützen.

»Das ist ja fürchterlich. Weiß man schon, wer der Tote ist?« Alice fuhr sich durchs Gesicht. »Stell dir vor, Mama hätte den Toten gefunden. Oder ich, wenn ich sie vertreten hätte. Nicht auszudenken.«

»Ja, stellen Sie sich vor, Frau Weißenberg hat die Leiche gefunden. Ist vielleicht ähnlich fürchterlich«, sagte Golt.

Alice reagierte nicht. Auf die Frage, wo sie zum fraglichen Zeitpunkt war, antwortete sie: »Hier, warum?«

»Kann das jemand bestätigen?«

»Alle hier. Zum Beispiel Edgar, mein Chef.« Sie zeigte auf einen Herrn an einem der Wohnmobile. Golt ging zu ihm und ließ sich bestätigen, was Alice ihm gesagt hatte. Dann kam er zurück und strich sich über die verletzte Schulter.

»Warum boten Sie Frau Weißenberg den Job gestern an?«

»Meine Mutter konnte ihn nicht machen, weil sie gestolpert und schlimm gefallen ist. Eigentlich sollte ich stattdessen für sie einspringen, aber ich konnte nicht so lange weg. So kam Linda ins Spiel. Mama war dieser Job bei den Stadtentwässerungsbetrieben immer wichtig, den wollte sie nicht aufs Spiel setzen.«

»Wo ist Ihre Mutter jetzt?«, fragte Golt.

»Sie soll heute Nacht zur Beobachtung im Eduardus-Krankenhaus bleiben, wo man sie nach dem Sturz eingeliefert hat.«

Golt notierte sich, was sie sagte, dann stiegen wir in das noch wartende Taxi.

»Was halten Sie davon, wenn wir ins Eduardus-Krankenhaus fahren?«, schlug ich vor. »Sie lassen dort Ihre Schulter verarzten, und dann sprechen wir mit Alices Mutter. Oder umgekehrt. Damit schlagen wir zwei Fliegen mit einer Klappe.«

»Wir?«, fragte er.

»Sie.«

»Zum Rheinauhafen«, wies der sturste Knochen seit der Erfindung der Menschheit den Fahrer an.

Ich versuchte es noch mal: »Wir könnten zum Eduardus fahren, ich warte im Auto und Sie gehen zu Gundel.«

»Wir fahren zum Hafen. Für heute ist genug ermittelt.«

Langsam passierten wir den hochgestellten Schlagbaum des Campingplatzes und rollten auf den Weidenweg. Die Fußgänger auf der Straße bewegten sich nur träge zur Seite. Es wurde bereits dunkel.

BESUCH

Am Hafen angekommen, bezahlte Golt das Taxi, ohne mich um eine Beteiligung zu bitten, was mich erleichterte.

Gemeinsam liefen wir zur Treppe, die hinunter zu den Booten führte. Vor seinem Camper, der gleich gegenüberstand, wartete eine Frau. Sie war groß, schlank und blond. Golt verabschiedete sich etwas abrupt von mir und begrüßte die Frau mit einer Umarmung.

»Schön, dass du kommen konntest«, hörte ich ihn sagen, als ich die ersten Stufen der alten Steintreppe hinunterging. Ich verlangsamte meinen Schritt, reckte meinen Hals, konnte aber bald nichts mehr sehen. Erst auf dem Hauptsteg wieder. Golts Camper stand unter einer Laterne und war gut zu sehen in der Dunkelheit. Er schloss gerade den

Camper auf und nahm sie mit hinein. Er hatte mir während des Kreuzfahrtschiff-Falles erzählt, dass er geschieden und insofern ein freier Mann war. Vielleicht war es ja auch seine Ex-Frau oder eine neue Frau in seinem Leben. Es ging mich gar nichts an. Ich schaute noch mal hoch, jetzt zog er die Tür zu.

Zurück auf der *Big Wave* fand ich wieder die ausgelassene Gesellschaft vor, die ich vorher verlassen hatte. Nur betrunkener. Hilmar hielt mir sein Glas entgegen. »Komm' Se rein schönes Himmelsgewächs. Ich bin ein Mann mit Grill und suche eine Frau mit Kohle.«

Tatsächlich wartete ein Stück Marzipankuchen auf mich im Kühlschrank, den sie mir übrig gelassen hatten.

»Was wollte denn unser Golt-Finger von dir?«, erkundigte sich Hille. »Ein lästiger Typ.«

»Er hat meine Aussage überprüft.«

»Und?«

»Und was?«

»Hat es geklappt? Bist du jetzt verdachtsfrei?«

Ich zuckte mit den Achseln. Golt hatte sich dazu nicht eindeutig geäußert. Aber ich ging davon aus, dass er auch Gundel sprechen wollte, um ganz sicherzugehen, dass ich die Wahrheit sagte. Spätestens, als ich diese fremde Frau an seinem Auto sah, hatte ich mich nicht getraut, ihn nach meiner Unschuld zu befragen. Ich musste lernen, mir mehr von dem zu nehmen, was ich haben wollte.

Hilmar bot mir Sekt an. Ich griff zu, nahm einen Schluck und spürte dem Alkohol nach, wie er durch meine Kehle floss. Alle schauten mich an, so als hätte ich eine gute Geschichte zu erzählen. Ich prostete ihnen jedoch nur wortlos zu und entspannte mich langsam ein wenig. Auf dem Tisch standen Schüsseln mit Chips und

Nüssen, daneben Wein- und Sektflaschen, die Herren tranken Bier. Man hätte meinen können, wir hätten etwas zu feiern. Vielleicht waren es ja auch nur die letzten Tage in Freiheit.

Ich setzte mich an den großen Tisch und aß den Kuchen. Nach einer Weile machte Maike mir gegenüber Zeichen und deutete wieder auf das Fenster hinter mir. Ich drehte mich um und sah unten auf dem Seitensteg erneut Golt im fahlen Licht der Hafenbeleuchtung stehen. Vielleicht war er ja jetzt bereit, mit mir ins Krankenhaus zu fahren. Obwohl es um diese Uhrzeit wohl keinen Sinn mehr haben würde. Ich öffnete das Fenster, aber es war Hilmar, den er dieses Mal sprechen wollte. Der zögerte einen Moment, sagte dann, er käme raus. »Nehmt euch einen guten Schluck in der Zwischenzeit. Ben sei so gut und kümmere dich um unsere Damen, ich singe derweil mit unserem Golt-Kehlchen da draußen 'ne Runde.«

Er verließ seine Yacht und erschien vor unserem Fenster, redete mit Golt und lief dabei ein Stück. Zu weit, um noch hören zu können, worum es ging. Dann sah ich, wie Hilmar seine Brieftasche aus der Hosentasche zog und ein klein gefaltetes Dokument herausholte, das er Golt zeigte. Der schaute sich das eingehend an und machte dann mit seiner Handykamera ein Foto davon. Hilmar verschränkte die Arme und schaute in die Luft. Golt verabschiedete sich und Hilmar kam zurück zu uns an Bord.

»War er sauer?«, fragte ich.

»Nee, warum?«

»Weil du nicht früher gekommen bist.«

»Früher?«

»Er wollte doch den Eigner der *Speedy Gonzales* sprechen.«

»Wer sagt, dass ich das bin?« Er nahm sich ein frisches Bier aus dem Kühlschrank. »Unser Golt-Esel soll ruhig mal ein Stück laufen für sein Geld.«

»Hat er dich verhört?«, wollte Ben wissen.

»Befragt, Ben. Nur befragt, das ist was anderes. Reine Routine. Hast du unsere Gäste mit Flüssigem versorgt? Was bist du nur für ein lausiger Gastgeber?«

Hille setzte sich zu uns an den Tisch und legte seinen Arm um mich. »So, ihr Lieben, darauf nehmen wir erst mal einen. Auf uns. Auf unser Leben im Hafen, dem Ibiza von Köln.«

Wir tranken und wechselten das Thema. Ich war froh darüber, wollte mich von Golt und den dunklen Bildern im grauen Brückenraum ablenken. Hier war es hell und heiter.

EINE SORGE MEHR

Es roch nach Frühling und war schon dunkel, als Maike und ich das Schiff zusammen mit Ben verließen. Die Steglampen standen weit auseinander und spendeten nur ein spärliches Licht. Wir hatten uns ordentlich an Hilles Bordbar bedient, wobei ich wahrscheinlich noch die nüchternste von uns allen war. Man konnte Probleme nicht wegsaufen, aber man konnte sie verduseln, war mein Eindruck. Man sah nicht mehr so klar, so verloren sie an Schärfe, verschwammen. Selbst Floris Abflug ohne mein Beisein verschwamm vor meinem geistigen Auge. Ich hatte sie nur noch anrufen können. Man durfte nur nicht nüchtern werden und wieder klar sehen. Aber für den heutigen Tag hatte ich nicht vor, nüchtern zu werden.

Als wir unseren Seitensteg erreichten, saß an seinem Ende ein Mann auf dem Sitzsack. Es war zu dunkel, um ihn zu erkennen. Ich blieb stehen. Man sah, dass er rauchte. Es war Golt. Maike und Ben kletterten auf die *Tobago Sun* und verschwanden unter Deck. Feiglinge, dachte ich, die lassen mich mit ihm allein. Nun wünschte ich mir doch, nüchterner zu sein, und versuchte, mich zusammenzureißen.

»Ich hatte schon befürchtet, Sie könnten hier einsam sein«, sagte er.

»Ja, hätte man meinen können.« Ich setzte mich auf Bens Klappstuhl, der immer noch dort stand.

»Können wir reden?«, fragte er.

»Klar.«

»Drinnen?«

Ich schloss die *Happy Days* auf. Er hatte Mühe, sich mit nur einem Arm an Bord zu hieven. Versuchte aber, sich das nicht anmerken zu lassen. Meine Versuche, ihm dabei zu helfen, ignorierte er. Wir setzten uns runter in den Salon, der sich nur spärlich beleuchten ließ.

»Kann ich Ihnen einen Kaffee anbieten?«

»Nein, danke.« Er hielt sich immer noch die Schulter. »Wie lange kennen Sie die beiden Herren schon?«

»Ben seit heute Morgen. Fritz und Hille seit heute Nachmittag. Wieso?«

»Sind Sie sicher?«

»Im Augenblick scheint mir gar nichts mehr sicher. Aber ja doch, die drei waren mir heute früh noch völlig unbekannt. Ben ist mein neuer Nachbar und gut zu mir.«

»Schließen Sie immer so schnell Freundschaft?«

»Ich glaub nicht.« Ich hielt mir den Kopf. Der schien so schwer.

»Was wissen Sie über diese Männer?«, fragte er.

»Ben ist Maler.«

»Und sonst?«

»Nichts.«

»Fällt Ihnen was auf?«

»Was denn?« Ich lehnte mich an die Bordwand neben mir. Zu intellektuellen Höhenflügen war ich nicht mehr in der Lage.

»Sie gehen zu wildfremden Männern aufs Schiff, um mit ihnen zu essen und zu trinken?«

»Scheint so.« Mir fielen die Augen zu.

»Frau Weißenberg, seien Sie vorsichtig. Versprechen Sie mir das!«

SCHLÜSSEL-FRAGE

Es war finster um mich. Ich befand mich in der Schlafkoje der *Happy Days*. Jedenfalls hoffte ich das – oder lag ich doch längst im Sarg? Wie ich noch hier hereingefunden hatte, erinnerte ich mich nicht mehr. Ich tastete um mich herum, bis ich den Schieberiegel der Klappe fand, und kroch auf allen vieren hinaus. Als ich mich aufrichtete, stellte ich fest, dass ich noch vollständig bekleidet war. Mich auszuziehen hatte ich demnach nicht mehr geschafft. Immerhin trug ich keine Schuhe. Draußen schien die Sonne.

»Da seid ihr ja, meine Lieben«, hörte ich Ben, den Entenflüsterer, und fragte mich, wie spät es war. So ohne Armbanduhr empfand ich mich etwas aus der Zeit gefallen. Ich zog die Bootstür zur Seite. Unten auf dem Sitzsack schlief Maike. Im Sitzen. Unter einer Decke. Ich sah hoch zu Ben auf seinem Deck, der in eine Tüte mit Haferflocken griff und eine Handvoll davon ins Wasser warf. Aufgeregtes Gequake setzte ein, man hörte Wasser spritzen. Zwei Enten kamen angeschwommen.

»Von Haferflocken werden die aggressiv, deswegen gebe ich denen nicht zu viel davon. Das ist die Droge der Enten«, erklärte er, als er mich sah. »Hier die zwei ersten sind Helma und Luise, die sind immer die schnellsten.«

»Hat Maike hier heute Nacht geschlafen?«, fragte ich.

»Mitten im Satz ist sie mir weggeratzt, sie war nicht mehr wach zu kriegen.«

Maike räkelte sich. Öffnete die Augen und sah sich um. Offensichtlich musste sie sich kurz orientieren, um zu erkennen, wo sie war.

»Du siehst aus, als hätte man dich frisch aus einer Gracht gezogen«, sagte ich.

Sie fuhr sich durchs Gesicht. »Ich sehe jeden Morgen auf eine andere Art und Weise zerstört aus. Das ist Kunst.«

Ben schlug vor, eine Fotoserie daraus zu machen, und wollte erst mal Kaffee für uns alle kochen. Das war die erste gute Nachricht des Tages.

»In meinem Alter wacht man sowieso jeden Morgen auf, als hätte man gesoffen. Da kann man es auch gleich tun«, fand Maike.

Müde rieb ich mir die Augen und streckte die Arme aus, um mich zu recken. Es fiel mir schwer, mich an Details des gestrigen Abends zu erinnern.

»Auch nicht an Slip-Alarm?«, fragte Maike mit belegter Stimme.

Es brauchte einen Moment des Nachdenkens, dann dämmerte es mir. Jeder sollte raten, wer welche Unterhose trug. Dann musste man sie zeigen. Wer richtig geraten hatte, bekam sie. Ich fingerte in meine Hose und stellte erleichtert fest, dass ich meine noch trug. Mehr wollte ich im Augenblick nicht wissen. Andererseits trug ich ein so unfassbar langweiliges Modell, dass es niemand erraten konnte, oder wollte. Nicht einmal ich selbst wollte den ollen Schlüpper, wie Hille unsere Unterhosen nannte, sehen. Zum Schluss schlug jemand vor, noch etwas aus dem Medizinschrank zu mixen. Ich setzte mich neben Maike auf den Klappstuhl, der immer noch dort stand. In meinem Kopf klingelten Golts Worte, vorsichtig zu sein. Ben reichte zwei Kaffeetassen von seinem Schiff herunter. Er selbst setzte sich auf das Heck seines Bootes und ließ die Beine herunterbaumeln.

»Habt ihr noch altes Brot?«, fragte er. »Das essen die Enten sonst auch gerne.«

»Apropos«, sagte Maike, »habt ihr auch so einen Hunger?« Ben bot an, Brötchen zu holen. Oben auf dem Hafengelände gab es einen Bäcker. Zusammen mit der Marmelade in meinem Kühlschrank würde das ein Festmahl ergeben. Er lief los. Als er auf dem Hauptsteg war, streckte Maike mir ihre Arme entgegen. »Hilf mir hoch, ich glaube, ich werde nie wieder gerade. Aber davon abgesehen habe ich wirklich gut geschlafen. Hafenluft tut gut. Was wollte Golt denn gestern Abend von dir?«

»Er sagte was von Vorsicht den Jungs im Hafen gegenüber.«

»Damit du nicht ohne ihn ins Wasser fällst? So ein Beruf macht auch was mit einem«, stellte sie fest, während sie sich schwerfällig aufrichtete. »Um dir das zu sagen, ist er gestern noch so spät zu dir gekommen? Ach Linda, du sitzt aber auf der Leitung.«

»Auf welcher Leitung?«

»Lass mich mal aufs Klo bei dir.« Sie hatte Mühe, in Seit-Rückwärts-Manier an Bord zu kommen. »Hilf mir mal, sonst wird das ein Fallrückzieher.«

Endlich mal jemand, der nicht zu stur für meine Hilfe war. Ich kramte eine frische Jeans mit T-Shirt aus dem Koffer, zog mich an, holte Teller und Besteck, dazu die Marmelade und stellte alles draußen hin. Bei diesem Wetter wollte ich nicht drinnen bleiben. Als ich mich im Sitzsack niederließ, kam Golt vom Hauptsteg um die Ecke und stellte sich vor mich hin. Er schlief tatsächlich im Camper oben auf dem Parkplatz, wo er uns Tag und Nacht im Visier hatte.

»Frau Weißenberg, ich wollte Sie bitten …« Ben kam

mit einer großen Tüte Brötchen. »Herr Ben, guten Morgen. Sie wollte ich auch sprechen.«

»Jetzt nicht, Sie sehen ja, ich habe Gäste. Die Brötchen werden kalt.«

»Kommen Sie danach hoch zu meinem Camper?« Golt zeigte mit dem Finger nach oben zum Parkplatz.

»Warum?«

»Weil ich Sie darum bitte.«

Zögernd sagte Ben zu.

Golt ging, aber Bens Stimmung wirkte deutlich gedämpft.

»Mensch Ben, ist dein Klo auch so klein? Das ist für Kinder gemacht, nicht für eine ausgewachsene Frau wie mich«, sagte Maike und schaute aus meiner Tür heraus.

Leander Winterhaus erschien am Ende des Seitensteges mit einer Rose in der Hand. Ben verschwand. Maike pömmelte sich aus der *Happy Days*, sah den Herrn mit Rose und ging gleich durch zu Ben hoch aufs Boot.

»Hallo, Linda. Es tut mir leid, dass es gestern so schlimm kam. Bin selbst noch ganz benommen.«

Hinter ihm erschien Raimund Golt, noch bevor ich antworten konnte. Er betrachtete uns beide ausführlich und erkundigte sich, warum es Blumen gab.

Leander drehte sich um zu ihm. »Finden Sie nicht, dass dies selbst unter den gegebenen Umständen eine Privatsache ist?«

»So, so«, sagte Golt, und ich fragte mich, was sein Tonfall zu bedeuten hatte. Ob er Misstrauen, Zynismus oder Neugier ausdrückte. Dieser Mann konnte so unglaublich neutral daherkommen. Gleichzeitig hatte man den Eindruck, dass ihm nichts entging und dass alles, was er beobachtete, in viele verschiedene Schubladen einsortiert wurde, die er vielleicht bei Gelegenheit aufzog und den Inhalt gegen einen verwendete. Gegen mich verwendete. Gegen mich, die eigentlich nur putzen wollte.

Ich bot den Herren jeweils einen Platz an. Beide wollten lieber stehen. Kaffee nahm auch keiner von ihnen an. Sie standen auf dem Steg herum, sagten nichts und bewegten sich nicht. So saß ich als Einzige und nahm meine Kaffeetasse. Mir vor den Herren ein Brötchen zu schmieren, hielt ich für unhöflich. Ich hörte, wie Maike und Ben sich angeregt in dessen Bootsinneren unterhielten. Nur draußen blieben alle stumm. Schließlich unterbrach Golt sein Schweigen, das einen zum Frösteln bringen konnte.

»Herr Winterhaus, wie könnte ich Ihre Aussage überprüfen, der zufolge Sie gestern erst nach Frau Weißenberg den Lagerraum in der Deutzer Brücke betreten haben?«

»Unsere Schlüssel sind ja Chips, sogenannte RFID Tags, die zu einem Transponderschloss gehören. Unsere Schließanlage kann sekündlich ablesen, wann er jeweils eingesetzt wurde. Präziser können Sie es kaum überprüfen.«

»Dann geben Sie mir doch bitte Ihren.«

Leander Winterhaus zog sein Schlüsselbund, das an einer Kette hing, aus der Hosentasche und löste den schwarzen Chip von dem Karabinerhaken, der das Bund zusammenhielt.

»Sie brauchen meinen Schlüssel dazu gar nicht. Es ist die Schließanlage, die die Daten aufzeichnet.«

»Geben Sie ihn mir trotzdem. Darf ich Ihren auch haben, Frau Weißenberg?«

Einen Moment lang musste ich überlegen. Aber ich war sicher, dass sich der Schlüssel in der Jeans befand, die bei Golts Wassergang gestern ins Hafenbecken fiel und darin unterging.

Golt fuhr sich durch die Haare. »Wussten Sie, was Herr Winterhaus über die Schließanlage gerade sagte, oder wären Sie davon ausgegangen, dass man den Schlüssel braucht, um diese Art von Information zu erhalten?«

»Weder noch. Ich habe mir keine Gedanken darüber gemacht, wie solche Schlüssel funktionieren. Die Hafentür, durch die man auf den Hauptsteg gelangt, öffne ich ja auch mit solch einem Chip-Schlüssel. Aber ich habe dieses Ding noch nie hinterfragt. Ich hatte höchstens Sorge, dass er mir ins Wasser fällt und danach nicht mehr funktioniert.«

Autsch, das war dumm. Selbstverständlich war ich davon ausgegangen, dass dieses Ding kaputt ging, wenn es ins Wasser fiel, und alle Daten verlor. Fingerabdrücke konnte man jetzt bestimmt nicht mehr davon nehmen. Hinter meiner Stirn entstand Kopfsalat.

»Aber mal im Ernst, dass Sie samt meiner Hose ins Wasser fallen würden, war wirklich nicht vorherzusehen. Soll ich versuchen, meine Jeans aus dem Wasser zu fischen?«

Golt ging darauf nicht näher ein, sondern bat Leander Winterhaus, mit ihm in dessen Büro zu fahren, um dort die Daten zu überprüfen.

Ben erschien an seiner Reling, als die beiden Herren sich von mir verabschiedeten und auf den Hauptsteg zurückgingen. Im Vorbeigehen sagte Golt: »Herr Ben, um zwölf Uhr an meinem Camper dort oben. Passt das für Sie? Alternativ können Sie auch zum Polizeipräsidium in Köln-Kalk kommen.«

Knurrend wählte Ben den Camper.

Diese ganzen Zufälle wurden mir selbst inzwischen

unheimlich. Das ging nicht mit rechten Dingen zu. Andererseits konnte man ja nicht in den Knast wandern, nur weil sich Zufälle häuften.

KEINE SAUBERE LÖSUNG

Ich sah die beiden Männer die Treppe an der Kaimauer hochgehen. Leanders Rose lag neben meinen Füßen auf dem Steg.

»Wenn der Kommissar in meiner Nähe ist, wird mein Blut in den Adern dicker. So was spüre ich. Es fließt dann nicht mehr so locker«, sagte Ben und fasste sich an die Brust, »außerdem könnte sich der Mann ankündigen, bevor er kommt. Mit einem Gewitter oder Sturm zum Beispiel. Der erscheint immer so still und leise wie eine Erkältung.«

Ich nahm einen Schluck Kaffee. »Es tut mir leid, wenn ich dich da mit reinziehe. Ich weiß, dass du mit dem Mann nicht reden willst.«

»Du kannst ja nichts dafür.«

Maike hatte Hunger und stieg vom Boot herunter. Mir war der Appetit vergangen. Ich musste immer noch Arbeit finden und möglichst auch Richards Mörder. Mein Leben in Freiheit fern häuslicher Pflichten und eines mich betrügenden und ansonsten ewig müden Ehemannes lief nicht gut an.

Hilmar kam den Hauptsteg entlang mit seinen Flipflops und seinem betont lässigen Gang. Er trug ein ausgewaschenes T-Shirt mit der Aufschrift: ›Life is better when laughing.‹ Der ein oder andere Buchstabe war schon verblasst. An der Ecke zu unserem Seitensteg blieb er stehen und gab ein zischendes Geräusch von sich. »Was kommt da denn für eine exquisite Kreatur?«

Ben, der immer noch auf seinem Boot stand, schaute in dieselbe Richtung. »Hille, reiß dich doch mal zusammen. Das ist Annabelle, Richards Assistentin. Hast du die noch nie hier gesehen?«

Mir versperrte die *Happy Days* den Blick auf den Hauptsteg.

Hilmar surrte. »Die nehm ich mal ins Schlepptau.«

Ben rollte mit den Augen, nannte ihn dauerbrünstig. Aber Hille schwelgte weiter. »Ich habe lediglich eine gewisse romantische Bereitschaft. Die Frau ist ein flammender Appell an meine Sinne. Fritz, du Bade-Ente, komm mich löschen.« Er schaute zur *Bonanza.* »Ist der überhaupt schon auf? Der verschläft noch mal sein Leben.«

»Welches Leben?«, fragte Ben.

»Auch wieder wahr, der Junge hat gar keins mehr.«

Fritz litt offenbar unter starkem Liebeskummer, seit seine Rita ihn verlassen hatte, um mit einem Küchenplaner durchzubrennen. Hille deutete eine Verbeugung an und schwenkte seinen Arm zur Seite. »Einen wunderschönen guten Morgen, schöne Frau.« Er meinte offenbar Richards Assistentin, die wahrscheinlich auf die *Blue Sky* zugelaufen kam. Es dauerte nicht lange, und auch ich konnte sie sehen, als sie das obere Deck des Schiffes erreichte und an die Schiebetür klopfte. Die *Blue Sky* überragte meine kleine *Happy Days* doch um einiges. Die junge Frau trug eine große Sonnenbrille und einen schwarzen Hosenanzug. Ein Kontrapunkt zwischen dem Weiß der Boote. Ihre langen, dunklen Haare hatte sie im Nacken zu einem Knoten zusammengebunden. Sie trug einen Blumenstrauß.

»Marisa«, hörte ich sie rufen, »ich bin's, Annabelle.« Es blieb still auf der *Blue Sky*. Ob dort überhaupt jemand an Bord war, wusste ich nicht. »Marisa, es tut mir so leid. Das kannst du mir glauben. Ich lege dir hier Blumen hin.« Dann ging sie wieder. Wir verhielten uns alle still, so als wollten wir in diesem Moment nicht stören. Vielleicht wollten wir auch mithören, was sich dort abspielte. Oder beides. Dann hörten wir ihre Absätze auf dem Holz des Hauptsteges.

»Ganz schöne Scheiße, das mit Richard«, meinte Hille, als Annabelle außer Hörweite war, »hat der Junge auch nicht verdient.«

»Kanntest du ihn gut?«, fragte ich.

»Wen kennt man schon gut?«

»Ich denke, ihr habt zusammen studiert«, sagte Ben, »war das nicht in England?«

»Was heißt das schon?«

»Na, dann habt ihr euch zumindest lange gekannt«, fand ich.

»Nun werd mal nich frech, Kleene. Ich könnte doch mein eigener Sohn sein.«

»Marisa kennst du wohl besser«, fügte Ben hinzu.

»Frauen kenne ich immer besser. Die sind ja auch interessanter.«

»Wie war Richard so?«, fragte ich.

Hille verschränkte die Arme.

»Richard war der Typ Mann, der vorgab, immer total aktiv zu sein. Das suggeriert ein wichtiges und erfülltes Leben. Dabei läuft man nur vor der eigenen Leere davon.«

»Sprichst du von dir, Hille, oder von Richard?«, fragte Ben.

»Wer weiß das schon so genau.«

»Hatte er Feinde?«, fragte ich.

»Was für 'ne Frage. Spielst du jetzt Hilfssheriff? Reicht dir unser Golt-Fisch nicht?«

»Was würdest du tun, wenn du schon wieder Verdächtiger in einem Mordfall wärst? Vor zwei Wochen erst fand ich mich plötzlich auf einem Flusskreuzfahrtschiff in dieser Lage wieder. In die bin ich auch schon wie die Jungfrau zum Kinde gekommen.«

»Du bist noch Jungfrau?«

»Bleib doch mal ernst«, bat Ben, »selbstverständlich hatte Richard Feinde. Das weißt du doch am besten.«

»Ist ja gut.« Hilmar seufzte und schaute hoch zum Ausgang der Treppe an der Kaimauer. Dort stand Annabelle, blickte auf die *Blue Sky* herunter und telefonierte. Ich fragte mich, worauf sie wartete. Wenn Marisa an Bord ihres Schiffes war und die Tür nicht öffnen wollte am Tag, nachdem ihr Mann verstarb, war mir dies vollkommen einsichtig. Wann, wenn nicht in solch einem Moment benötigte man Privatsphäre und wollte keinen Besuch. Ich überlegte, ob ich für die Blumen, die Annabelle vor die Schiebetür gelegt hatte, eine Vase besorgen sollte, entschied mich aber dagegen, denn auch ich wollte Marisas Privatsphäre respektieren und ihr Boot nicht betreten.

»Hat jemand von euch einen Job für mich?«, fragte ich in die Runde.

»Was denn für einen?«, wollte Hilmar wissen.

»Ich kann da nicht wählerisch sein ohne Ausbildung. Ich habe mein Studium abgebrochen, als ich Mutter wurde, und ansonsten nichts gelernt, was man beruflich verwenden könnte. Aber ich brauche Geld, so viel steht fest.«

»Fritz, altes Raketentriebwerk, du brauchst jemandem, der bei dir mal klar Schiff macht. Eine Putzfrau hätte bei dir echt was wegzuknabbern«, rief Hilmar über den Steg. Man hörte das Geräusch eines Reißverschlusses, Fritz öffnete das Vinylverdeck seines Bootes. Seine Haare ungekämmt und die Augen von der Nacht verquollen, sah er recht ungepflegt aus. Er trug eine blaue, ausgebeulte Jogginghose, darüber ein grünes Sweatshirt mit der Aufschrift: Morgen ist auch noch ein Tag. Langsam und behäbig trat er auf den Seitensteg neben seinem Boot und kam zu uns herüber.

»Hättest du jemanden?«, fragte er. Hilmar zeigte auf mich.

»Wenn ich eins kann, dann putzen«, sagte ich.

»Von mir aus«, antwortete Fritz. »Wann willst du anfangen?«

»Heute?«

»O.K.«

»Schau dir das Boot erst mal von innen an«, riet Ben, »und entscheide dann.«

»Ich mach den Job.«

»War's das?«, fragte Fritz.

»Für mich schon«, sagte ich. »Wann soll ich da sein?«

»Wann du willst. Ich geh nicht weg.«

Fritz drehte sich wieder um und ging zurück zu seinem Schiff.

»Iss ein Brötchen mit uns«, rief Maike ihm nach. Er blieb stehen, verharrte kurz und kam zu uns zurück. Die beiden Bartsträhnen neben seinen Mundwinkeln wackelten bei jedem Schritt, den er auf uns zu machte. Ben holte noch einen Klappstuhl von seinem Schiff und stellte ihn auf den Seitensteg, auf dem wir nun alle hintereinander saßen.

»Was willst du ihr denn zahlen?«, fragte Maike.

»Keine Ahnung, was nimmst du so pro Stunde?«

»Wir werden uns schon einig«, war ich sicher und hoffte, dass dies nicht meine einzige Einnahmequelle blieb.

Hilmar stand noch immer an der Ecke zum Hauptsteg und schaute hoch zu Anabelle, während wir unsere Brötchen aßen. Die Sonne gewann langsam an Wärme und glitzerte auf dem Wasser. Floriane war inzwischen auf dem Flughafen von San Francisco gelandet, wie sie mir geschrieben hatte. Zusammen mit einem Bild vom blauen Himmel Kaliforniens. Während ich mir das Bild ansah, ging meinem Handy der Saft aus und ich musste feststellen, dass ich kein Ladekabel eingepackt hatte. Zu gerne wäre ich jetzt bei Flori gewesen. Mit blauem Himmel und weißem Strand. Mit guter Laune und ohne Haushalt. Apropos. »Fritz, soll ich gleich bei dir anfangen?« Ich wollte die Sache möglichst schnell hinter mich bringen.

Er schaute mich fast erschrocken an. Zögerte mit der Antwort. »Von mir aus.« Ihm hing ein Brötchenkrümel an der rechten Bartnudel.

Maike verabschiedete sich, wollte zum Campingplatz. Auch Hilmar zog sich zurück, und ich folgte Fritz auf seine *Bonanza*, die genau gegenüber auf der anderen Seite des Hauptsteges lag. Man betrat das Boot ebenerdig von hinten, wo eine Art Vorzelt aus schwarzem Vinyl den Eingangsbereich bildete. Durch ihn trat man ins Schiffsinnere ein. Ich folgte Fritz dorthin. Es roch nach Essensresten, Pizzakartons stapelten sich neben Schuhen und Geschirr. Bei Hempels unterm Bett war es im Vergleich dazu antiseptisch.

»Fritz, wann hast du das letzte Mal aufgeräumt oder geputzt?«

»Ist 'ne Weile her.«

Hier schichtet sich die Eiszeit auf das Pleistozän. Das war ein Forschungsfeld für Archäologen. Ich ging zurück ins Vorzelt, um nach frischer Luft zu schnappen.

»Magst du mal alle Fenster öffnen und lüften?«, rief ich ihm von dort zu.

»Kann ich machen.«

Wenn man die Einrichtung wiederherstellen wollte, brauchte man wahrscheinlich einen Sandstrahler. »Und kann man dieses Vorzelt weiter öffnen, um frische Luft hereinzulassen?«

Er kam raus zu mir. »Du meinst die Persenning?«

»Wie auch immer das hier heißt.«

Er zog den Reißverschluss rechts und links auf, sodass sich das gesamte Heck freilegte. In diesem Moment ging Hilmar auf dem Hauptsteg vorbei, ohne uns wahrzunehmen. Er trug einen dunkelblauen Anzug, Lederschuhe und hatte sich rasiert. Er ging die Stufen zur *Blue Sky* hoch und klopfte an die Schiebetür. »Ich bin's, Hille.«

Die Tür öffnete sich, Marisa trat in einer Art Kimono-Morgenmantel und zerzaustem Haar heraus. Als sie ihn sah, schlug sie mit ihren Fäusten auf seine Brust. Er tat nichts dagegen. Dann fiel sie ihm in die Arme. Ein leises

Wimmern setzte bei ihr ein. Er strich ihr übers Haar, schob sie sanft ins Bootsinnere und schloss die Türe hinter sich.

»Weiter auf geht's nicht«, sagte Fritz.

»Was? Ja, das ist schon gut so.«

Hier draußen mit der inzwischen geöffneten Persenning konnte ich atmen. So begann ich damit, diesen Bereich von Essensresten zu befreien, die sich auf einem weißen Plastiktisch stapelten. Das eine oder andere schimmelte bereits. Gerade als ich Fritz fragen wollte, warum er sein Schiff so herunterkommen ließ, sah ich, wie Marisas Sohn Kilian mit Herrn Rosenstein, dem Anwalt von gestern, den Steg entlang kam und die Stufen zur *Blue Sky* hochging. Dessen Namen hatte ich gestern aufgeschnappt. Er klopfte an der Schiebetür und Hilmar öffnete ihnen. Ich erwartete, dass er daraufhin das Schiff verließ, um den Trauernden ihre Privatsphäre zu lassen, aber weit gefehlt. Er begrüßte sie, bat die beiden herein und schloss die Türe hinter ihnen. Ich fragte mich, was Hilmar dort zu suchen hatte, welche Rolle er in diesem Szenario spielte. Während ich weiter Pizzareste einsammelte, kam ein Herr in dunkelblauem Anzug mit einer großen Aktentasche über den Steg. An seiner Seite Annabelle, Richards Assistentin, mit einem Stapel Unterlagen unterm Arm. Auch sie wurden von Hilmar an der Schiebetür begrüßt und eingelassen. Kurz darauf trat Annabelle wieder heraus, setzte sofort die Sonnenbrille auf und verließ das Schiff. Auf ihrem Weg begegnete sie Cara, die ebenfalls aufs Schiff kam. Die beiden grüßten sich knapp.

VOM WINDE VERWEHT

»Wären 20 Euro die Stunde o.k. für dich?«, fragte Fritz. Er stand neben mir.

»Ja, klar«, antwortete ich und versuchte, mir eine Schneise in sein Schiff zu bahnen. Ich würde ihn erst gar nicht fragen, warum er die *Bonanza* so verkommen ließ, ich würde sie einfach aufräumen. Ich ließ mir erklären, wo ich Abfalltüten, Putzlappen und Kehrblech fand. Mehr musste ich zunächst nicht wissen. Zu meinem Erstaunen half er mir bei der Arbeit, bot an, für uns Kaffee zu kochen, und stellte das Radio an. Die sich füllenden Mülltüten stellte ich auf den Bereich am Heck, der vorher von der Persenning bedeckt war. Von dort wollte Fritz sie später entsorgen. Als ich den zweiten Müllsack herausstellte, sah ich, wie sich gegenüber auf der *Blue Sky* Herr Rosenstein verabschiedete, kurz darauf verließen auch Kilian und Cara das Schiff. Sie befanden sich in einer hitzigen Debatte. Offenbar war Richards Firma pleite, wenn ich es richtig verstand. Cara und Kilian waren offensichtlich sauer darüber. Trauer über den Tod des Vaters konnte ich nicht erkennen. Gerade als ich mich wieder meinen Bergungsarbeiten auf der *Bonanza* widmen wollte, sah ich, wie der Wind ein kleines grünes Papierchen über den Steg wehte. Ich legte das Kehrblech nieder und ging von Bord, um es aufzuheben. Es war bedruckt mit einem großen S, das sich in einem weißen Tropfen befand. Darunter stand das Wort: *starburst*. Ein Kopfschmerz schoss mir durch die Stirn. Dabei war es doch nur ein Bonbonpapier. Bis gestern hatte ich diese Art von Bonbon noch nie gesehen.

Und nun schon zum zweiten Mal. In mir schossen Gedanken wie Pfeile hin und her. Konnte es einen Zusammenhang mit dem Mord und dieser Art von Bonbon geben? Was, wenn der Mörder hier im Hafen wohnte? Golt hatte mich gestern Abend noch davor gewarnt, mich nicht so schnell auf die Leute einzulassen. Bisher hatte ich noch niemanden getroffen, der dem Verstorbenen eine Träne nachweinte, wenn man von seiner Witwe einmal absah. Vielleicht wehte das Papierchen aber nur aus Zufall hier herum. Auf jeden Fall würde ich versuchen herauszufinden, was es damit auf sich hatte, und jeden fragen, ob er solche Bonbons aß. Bei Fritz würde ich gleich anfangen.

»Frau Weißenberg?«

Ich blickte auf und sah mich zwei Herren in Polizeiuniform gegenüber. Sie forderten mich auf, ohne Verzögerung mit ihnen aufs Präsidium zu kommen, Herr Golt erwartete mich dort. Während ich versuchte zu erklären, dass ich mitten in einem Job war und meine erste bezahlte Stunde noch nicht zu Ende gebracht hatte, nestelte einer der Herren an Handschellen, die an seinem Gürtel befestigt waren. Er gab mir freundlich, aber klar zu verstehen, dass ich richtig Ärger bekäme, wenn ich nicht sofort mitkäme. Er hielt mir ein Schreiben unter die Augen, auf dem ich in großen Buchstaben geschrieben sah: Vorladung. Darunter mein Name. Ich bat ihn, die Handschellen stecken zu lassen. Der Gedanke, mit den Dingern um meine Handgelenke von irgendjemandem, gar von Marta gesehen zu werden, gefiel mir nicht.

»Fritz, ich komm gleich wieder«, rief ich in die *Bonanza*. Er kam heraus und sah dem Polizisten dabei zu, wie der die Handschellen wieder an seinem Gürtel befestigte.

»Was ist denn los? Brauchst du einen Anwalt?«, fragte er.

Ich blickte die Polizisten an, die zuckten mit den Achseln.

»Weiß nicht«, antwortete ich. »Es kann sich eigentlich nur um einen Irrtum handeln.«

»Justizirrtümer sind mächtig«, sagte Fritz. »Nimm dir juristischen Beistand.« Er sah mich mit ernstem Blick an. Ich nickte mit dem Kopf, wollte jedoch erst mal abwarten, was Golt wirklich von mir wollte. Für einen Anwalt fehlte mir schlicht das Geld. Aus der *Happy Days* griff ich schnell meine Handtasche und eine Strickjacke. Dann flankierten mich die beiden Herren auf dem Weg zum Hafenausgang. Der Steg, die Hauptschlagader des Hafens, mit seinen in der Sonne glänzenden Yachten rechts und links von mir erschien mir unendlich lang. Oben wartete an der Stelle wo sonst Golts silbergrauer Camper stand, ein Streifenwagen in den ich gesetzt wurde, und schon ging es los. Als wir die Severinsbrücke überquerten, warf ich einen wehmütigen Blick hinunter in unser Hafenbecken, wo ich jetzt lieber die *Bonanza* in einen besseren Zustand versetzt hätte. Genau gegenüber auf der rechten Rheinseite legte im Deutzer Hafen ein Flusskreuzfahrtschiff an. Hier war ich erst vorgestern von Bord gegangen. Wir fuhren über den Deutzer Ring, der uns direkt vor die Füße des Polizeipräsidiums in Köln-Kalk spülte. Ein fünfstöckiger Würfelbau mit beigen Klinkerkacheln und einem hohen blauen Mittelteil, der wie ein Turm über das restliche Gebäude herausragte. Wir parkten gleich vor der Türe, durchquerten eine große Eingangshalle und nahmen den Fahrstuhl in den dritten Stock. Dort liefen wir einen Gang mit kaltem Neonlicht entlang, begegneten Damen und Herren mit und ohne Uniform. Es herrschte eine ernste Stimmung und geschäftiges Treiben. Jemand öffnete ein Büro. Zwischen Tür und Angel sah ich auf einem Stuhl Leander Winterhaus sitzen. Mich führte man jedoch zu einem anderen Raum, den ein Herr in blauem Anzug gerade verließ, während er Golt etwas über die Schulter zurief: »So eine Frau löst sich doch nicht in Luft auf, verdammt noch mal. Bleiben Sie dran.«

»Selbstverständlich, Herr Oberstaatsanwalt«, sagte Golt.

»Das *Ober* können Sie sich sparen.«

»Danke für den Spartipp.« Der Herr war längst auf dem Korridor und reagierte auf diese Bemerkung nicht. Man führte mich hinein. Das Büro war etwas abgedunkelt, die Jalousien halb geschlossen, das Fenster offenbar schon länger nicht mehr geöffnet, denn die Luft war stickig. Golt saß an einem grauen Schreibtisch, auf dem sich Unterlagen türmten. Er fuhr sich durch die Haare und wirkte angespannt. Zum ersten Mal sah ich ihn eine Brille tragen. Als er mich sah, nahm er sie ab, stand auf und zeigte auf einen Stuhl ihm gegenüber. Den beiden Polizisten gab er ein Zeichen, draußen zu warten. Mein Herz trommelte gegen den Brustkasten. Ich war noch nie in einem Polizeipräsidium.

»Wie geht es Ihrer Schulter?«, fragte ich vorsichtig und nestelte am untersten Knopf meiner Bluse, während ich mich setzte. Vor ihm auf der Schreibtischplatte waren Tatortbilder ausgebreitet. Obwohl sie für mich auf dem Kopf standen, wurde mir trotzdem übel bei ihrem Anblick. Schnell schaute ich woanders hin. Er sammelte sie hastig ein und ließ sie unter einem Aktendeckel verschwinden.

»Geht schon wieder«, sagte er.

Ich wich seinem Blick aus, schaute Richtung Tür. Alles, was mir in diesem Augenblick blieb, war meine Gewissheit, dass ich nichts verbrochen hatte. Sonst schien mir gerade nichts sicher. Wir schwiegen beide einen langen Moment lang. Es war so leise im Raum, dass ich meinen Atem in seinem nervösem auf und ab hören konnte.

»Sie werden sich fragen, warum ich eine Vorladung gegen Sie erwirken musste.«

Ich wusste nicht, was ich dazu sagen sollte. Angst machte mich sprachlos.

»In einem Verfahren wie diesem, Frau Weißenberg, darf man keine Formfehler begehen.« Er warf einen Blick zur Tür. »So wie die Dinge im Augenblick stehen, gehören Sie aktuell zu unseren Hauptverdächtigen.«

»Was?« Ich fuhr vom Stuhl auf, wollte am liebsten laut schreien und fragen, was der Blödsinn sollte. Stattdessen hechelte ich nur nervös.

»Bitte regen Sie sich nicht auf, ich bin sicher, wir können das klären, aber dafür brauche ich Sie.«

Ich versuchte mich zu sammeln, setzte mich wieder, rang nach Luft. Er schaltete ein Aufnahmegerät ein.

»Ihr Schlüssel-Chip beziehungsweise die dazugehörige technische Anlage bei den Stadtentwässerungsbetrieben zeigt an, dass Sie gestern bereits um 8.53 Uhr im Lagerraum der Deutzer Brücke waren. Also gut vier Stunden vor dem Zeitpunkt, den Sie für Ihr erstmaliges Betreten des Raumes angegeben hatten.«

»Aber um neun hatte ich den Schlüssel noch gar nicht. Fragen Sie Alice noch einmal, sie hat doch meine Version der Geschichte schon bestätigt und kann auch sagen, wann genau ich den Schlüssel bekam. Das war etwa Viertel nach zwölf.«

Er räusperte sich. Suchte ein Papier aus dem Stapel. »Genau das haben wir schon gecheckt. Wir baten Frau

Alice Kettner um Bestätigung einer genauen Uhrzeit für die Schlüsselübergabe, aber sie war sich nicht mehr sicher, sagte, es könne auch früh am Tag gewesen sein. Sie wollte sich nicht festlegen.«

Mein Hirn verweigerte einen Moment lang jeden klaren Gedanken und fühlte sich an wie schockgefroren.

»Die Ortung Ihres Handys fand ein letztes Signal am frühen Morgen im Hafen. War es Zufall, dass Sie es dort ließen, oder war es nicht vielmehr Absicht, damit Ihre Bewegungsdaten nicht nachvollzogen werden konnten?«

Golt goss mir ein Glas Wasser ein, ich nahm einen Schluck.

»Es ist so, Herr Golt, als ich etwas überstürzt aus unserem Haus auszog, vergaß ich, ein Ladekabel für mein Handy einzupacken. Ich war ziemlich durcheinander, müssen Sie wissen.«

Golt lehnte sich in seinem Bürostuhl zurück und verschränkte die Arme vor der Brust.

»Wenn ich eines vermeiden will, dann unser Haus wieder zu betreten. Schon gar nicht für so ein kleines Kabel. Deshalb liegt mein Handy im Augenblick still und schweigend auf der *Happy Days*. Es hat schlicht keinen Saft mehr.«

Jetzt kniff er die Augen zusammen. Es war nicht mehr viel von ihrem dunklen Grau-Grün zu sehen. »Und Sie kaufen sich nicht einfach ein neues Kabel? Der Hafen liegt keine fünf Minuten Fußmarsch von der Severinstraße entfernt. Die ist voller Geschäfte, dort bekommt man sicher eins.«

Der Mann hatte ja recht. »Ich bin noch nicht dazu gekommen. Es war so turbulent, seit ich auf das Boot gezogen bin. Dann noch der Leichenfund, da rutscht so ein Kabel schon schnell nach unten auf der Liste.« In diesem Moment fragte ich mich, wie viel so ein Ding wohl kosten mochte und ob mein Bargeldbestand noch dafür ausreichte. Meine Tochter gehörte schon zu den digital natives. Ich dagegen war eher ein digital Alien.

Golt goss mir Wasser nach. Mein Mund war ganz trocken.

»Ich wollte wirklich nur meinen Putzjob dort erledigen und sonst gar nichts.«

Er schmunzelte. »Ich will Ihnen gerne glauben, aber Sie wissen doch: Neue Besen killen gut.«

Das fand ich wirklich nicht lustig, sondern einen billigen Kalauer, auf meine Kosten noch dazu. Er entschuldigte sich dafür.

Dann fiel es mir ein: »Meine Cousine Maike Freisin war dabei. Die kann es bestätigen.« Einige Zellen in meinem Hirn tauten wieder auf, das war doch die Rettung.

Golt öffnete seine Arme und breitete sie weit aus. Für einen Augenblick hatte ich den Eindruck, er freute sich. »Wo hält sie sich gerade auf?«, wollte er wissen.

»Auf dem Campingplatz. Jedenfalls hat sie gesagt, dass sie dahin wollte.«

Nachdem er bis jetzt abgespannt und müde gewirkt hatte, nahm er nun Fahrt auf.

»Rufen Sie sie an, die soll so schnell wie möglich herkommen.«

»Hab kein Handy, Sie wissen doch.«

Er drückte mir den Hörer seines Festnetztelefons in die Hand. Ich wählte Maikes Nummer, sie ging nicht ran. Ich sprach ihr auf die Mailbox und machte klar, wie dringend wir ihren Rückruf erwarteten. Golt trommelte mit den Fingern auf eine der wenigen, noch freien Stellen seines

Schreibtisches. »Dann nichts wie hin. Vorher noch schnell einen Kaffee?«, fragte er.

Ich lehnte dankend ab. Mir liefen bereits Ameisen durch die Adern, etwas Aufputschendes würde sie jetzt in Flammen setzen. Alles, was ich wollte, war Entlastung. Möglichst schnell.

Er nahm noch einen Schluck aus seiner Tasse und stand auf. Wir liefen auf dem Gang entlang zurück zum Aufzug und verließen das Gebäude. Draußen stand sein Camper, in den wir einstiegen.

»Seit wann funktioniert Ihr Autoschlüssel wieder?«, fragte ich.

»Meine Schwester hat mir gestern einen zweiten Schlüssel vorbeigebracht. Seitdem bin ich endlich wieder mobil. Das ist schon ein gutes Gefühl.«

»Das war Ihre Schwester?« Irgendwie kam mir dieser Satz etwas lauter heraus als alles Vorherige. Er sah mich in einer Art und Weise an, die mir den letzten Gedanken aus dem Kopf sog. Mein Gehirn schien mir leergefegt wie durch einen heftigen Luftzug.

ENDLICH ZELTEN

Wortlos fuhren wir zum Campingplatz. Auf dem Weidenweg lief singend eine Gruppe Kindergartenkinder in bunten Regenmänteln vor uns her. Es schien eine angenehm warme Aprilsonne. Als wir vorbei am aufrecht stehenden Schlagbaum auf das Gelände fuhren, sprang ein Eichhörnchen an uns vorbei ins Gebüsch. Golt parkte mitten im Einfahrtsbereich, wollte offenbar keine Zeit verlieren. Hier war sein Camper unter seinesgleichen. Nur Alice war nirgendwo zu sehen. Wir suchten Maikes Auto, einen Golf in grellem Rot. Man sah diese Farbe gut auf der Straße, aber hier auf dem Campingplatz gerade nicht. Ich drehte mich nach allen Seiten, überlegte, wen ich fragen konnte, als ich ein Auto in zweiter Reihe entdeckte, auf dessen Dach tatsächlich ein Zelt stand. Das Auto selbst war kaum zu sehen, sondern wurde von einem Vorzelt verdeckt, das von oben herabhing. Zwei Pfosten, links und rechts in die Erde gerammt, spannten es auf. In deren Mitte stand eine Aluminiumleiter, die hoch zum Eingang dieser kleinen Behausung führte. Das war also nun Maikes neue Bleibe. Dagegen war mein kleiner Kutter ein Flugzeugträger. Ein junger Mann mit dunklen Haaren und schwarzem Sweatshirt stellte einen Klappstuhl unter das Vorzelt. Ich sprach ihn an: »Ich suche Maike Freisin. Die fährt so ein rotes Auto. Ist dies hier zufällig ihres?«

»Ja, das ist es. Habe das Model Extended maxi auf ihrem Dach installiert. Wie gefällt es Ihnen?«

Ich schaute mir die Konstruktion aus dunkelrotem Stoff noch einmal an. »Hoch finde ich es.«

»Das kommt einem am Anfang vielleicht so vor, aber man gewöhnt sich schnell daran. Dafür ist man super flexibel, klappt es einfach ein, wenn man wegfahren möchte. Wollen Sie es mal ausprobieren?« Der Mann zeigt auf die Leiter.

»Später vielleicht«, antwortete ich. Hatte jetzt keinen Sinn dafür und wollte Golt nicht warten lassen. Der jedoch zögerte nicht lange und stieg hoch.

»Ganz bequem«, rief er herunter. »Schauen Sie sich das an, es gibt sogar Fenster.« Er schaute aus der Eingangsluke. »Und eine Matratze. Kommen Sie hoch. Sie haben doch keine Angst, oder?«

»Ich? Nein.« Golt wirkte sportlich trainiert, war schlank und drahtig, ganz im Gegensatz zu mir. Wenn diese Konstruktion ihn dort oben hielt, bedeutete es noch lange nicht, dass sie uns beide tragen würde, ohne zusammenzubrechen. Anders als in einem normalen Zelt flog man dann in hohem Bogen vom Autodach.

»Es ist für drei bis vier Personen ausgelegt«, sagte der junge Mann, als hätte er meine Gedanken erraten. »Probieren Sie es ruhig aus. Das ist stabil.«

»Wo ist Maike?«, fragte ich ihn.

»Keine Ahnung, die wollte längst wieder hier sein. Aber ich kann jetzt ja auch Ihnen den Autoschlüssel geben. Der Rest erklärt sich ganz von selbst.« Er drückte mir Maikes Schlüsseltäschchen in die Hand und holte eine Visitenkarte raus. »Falls Sie noch Fragen haben, mein Name ist Ulrich Freitag. Rufen Sie mich an, und ich baue Ihnen auch so ein Ding aufs Dach.«

Golt streckte die Hand nach mir aus. Ich setzte einen ersten Fuß auf die Aluminiumleiter, während Herr Freitag sie von unten festhielt. Oben angekommen, kroch ich vorsichtig auf allen vieren in das Zelt und wagte es kaum, mich zu bewegen.

»Ich muss los«, hörte ich den Mann von unten rufen, »grüßen Sie Maike von mir.« Aus dem Fenster sah ich ihn auf einem Bäckerfahrrad davonfahren.

Golt streckte sich neben mir aus und räkelte sich. »Ach, das ist ja richtig gemütlich hier drin. Wie geschaffen für einen kleinen Mittagsschlaf.« Der hatte Nerven. Aber es galt ja auch nicht, seine Unschuld zu beweisen. Es ging um meine. Für einen Moment lehnte auch ich mich zurück und versuchte, die Ameisen in meinen Adern ein wenig zu besänftigen. Ein laues Lüftchen wehte durch unser Zelt. Nebenan unterhielten sich andere Camper an einem Tisch. Man prostete sich zu, lachte. Es herrschte eine entspannte Atmosphäre um uns herum, und wir thronten über allem. Ein bisschen wie im Baumhaus. Neben mir hörte ich ein leichtes Schnorcheln von Herrn Golt. Der war tatsächlich eingeschlafen.

Ich strich ihm vorsichtig über den Arm. »Herr Golt.«

Er rührte sich nicht. Nun strich ich ihm über den Bauch. »Herr Golt.«

Er brummte mit geschlossenen Augen. Nahm meinen Arm. Lächelte.

»Meine Unschuld«, sagte ich.

Er öffnete die Augen. Ließ meinen Arm wieder los. »Ich tu doch gar nichts.«

»Eben, Herr Golt. Sie sollten etwas tun, nämlich meine Unschuld beweisen.«

»Ach die ... Unschuld. Aber ja, die beweisen wir. Haben Sie Ihre Cousine, Frau Freisin, inzwischen erreicht?«

»Ich habe kein Handy.«

Er reichte mir seins. Maike ging noch immer nicht ran. Ich bedrängte ihn, Gundel Kettner zu befragen. Die hatte doch den Schlüssel, bevor eine ihrer Töchter ihn zum Campingplatz brachte.

»Die hat noch eine Tochter? Wie heißt die?«

»Keine Ahnung.«

Er nahm das Handy zurück und rief in seinem Büro an. Dort sollte man herausfinden, wo Gundel Kettner und ihre beiden Töchter wohnten.

»So, diese Informationen müssen wir abwarten, es sei denn, Frau Alice Kettner oder Frau Maike Freisin tauchen hier vorher auf.« Er sah mich an. »Bis dahin könnten wir was essen. Es ist kurz vor eins. Haben Sie auch so viel Hunger?«

»Eigentlich nicht.«

»Ich hole uns erst mal was zu essen. Warten Sie einfach hier, ich bin sofort zurück.«

Er krabbelte über mich und stieg auf der Leiter herunter. Unten angekommen, schaute er hoch zu mir. »Es dauert nicht lange, nicht weggehen, verstanden?«

Wo sollte ich in drei Teufels Namen hin? Ich sah durch eines der Fenster, wie er über das Campingareal lief. Noch immer war sein Gang etwas beschwerlich, und er hielt sich die Schulter, wenn er sich unbeobachtet fühlte.

Ich fragte mich, wer sonst noch meine Zeitangaben bestätigen konnte. Marisa fiel mir ein. Die Yogalehrerin. Ben. Sie alle hatten mich gesehen. Das war doch die Lösung. Ich atmete auf. Es gab jede Menge Zeugen, die mich entlasten konnten. Warum war ich nicht gleich darauf gekommen? In Golts Gegenwart fielen mir die einfachsten Sachen nicht mehr ein. Wir mussten in den Hafen zurück. So schnell wie möglich.

Ich schaute durch das Fenster auf die Bäume des Campingplatzes und das Seegrün der Rodenkirchener Brücke, auf der die A4 den Rhein überquerte. Die Autos darauf stauten sich mal wieder, fuhren im Schritttempo. Dahinter lag Rodenkirchen. Der Stadtteil, in dem ich so viele Jahre mit Adrian und Floriane gelebt hatte und in der Annahme, dass wir glücklich waren. Wie man sich täuschen konnte. Flori hatte, ohne es mir zu sagen, ihr Studium abgebrochen und Hals über Kopf geheiratet. Seitdem flog sie ihrem Ehemann über die Kontinente hinterher. Mein Mann vergriff sich an dessen Mutter, hatte sich nur einmal vergessen, wie er meinte. Bei den Hottentotten ging es gesitteter zu. Ich wohnte jetzt auf einem Schiff, das mir nicht gehörte und das so eng und dunkel war, dass man sich leicht blaue Flecken holte. Hier oben war es allerdings noch enger, dafür blickte man nicht auf den Schiffsrumpf des Nachbarn, sondern ins Grüne, auf Bäume und den Rhein. Vielleicht war dieses Ding ja meine Zukunft. Vielleicht kaufte ich mir auch ein Dach-Zelt und lebte fortan ohne festen Wohnsitz. Dafür wäre es allerdings gut gewesen, mein Auto aus der Tiefgarage zu holen. Ich richtete mich wieder auf. Die Zeituhr des Parkhauses lief gegen mich und meinen Geldbeutel. Wie viel Stunden musste ich bei Fritz putzen, um meinen Mini auszulösen? Ich konnte gerade nicht rechnen. Vielleicht gab er mir einen Vorschuss, damit es nicht mit jeder Stunde, die verging, noch teurer wurde. Sonst musste ich im Akkord dagegen anputzen. Das Leben kostete Geld, ohne dass man etwas davon hatte. Ein Jammer.

Auf der Wiese spielten zwei Kinder Frisbee, ein Hund sprang um sie herum. Hier war alles grün. Unter anderen Umständen hätte man sich wie im Urlaub fühlen können.

Endlich kam Golt zurück. Er hielt eine Plastiktüte in der Hand.

»Das Essen ist fertig«, rief er und kam die Leiter herauf. Ich rutschte zur Seite, ließ ihn Chips, Kekse und Nüsse aus seiner Tüte holen, während ich ihm meine weiteren Entlastungszeugen aufzählte.

»Gut«, sagte er und zog noch ein Glas Würstchen und Burger-Buns aus seiner Tüte. »Sehr gut.« Unten lief jemand mit gebrauchtem Geschirr in einer Plastikschüssel vorbei. Golt zog noch weiße Schokolade hervor. »Ist meine Lieblingssorte, welche essen Sie am liebsten?«, fragte er.

»Vollmilch-Nuss.« Ich öffnete die Tüte mit den Nüssen. »Gut, dass ich diesen Verdacht los bin. Der macht einen ganz verrückt. Ich möchte mich meinem neuen Leben widmen.«

»Sie vergessen eines, Frau Weißenberg: Herr Winterhaus und Sie könnten die Tat gemeinsam begangen haben. Oder Frau Kettner Senior und Sie. Sie wären dann in der Frühe gemeinsam am Tatort gewesen und fanden später ganz unschuldig die Leiche mit Herrn Winterhaus zusammen.«

Mir fiel fast eine Nuss aus dem Mund. »Ich kenne die Frau gar nicht.«

»Können Sie das beweisen?«

»Müssten Sie nicht das Gegenteil beweisen?«

Er biss in seinen Wurst-Burger.

Ich sah ihm beim Kauen zu. »Welcher Mörder ruft denn selbst die Polizei und rennt nach der Tat nicht weg?«

»Der Punkt geht an Sie«, sagte er, »ist nicht sehr wahrscheinlich. Es könnte allerdings eine besonders gute Tarnung sein. Vielleicht sind Sie einfach gewitzt.«

»Wie abgebrüht müsste ich sein? Trauen Sie mir das zu?«

»Was ich Ihnen zutraue, ist eine Sache. Was der Gesetzgeber, die Staatsanwaltschaft, der Richter glaubt, eine andere. Wir müssen alles ausschließen. Was wir brauchen, sind wasserdichte Beweise für Ihre Unschuld.«

Ich hatte große Lust, ihm die Nusstüte an den Kopf zu werfen. »Es haben mich jede Menge Leute im Hafen gesehen, die mich entlasten können, Maike zum Beispiel. Hier auf dem Campingplatz Alice. Ich jedenfalls habe den Schlüssel erst kurz vorher erhalten. Ansonsten war Marisa van Gedden in der Nähe, als Maike mir vom Job erzählte. Die könnte das mitbekommen haben.«

»Mit Verlaub, Frau Weißenberg, auch das könnten Sie mit Ihrer Cousine als Tarnung abgesprochen haben.«

»Vielleicht war Gundel Kettner zuvor in der Brücke und ist dort gestürzt«, warf ich ein. »Wir müssen sie befragen.«

Golt schaute durch die Zeltöffnung auf den Einfahrtsbereich und hörte mir offenbar nicht zu. Stattdessen stieg er die Leiter herunter und lief zu seinem Camper. Erst jetzt sah ich, dass ein Eiswagen versuchte, auf das Gelände zu kommen. Golts Nugget versperrte ihm den Weg. Er fuhr ihn schnell zur Seite, stieg aus und begann ein Gespräch mit dem Fahrer, der eine Schiebetür von seinem Wagen öffnete. Dahinter verbargen sich seine Eisbottiche. Dann stellte er einen Stehtisch vor dem Wagen auf und betätigte eine Klingel. Sofort rannten alle Kinder des Campingplatzes aufgekratzt rufend in seine Richtung, ein kleines Mädchen zerrte ihre Mutter hinter sich her. Golt ging um das fremde Auto herum, begutachtete die bunte Bemalung, warf einen Blick ins Innere und bestellte schließlich etwas, ließ aber die Kinder vor.

Mit zwei kleinen Pappbechern kam er zurück, balancierte sie die Leiter auf einer Hand hoch und reichte mir einen davon mit einem grünen Plastiklöffelchen drin. Es war Schoko-Nuss.

»Eiszeit«, sagte er.

»Wir müssen Gundel befragen«, wiederholte ich.

»Weiß ich. Essen Sie erst mal in Ruhe.«

»Läuft uns nicht die Zeit davon?«

»Mmhh«, er leckte seinen Plastiklöffel ab. »Wohin läuft sie denn?«

»Für mich in den Wahnsinn.«

Er sah mich an und grinste. »Die Sache ist die, Gundel Kettner ist nicht aufzufinden. Im Krankenhaus ist sie nicht mehr, das habe ich bereits gecheckt. Ihre Tochter Alice hat sich für heute krankgemeldet, wie ich gerade herausfand. Bei sich zu Hause ist sie allerdings auch nicht. Das haben meine Kollegen bereits überprüft. So, jetzt Sie.«

Inzwischen fand ich das alles selbst ein wenig überzufällig. Ich bat Golt noch einmal um sein Handy, um Maike anzurufen. Wieder ging sie nicht ran. Ich versuchte es auf ihrer Festnetznummer, auch Fehlanzeige. Daraufhin schlug ich Golt vor, dass wir zuerst zu ihrer Wohnung in der Südstadt fuhren, sollte sie dort nicht sein, würden wir es im Hafen versuchen. Vielleicht hörte sie ihr Handy einfach nicht, oder es hatte keine Ladung mehr. So was passierte schließlich den Besten von uns.

Ich drängte Golt, sein Eis aufzuessen, um mit mir loszufahren. Wir mussten Maike dringend finden. Endlich verstand der Mann. Allerdings hielt der noch ein kurzes Schwätzchen mit dem Eiswagenfahrer, bevor der für uns Platz machte, um uns vom Gelände fahren zu lassen.

FUNDE

Maikes Wohnungstür stand offen. Man hörte klopfen und bohren, Handwerker machten sich an ihrem Fußboden zu schaffen. Auf Maike warteten die Herren selbst, wie sie mir sagten. Eigentlich sollte sie längst da sein, um mit ihnen das weitere Vorgehen im Badezimmer zu besprechen. Ich sah mich um. Der Wasserschaden hatte wirklich kein Zimmer ausgelassen. Es konnte noch Wochen dauern, bevor sie wieder einziehen konnte. Zeit, die sie auf dem Dach ihres Autos verbringen musste. Sie tat mir jetzt schon leid.

Auf dem Weg durchs Treppenhaus fiel mir ein, dass ich in der Apotheke, die sich in ihrem Haus befand und einst von ihrem verstorbenen Mann geführt wurde, noch Pflaster kaufen sollte. Wer wußte schon, wie viele Wunden es noch zu versorgen gab. Als ich den Verkaufsraum betrat, fiel mir gleich eine Dame mit buntem Haar auf, die mich prompt bediente. Sie trug einen Bubikopf mit Strähnen in den Farben des Regenbogens. Dem Namensschild auf ihrem weißen Kittel zufolge war sie Frau Hartung und Apothekerin. Und eine fröhlich aussehende noch dazu. Am liebsten hätte ich ein Foto von ihr gemacht und es an Floriane geschickt, die vielleicht Sorge hatte, zwischen Apothekertresen und Mörser ähnlich zu versauern wie ihr Vater. Ich gab die Hoffnung nicht auf, dass sie doch noch eines Tages ihr Pharmaziestudium abschloss und die Tradition von drei Apotheker-Generationen fortsetzte.

Mit einer Packung Pflaster versorgt, fuhren wir zurück zum Hafen, wo Golt seinen Nugget wieder an derselben Stelle parkte. Wir stiegen aus, als sein Handy klingelte.

»Eine zweite Tochter, ja, genau. Helen Kettner. Sehr gut. Warte mal gerade, ich nehme mir 'nen Zettel, Alfred was? Alfred-Schütte-Allee 42, alles klar, gute Arbeit, Freunde. Übernehme ich selbst.«

Ich tat so, als hätte ich gar nicht zugehört, dabei versuchte ich jedes Wort abzuspeichern, das er gesagt hatte. Golt kam in Fahrt.

»So, Frau Weißenberg, lassen Sie uns schnell schauen, welche der Personen, die Sie genannt hatten, zu finden ist, um eine verbindliche Aussage zu machen.«

Wir gingen die alte Treppe hinunter zum Steg und steuerten als Erstes die *Blue Sky* an. Es öffnete jedoch niemand. Bens *Tobago Sun* war weg. An seinem Liegeplatz klaffte ein Wasserloch.

»Er wird doch nicht getürmt sein?«, fragte Golt, »der sollte auf mich warten und zu meinem Camper kommen. Wo ist der Kerl hin? Meldet man sich hier irgendwo ab, wenn man wegfährt? Beim Hafenmeister zum Beispiel?«

Das konnte ich nicht beantworten. Golt klopfte bei Fritz, der rieb sich die Augen, offenbar hatte man ihn geweckt. Auch er wusste nicht, wo Ben steckte. Er meldete sich nicht ab, wenn er den Hafen für eine Spritztour verließ.

»Frau Weißenberg, sollten Sie jemanden auftun, der mit mir sprechen kann, schicken Sie ihn aufs Präsidium oder rufen Sie mich an. Ach nee, geht ja nicht. Vielleicht laden Sie bei einer Ihrer vielen neuen Eroberungen, die Sie unter den Herren über Nacht hier gemacht haben, Ihr Handy auf. Und noch was: Wenn ich Sie nicht in Gewahrsam nehmen soll, müssen Sie mir verbindlich zusagen, dass Sie den Hafen nicht verlassen. Kann ich mich darauf verlassen?«

Ich nickte mit dem Kopf. Er gab mir die Hand und ging.

»Nehmen Sie mich mit«, bat ich ihn.

»Was habe ich gerade gesagt?«

»Schließlich geht es doch auch um mein Alibi.«

»Das mag schon sein, aber es sind meine Ermittlungen, nicht Ihre. Wenn Sie mitmachen wollen, sollten Sie vorher zur Polizeischule gehen. Ich muss mich auf Sie verlassen können. Verstehen Sie das?«

»Ach verstehen, ich finde das wird überbewertet.«

Er sah mich an. »Kann ich mich auf Sie verlassen?«

Schweren Herzens sagte ich es ihm zu. Er ließ sich von mir meinen Ausweis aushändigen und verließ den Hafen. Ich war dazu verdammt, hier zu warten. Mein Körper fühlte sich schwer an wie ein Kartoffelsack. Noch immer auf dem Hauptsteg stehend, sah ich ihm dabei zu, wie er oben in seinen Camper stieg und losfuhr. Alfred-Schütte-Allee, in der Nähe waren wir doch gerade erst gewesen. Wie kam ich da hin ohne Auto? Für ein Taxi fehlte mir das Geld. Wenn ich mit der Straßenbahn fuhr, kostete das hin und zurück sechs Euro. So viel war mir meine Freiheit wert beziehungsweise meine Unschuld. Wenn sie sich dort beweisen ließ. Fritz kam heraus, und mir fiel ein, dass ich schon eine gute halbe Stunde für ihn geputzt hatte, mir demnach zehn Euro zustanden. Davon konnte ich mir immerhin eine warme Mahlzeit kaufen und das Straßenbahnticket noch dazu.

»Haben sie dich wieder freigelassen?«, fragte er.

»Ich darf den Hafen nicht verlassen.«

»Das sind ja ideale Voraussetzungen«, sagte er.

»Wofür? Um den Verstand zu verlieren?«

»Das vielleicht auch. Dann wäre ich nicht mehr so alleine in diesem Zustand. Ich meinte, um bei mir weiter klar Schiff zu machen.«

»Schon mal was von Empathie gehört?«

»Vage.«

Ich vereinbarte mit ihm, mein Handy bei ihm zu laden, während ich putzte. Leider war sein Kabel nicht mit meinem Gerät kompatibel. Er schlug vor, es bei Hille zu versuchen, der hatte mehrere Handys, eins seiner Kabel würde schon passen. Ich ging herüber zur *Big Wave*, und tatsächlich öffnete Hille vorsichtig ein Fenster.

»Ist die Küste klar?«, fragte er mit leiser Stimme.

»Ich sehe keinen Nebel.«

»Der Kommissar ist abgefahren«, sagte Fritz, der mir gefolgt war und nun hinter mir stand.

»Was hatte der mit dir vor? Fritz sagte was von Festnahme.«

»So was in der Art. Und du versteckst dich vor der Polizei?«

»Nur vor Golt. Der Mann trampelt auf meinen Nerven herum.«

»Kann ich mein Handy bei dir laden?«, fragte ich.

»Komm an Bord. Aber sieh zu, dass dir Golt-Finger nicht folgt.«

Er half mir hoch, und wir gingen über die Treppe hinunter ins Bootsinnere. Dort griff er eine angebrochene Bierflasche und bot mir auch etwas zu trinken an. Ich lehnte ab. Fürs Überleben wie fürs Putzen brauchte man einen klaren Kopf. Seine Kabel bewahrte er in seinem Schlafzimmer auf. In ihm thronte ein großes Bett auf einem Podest, zu dem an beiden Seiten eine Stufe hochführte. Hier war alles sauber und gepflegt. Über dem Bett hing ein Ölgemälde. Auf ihm war ein großes, grünes Ausrufezeichen zu sehen. Im Punkt des Ausrufungszeichens befand sich ein Herz in Orange-Rot. Ich sah es mir eingehend an. Wenngleich der Inhalt übersichtlich war. An Klarheit war es nicht zu überbieten. Hilmar stellte sich neben mich. »Ist von einer jungen Künstlerin. Hübsches Ding. Schon deshalb, weil sie meine Tochter ist.«

»Ein Plädoyer für die Liebe?«

»Wer weiß das schon.«

»Und wie stehst du zur Liebe?«

»Nur erwachsene Männer haben Angst vor der Liebe. Weil sie im schlimmsten Fall wissen, was sie erwartet. Und? Sehe ich aus, als sei ich erwachsen? Du verstehst von der Liebe sicher mehr als ich.«

»Wenn das so wäre, stünde ich jetzt wohl kaum hier.«

»Ach was. Aber eine Anleitung zur Liebe könnte ich hier und da schon gebrauchen. Deine Liebesfähigkeit erkennt man sofort.«

»Das kann doch wirklich jeder.«

»Eben nicht.«

»Liebst du deine Tochter?«

»Kenne sie kaum.«

»Wenn du lieben willst, solltest du das als Erstes ändern.«

»Ihre Mutter hasst mich.«

»Warum?«

»Ach, was weiß ich. Wenn ich gefechtsmüde an der Liebesfront bin, dann sicher auch ihretwegen.«

»Dafür kann dein Kind nichts. Es braucht dich, so wie alle Kinder ihre Väter brauchen. Gefechtsmüde hin oder her. Tu was. Schreib ihr, ruf sie an.«

»Was, wenn sie mich auch hasst?«

»Kämpfe um sie.«

Er nahm einen großen Schluck aus der Bierflasche. »Ich mach mich ungern zum Affen.«

»Zu lieben ist der Entschluss, sich verwundbar zu machen, notfalls auch zum Affen.«

Hilmar verschränkte die Arme vor der Brust.

»Bevor du mich fragst, was es mich angeht: Die Kinder dieser Welt gehen uns alle etwas an.«

Mit einem brummigen Ton öffnete er eine Schublade neben seinem Bett und zog ein Knäuel von Kabeln heraus, die sich ineinander verheddert hatten. Ich wollte ihm helfen, sie zu entwirren, damit ich bald wieder telefonieren und Nachrichten von Flori empfangen konnte, als ich einen Blick in seine Schublade warf. Dort lag ein kleiner schwarzer Revolver mit hölzernem Griff. Schnell schaute ich woanders hin, damit Hille nicht mitbekam, dass ich die Waffe gesehen hatte. Er versuchte, die Kabel voneinander zu lösen. Wir probierten einige davon aus, bis eines auf mein Handy passte. Ich verabschiedete mich etwas nervös und wollte nur noch runter von seiner Yacht. Als ich sein Schlafzimmer verließ, zuckte ich zusammen. In einem Regal an der Wand sah ich eine Glasschale voller kleiner quadratischer Bonbons. In buntes Papier eingewickelt. Rot, lila und orange. Alle mit der Aufschrift *Starburst.*

»Isst du diese Bonbons?«, fragte ich.

»Manchmal.«

»Wo hast du sie her?«

»Von meiner Zugehfrau.«

»Die sieht man ja nicht oft.«

»Nein. Ich kenne sie noch aus meiner Zeit in England. Ist schon ulkig, wie man an alten Gewohnheiten hängen kann. Warum fragst du?«

»Nur so, darf ich mir eins nehmen?«

»Klar.«

Ich nahm ein Rotes heraus und verließ mit mulmigem Gefühl im Magen die *Big Wave*.

EIN UNMORALISCHES ANGEBOT

Auf dem Weg zurück zum Hauptsteg fragte ich mich, was es mit dem Revolver und diesen Bonbons auf sich hatte. Statt zur *Bonanza* ging ich zur *Happy Days* und schloss die Tür hinter mir, suchte das grüne Papierchen heraus, das ich vom Steg aufgehoben hatte, und legte das Bonbon aus Hilles Schale daneben. Es war die gleiche Marke. Ich öffnete das Papier und aß es. Es war weich und schmeckte fruchtig süß. Während ich darauf kaute, versuchte ich im Geiste zu sortieren, ob es einen Zusammenhang mit dem Mord gab. Vielleicht war Richards Mörder hier im Hafen? Mein Herz stolperte bei dem Gedanken. Ob Hille etwas damit zu tun hatte? War er gar der ...? Mir fuhr eine Gänsehaut über den Rücken. Aber wäre er so dumm, eine Mordwaffe auf seinem Schiff zu lagern? Wohl kaum. Welche Rolle spielte Ben? Warum war der weg? Und wo verdammt noch mal war Maike, wenn man sie brauchte?

»Ich habe uns frischen Kaffee gebraut, damit es leichter geht.« Fritz stand vor meinem Schiff und der offenen Schiebetüre.

Intuitiv versteckte ich das Bonbonpapier hinter meinem Rücken. »Damit was leichter geht?«

»Das Putzen. Hast du mich schon vergessen?«

»Aber ich vergesse dich doch nicht. Musste nur kurz mein Handy anschließen. Komme sofort.« Fritz zog ab. Behutsam legte ich die Papierchen unter die blaue Polsterauflage der Sitzbank gegenüber meiner Eingangstür und verließ die *Happy Days*. Irgendwie musste ich mir das Geld für die Tiefgarage zusammenputzen. Auf dem Hauptsteg traf ich Hille. Wieder in alter Jeans und Flipflops. »Na, wie schmeckt der Job auf der *Bonanza*? Muss man dich retten? Gibt es schon Anzeichen allergischer Reaktionen?«

Fritz bot ihm einen Kaffee an, und so standen wir zu dritt auf dem Hauptsteg und ließen die frische Frühlingssonne auf uns scheinen. Ich erklärte Fritz meinen Parknotstand und fragte, ob er sich einen Vorschuss vorstellen könnte, womit ich mein Auto auslösen wollte.

»Was?«, sagte Hille, »du willst diesen Halsabschneidern so viel Geld in den Rachen werfen? Das lösen wir anders.«

Ich fragte mich, wie ich mein Auto aus der Tiefgarage bekommen sollte, wenn ich nicht die Schranke in Wild-West-Manier durchfuhr. Die Überwachungskameras würden das als Action-Film aufzeichnen.

»Lass uns das mal machen«, schlug Hille vor, »gib mir deinen Autoschlüssel, und sobald es dunkel ist, holen wir die Kiste. Nicht wahr, Fritz?« Der nickte, und ich fragte lieber nicht, was sie vorhatten.

»Ihr macht doch nichts Gefährliches? Oder Verbotenes?«

Die Herren lachten.

»Wir? Nein.«

Ich stieg in meine *Happy Days*, schob meine Gedanken zu den Bonbonpapierchen beiseite und gab Hille tatsächlich meinen Autoschlüssel. Wie sie die Sache anstellen wollten, verrieten sie mir nicht. Hilmar ging zurück zu seiner *Big Wave*, und ich betrat erneut die *Bonanza*. Dort stellte ich die Tasse in Fritz' Spülbecken und setzte die Bergungsarbeiten in seinem Schiff fort. Als ich einen weiteren Müllsack gefüllt hatte, fragte ich Fritz, wer Hilles Boot sauber hielt. Es sah sehr gepflegt dort aus. Fritz erklärte, dass dies eine Firma für ihn erledigte. *Shiny Clean* oder so ähnlich hieß die.

Ich spürte, wie mein Blutdruck stieg. Bis in die Haarwurzeln. Hille kannte also Gundel. Zumindest deren Firma. Was es zu bedeuten hatte, konnte ich mir noch nicht erklären. Aber es war sicher nicht wieder nur ein Zufall. Diesem Mann hatte ich meinen Autoschlüssel gegeben. Ich brachte den Müllsack nach draußen auf Deck und schaute auf die Stelle, an der sonst Bens Boot lag. Noch immer leer. Er fehlte mir. So wie Maike. Drüben auf der *Blue Sky* war alles ruhig. Marisa wohnte ja in einem Haus im Hahnwald, wie sie mir erzählt hatte. Warum fuhr Golt eigentlich nicht dort hin? Ich ging schnell rüber zu meiner *Happy Days*. Hastig suchte ich seine Visitenkarte und griff das Handy, das noch am Ladekabel hing, um ihn anzurufen. Nur die Mailbox. Mist. Er konnte aber auch selbst auf so was kommen. Ich wäre ja selbst hingefahren, wenn ich nicht unter Arrest gewesen wäre und ihm nicht versprochen hätte, im Hafen zu bleiben. Also ging ich zurück auf die *Bonanza* und überlegte, wie viel Benzin noch in meinem Tank war, denn zum Nachtanken fehlte mir das Geld. Wenn einem zu Hause nichts gehörte, sollte man immer für einen vollen Tank sorgen, so kam man wenigstens noch weg. Ich hatte von Frauen schwerreicher Männer gehört, die stets ihren gesamten Schmuck trugen, wenn sie das Haus verließen, falls ihr Mann in ihrer Abwesenheit die Schlösser austauschte. Dann hatten sie wenigstens noch das, was sie am Leibe trugen. Ich schaute an mir herunter. Nicht mal meinen Ehering hatte ich noch am Finger. Der ruhte auf dem Grund des Rheins, wo ich ihn im größten Ärger über Adrian hineingeschmissen hatte. Schade, dass sich mein Hüftgold nicht versilbern ließ. Davon trug ich wirklich einiges am Leibe. Ich versuchte, eins der vielen Modell-Segelschiffe, die Fritz in seinem schwimmenden Zuhause sammelte, von einer dicken Staubschicht zu befreien. Dieses Schiff war voll mit Modell- und Buddelschiffen. Lauter Schiffe auf einem Schiff.

Fritz versuchte, sich dienstbar zu machen. De facto stand er mir mehr im Weg, als dass er half. Irgendwie verhielt er sich unkoordiniert, lief mal hierhin, mal dorthin, stellte etwas ab, verrückte es wieder.

Ich schlug ihm vor, doch zu Hille rüberzugehen. »Wollt ihr beide nicht zusammen Fußball im Fernsehen gucken?«

Er sah mich an und ließ den Müllbeutel sinken, den er gerade verknoten wollte. »Wäre dir das lieber?« Er schaute mich traurig an. »Das verstehe ich. Rita ging ich auch auf die Nerven. Ich glaube, ich gehe überhaupt allen auf die Nerven. Ich gehe mir ja selbst auf die Nerven.«

»Aber Fritz, was redest du denn da? Bleib hier, leiste mir Gesellschaft, ich hab dich gerne um mich.« Ich versuchte, ihn anzulächeln, obwohl mir selbst nicht danach war. Aber an seinem traurigen Zustand wollte ich mich nicht auch noch beteiligen. »Was hältst du davon, wenn du dich hier hinsetzt und mir ein wenig von dir erzählst?«

Er drehte die Musik leise und setzte sich auf das Zweierpolster hinter dem Steuerrad. Sagte aber nichts. Das Radio wäre die unterhaltsamere Variante gewesen.

»Du magst Schiffe, stimmt's? Wie lange lebst du schon auf diesem Boot?«, fragte ich, um so etwas wie eine Unterhaltung in Gang zu bringen. Keinesfalls wollte ich Fritz stumm herumsitzen und mir beim Putzen zusehen lassen.

»Seit 13 Wochen, vier Tagen und fünf Stunden«, kam es von ihm.

Ich drehte mich zu ihm um. »Das weißt du so genau?«

»Es war der Zeitpunkt, als Rita mich verließ. Seitdem habe ich unsere gemeinsame Wohnung nicht mehr betreten. Das schaffe ich einfach nicht.«

Diesem Schrank von Mann liefen Tränen durchs Gesicht. Ich setzte mich neben ihn, legte meinen Arm um seine Schulter. Ich schwieg eine Runde mit ihm. Wie sollte man jemanden darüber hinwegtrösten, dass der Mensch, den er liebte, weggegangen war, ihn zurückließ wie einen alten Schuh? Ich fühlte mich ja selbst so.

»Ich weiß, wie sich das anfühlt«, sagte ich nach einer Weile und spürte, wie sich ein Kloß in meinem Hals bildete. Es dauerte nicht lange, und ich weinte mit ihm.

»Ich kann ohne Adrian leben. Ich muss nur noch lernen, wie«, sagte ich.

Fritz fuhr sich durchs Gesicht. »Ich kann das nicht lernen, und ich will es auch nicht. Ohne Rita macht nichts Sinn.«

»Das kannst du doch so nicht sagen. Wir müssen lernen, unserem Leben einen neuen Sinn zu geben. Es kann ja nicht alles nur an der Liebe hängen.« Wem redete ich da gut zu? Wahrscheinlich mir selbst.

»Ich will keinen neuen Sinn. Ich will Rita.«

Das klang nicht gesund. Ich fragte mich, ob ich ihm eine Therapie vorschlagen sollte, um über seinen Liebesschmerz hinwegzukommen. Aber wer war ich, so etwas anzusprechen? Ich kannte Fritz ja kaum. In mir kam die Frage auf, ob es für mich auch nur Adrian gab? Er hatte mich betrogen. Eigentlich gab es ihn überhaupt nicht mehr für mich. Auch wenn ich damit niemals gerechnet hätte. Jahrelang ging er jeden Morgen aus dem Haus, arbeitete lange Stunden in seinen beiden Apotheken, kam dann müde und kaputt zu mir nach Hause, ließ sich etwas zu Essen vorsetzen und schlief anschließend auf dem Sofa neben mir ein, bis ich ihn weckte, um ihn mit mir hoch ins Schlafzimmer zu nehmen. Das waren unsere Abende. Am Wochenende verschanzte er sich gerne in seinem Arbeitszimmer hinter dem Computer. Für Unternehmungen konnte man ihn nur schwer begeistern. Für das meiste fühlte er sich zu müde oder nicht aufgelegt. Gab es wirklich nur das für mich? Tagein, tagaus? Nächstes Jahr würde ich 50 werden. Diese Zahl fühlte sich nur auf einem Geldschein gut an. Das Leben an Adrians Seite war sicher. Die Konten waren immer gefüllt, ich musste mir um Geld keine Sorgen machen. Aber mir war über die Jahre irgendwie der Pep abhandengekommen. Ihn spürte ich nur noch, wenn Floriane zu Besuch kam. Ihre kleine Studentenwohnung im Univiertel hatte sie untervermietet, um ihren Träumen zu folgen. Oder folgte sie nur ihrem Ehemann? Zumindest ließ sie dafür alles fahren, was ihr eine selbstbestimmte Zukunft ermöglicht hätte. Als fertige Pharmazeutin hätte sie eine der Apotheken ihres Vaters übernehmen können. Hätte ein eigenes Einkommen gehabt. Sicherheit. Aber hätte ihr Leben Pep bekommen? Keine Ahnung. Adrian war der über seine Arbeit verloren gegangen. Möglicherweise wollte Flori diesem Leben entkommen, bevor es begann. Ich dagegen war ihm nicht freiwillig entkommen. Wie gerne hätte ich jetzt in meiner Küche etwas Leckeres gekocht. Hätte Platz gehabt, viel Licht. All das fehlte auf der *Happy Days*. Und wer wusste schon, wie lange ihre Besitzer Harry und Erika mich hier wohnen lassen würden? Es war ihr Boot. Ich brauchte auf die Dauer eine eigene Lösung. Selbst die *Bonanza* wäre irgendwann sauber geputzt. Eine Lebensstellung bot sie nicht.

»Wieso?«, fragte Fritz.

»Wieso was?«

»Wieso glaubst du, noch einmal neu anfangen zu können?«

»Ich weiß es nicht, Fritz. Ich hoffe es lediglich. Und ich hoffe, dass ich mehr bin als die Ehepartnerin meines Mannes. Eines Mannes, der sich eine neue gesucht hat. Ich muss mehr sein. Mehr werden. Auch wenn ich lange Zeit nicht viel anderes war. Das war nicht klug.«

Er schaute mich an. Seine großen runden Augen erinnerten mich an die eines Bernhardiners. Vornübergebeugt saß er da, die Ellenbogen auf seinen Oberschenkeln. Sein Kinn auf beide Hände abgestützt. »Ich bin Schiffsgutachter. Sonst nichts. An Ritas Seite war ich ein liebender Mann. Das ist viel.«

Wie wahr. Warum hatte ich mich nie gefühlt, als wäre ich viel? Als ich noch liebte.

»Ich fühl mich so alleine«, sagte er. »Mir fehlt so unendlich, dass mich jemand in die Arme nimmt, mich festhält, mir das Gefühl gibt, nicht wertlos zu sein.« Er sah mich wieder mit seinem Hundeblick an, und ich verstand, was er meinte.

Ich sehnte mich nach Floriane. Nach ihrer Umarmung. Selbst jetzt, wo sie sich auf einem anderen Kontinent aufhielt, gab sie mir das Gefühl, nicht alleine auf dieser Welt zu sein.

»Linda, versteh mich bitte nicht falsch. Kannst du mich nicht mal ...«

»Was?«

»Ich biete dir gutes Geld dafür.«

»Wie bitte?« Ich stand auf.

»Nicht, was du denkst.«

»Wovon sprichst du denn?«

»Rita lag immer in meinen Armen, halb auf mir. Könntest du das nicht auch mal machen?«

»Wofür hältst du mich?«

»Ich fasse dich nicht an, Ehrenwort. Ich meine, ich fasse dich schon an, aber nicht so, verstehst du?«

»Nicht wie?«

»Na ja«, er druckste rum, »nicht so, nicht so sexuell halt.«

»Ich soll halb auf dir liegen, in deinen Armen und das unsexuell?«

»Genau.«

»Spinnst du?«

»Vielleicht.«

»Bestimmt.«

»Ich gebe dir 100 Euro dafür. Du musst nichts machen. Nur da sein, auf mir liegen. Es wird sonst nichts passieren. Ich schwöre. Es fehlt mir so.«

Hundert Euro. So viel kostete es wahrscheinlich längst, mein Auto auszulösen. Ich wäre wieder mobil. Wer wusste schon, was Hille für einen gewagten Plan verfolgte, um mein Auto freizubekommen, und ob der aufging?

»Wer garantiert mir, dass wirklich nichts passiert?«, fragte ich.

»Ich.«

Das war ja eine tolle Versicherung. Genauso hätte ich mir vom Wolf bestätigen lassen können, dass er wirklich nicht vorhat, mich als Schaf zu reißen.

»Ich möchte keinen ..., du weißt schon, keinen Sex mit einer anderen Frau. Wenn, dann möchte ich ihn nur mit Rita.«

Irgendwie glaubte ich ihm das sogar.

»150 Euro. Mit dem Putzen von heute zusammen 200«, kam es von mir, und niemand wunderte sich mehr darüber als ich. »Wo soll das denn stattfinden?«

»Wo du willst. In meinem Bett?«

Ich schüttelte heftig den Kopf. Obwohl seine Kajüte ein sehr gemütliches Bett bereithielt, wie ich schon gesehen hatte. Das war nicht so ein sargähnliches Kabäuschen, wo man jederzeit mit dem Klabautermann rechnete wie auf der *Happy Days*. Ich sah mich um. Im Salon gab es eine gepolsterte Eckbank. Zu eng für zwei. Fritz schlug schließlich eine Luftmatratze vor, eine Art Gästebett, das er gleich holte. In ihr steckte ein eigenes Aufblaselement. Binnen weniger Minuten lag es vollgepumpt vor uns, war etwa einen halben Meter hoch und passte so gerade zwischen Tisch und Küchenzeile. Eilig holte

Fritz eine Wolldecke, die er darauf ausbreitete. Ich hatte kein gutes Gefühl bei der Sache, sorgte dafür, dass die Tür zum Heck offen blieb und mir einen Fluchtweg bot. Wenn ich hier schrie, würde es der ganze Hafen hören. Aber sollte ich das hier wirklich tun? Fürs Auto? Fritz legte sich bereits hin.

»Wie lange?«, fragte ich.

»30 Minuten?«

Eine halbe Stunde für mein Auto. Ich würde mir etwas zu essen kaufen können und mir finanziell eine Weile Luft verschaffen.

»Kein Streicheln, kein Küssen, kein gar nichts. Haben wir uns verstanden?«, sagte ich und versuchte, strenger zu wirken, als ich es je war. Er signalisierte Zustimmung.

»Und wir sprechen mit niemandem darüber. Das wäre mir unangenehm.« Unangenehm war gar kein Ausdruck. Ich hätte genauso gut nackt durch die Stadt laufen können und schämte mich schon jetzt.

»In meinem Lebenslauf wird es nicht erscheinen«, sagte er.

Fritz trug eine graue Jogginghose mit dunkelblauem Sweatshirt, aus dem je nach Bewegung ab und zu sein Bauch etwas vorwitzig hervorlugte, weil es zu kurz für ihn war. Ich rollte meine Gummihandschuhe von den Händen. Öffnete eins der Fenster, zog jedoch eine Gardine vor. So konnte man uns nicht sehen, etwaige Rufe nach Hilfe von mir jedoch besser hören. Mir war jetzt schon heiß. Ich fühlte mich wie in einem schlechten Traum, als ich mich auf die Luftmatratze setzte und mich langsam in die Stellung brachte, die Fritz mir beschrieben hatte. Ich dachte an Flori und meine Eltern. Wenn die mich jetzt so sahen. Fritz legte seinen Arm um mich und zog mich halb über sich. Ich dachte an Adrian. Ihm hatte ich zu verdanken, dass ich jetzt hier lag. Am liebsten hätte ich ihm eine Mistgabel in den Hintern … nur nicht weiterdenken. Während ich mit meinem Schicksal haderte, meine körperliche Anspannung meine Gliedmaßen erstarren ließ, spürte ich bei Fritz genau das Gegenteil. Sein Atem wurde ruhiger, er entspannte mit jeder Minute etwas mehr, bis er ein leises Pfeifen von sich gab. Der Mann döste weg. Man konnte mir gar nicht deutlicher vermitteln, wie unsexuell man mich fand. Ich regte niemanden mehr auf, wenn ich auf ihm lag. Bei mir schlief ein Mann ein. Wie tief konnte man auf einer Luftmatratze gleich neben der Küchenzeile sinken? Ich war eine traurige Ausrede von Frau mit einem Selbstwertgefühl auf Rheinbettniveau. Die Zigarettenspitze und das Feuerzeug meiner Nebenbuhlerin in unserem Ehebett kamen mir in den Sinn. In meinem Leben stand kein Stein mehr auf dem anderen. Und wenn, dann hätte ich ihn jetzt gerne in Richtung Rodenkirchen geworfen. Das Einzige, was mich tröstete, war der Umstand, dass ich den Boden unter der Luftmatratze selbst gewischt hatte und der einigermaßen keimfrei war. 200 Euro war nun also mein Preis. Ich tauchte ein in eine Welle des Selbstmitleids. Gerade als ich in ihr unterzugehen drohte, hörte ich draußen jemanden meinen Namen rufen. Es war Golt. Ich bewegte mich nicht, wollte nicht, dass er mich so fand. Außerdem bangte ich um meine Entlohnung, wenn ich jetzt aufstand. Eine halbe Stunde war abgemacht und erst die Hälfte der Zeit vorbei. Ich hörte Schritte näher kommen.

»Hallo? Ist da jemand?« Golt kam offensichtlich auf dem Seitensteg ans Boot und schob jetzt die Gardine zur Seite, die ich vor einer Viertelstunde erst zugezogen hatte, damit die Welt von meiner misslichen Lage möglichst keine Kenntnis erhielt. Golt war der Erste, dem ich sie vorenthalten wollte. Er starrte mich mit weit geöffneten Augen an, wie ich da halb auf Fritz lag. »Frau Weißenberg?«

»Herr Golt.«

Fritz räusperte sich, wachte auf und schlang seine Arme nur noch fester um mich.

»Es ist nicht, wonach es aussieht«, sagte ich.

»Meinen Sie, ich könnte Sie stehend oder sitzend sprechen? Also ich meine, nicht liegend.«

»Komme.«

Da gingen sie hin, meine 150 Euro, vielleicht bekam ich noch 75 für die Hälfte der vereinbarten Zeit. Aber es half nichts, ich wand mich aus Fritz' Armen und ging hinaus auf den Steg zu Golt. Der sah mich an, als hätte ich gerade die deutsche Marine in einem U-Boot-Krieg versenkt.

»Sind Sie mit dem, ich meine, sind Sie ein Paar?«, fragte er.

Ich schüttelte den Kopf.

»Dann verstehe ich es noch weniger.«

»Ja, das verstehe ich.«

»Wie bitte?«

»Eigentlich putze ich für ihn.«

»Korrigieren Sie mich, wenn ich falsch liege, aber seit wann putzt man auf dem Hausherrn liegend? Ich meine Putzen im herkömmlichen Sinne, ach was rede ich. Ich habe mich in Ihnen getäuscht, so einfach ist das. Und so bitter.«

»Wenn Sie sich in mir getäuscht haben sollten, dann habe ich das auch, Herr Kommissar.«

»Was soll das heißen?«

»Ich wäre die Letzte gewesen, die noch vor einer Viertelstunde angenommen hätte, was ich alles tun würde, um etwas Geld zu verdienen.«

»Sie gehen auf den Strich, um etwas Geld zu verdienen, ist das Ihr Ernst?« Er wurde ziemlich laut, als er das sagte.

Gerne hätte ich ihm eine runtergehauen, aber ich riss mich gerade noch zusammen.

»Rufen Sie es ruhig noch lauter, die Leute in Düsseldorf hören es sonst nicht. Glauben Sie wirklich, ich gehe hier auf den Marina-Strich?«

»Wie würden Sie es nennen? Escort-Service, bei dem Sie auch Männer putzen?« Jetzt brüllte er fast.

»Was geht es Sie eigentlich an?«

Er drehte sich mit dem Rücken zu mir, und ich sah, wie heftig er atmete.

»Sie haben ja völlig recht, es geht mich einen Scheißdreck an.« Er zog ein Taschentuch aus seiner Hosentasche und schnäuzte sich.

»Ich bin keine Nutte«, sagte ich leise. Er drehte sich wieder zu mir rum.

»Fritz wollte nur, dass er mich in den Arm nehmen darf. Mehr nicht. Er will niemanden anderes als Rita in seinem Bett, aber die hat ihn verlassen. Er ist einsam und wollte das einen Moment lang vergessen. Er ist dabei sogar eingeschlafen, wenn es Sie beruhigt.«

»Er wollte Sie nur im Arm halten?«

Ich nickte.

»Ist der irre?«

»Sind wir das nicht alle?«

»Aber doch nicht so.« Er steckte sein Taschentuch in die Hosentasche. »Ist Ihnen schon mal der Gedanke gekommen, die Scheidung einzureichen?« Er griff mich an den

Oberarmen und rüttelte an mir. »Dann steht Ihnen Trennungsgeld zu, und Sie müssen sich nicht zu wildfremden Männern auf den Fußboden legen.«

»Nein, auf die Idee bin ich noch nicht gekommen. Und ganz ehrlich, bis diese Lösung greift und Geld fließt, bin ich verhungert. Ich habe ja nicht einmal Geld für einen Anwalt. Mein Mann hat meine Kreditkarte gesperrt, ein eigenes Konto besaß ich nie. So sieht die traurige Wahrheit aus. Ich bin so pleite, dass es schon wehtut.«

Er hörte auf, an mir zu rütteln, hielt meine Arme aber weiterhin fest. »Warum sagen Sie denn nichts? Ich könnte Ihnen was borgen.«

»Sie würden Ihrer Hauptverdächtigen Geld borgen? Auf die Idee wäre ich noch viel weniger gekommen.«

Langsam fuhren seine Hände an meinen Armen herunter. »Wie viel brauchen Sie denn?«

»Fritz wollte mir 200 Euro geben. Jetzt haben Sie uns unterbrochen, aber vielleicht gibt er mir noch die Hälfte, damit komme ich schon ein Stück weiter.«

»Der Kerl wollte Ihnen 200 Piepen zahlen, um Sie nur im Arm zu halten?«

»Ziemlich viel, finde ich auch.«

»Alles für eine Umarmung? Was gibt der Mann für eine Nacht mit Ihnen? Die europäische Zentralbank? Ich habe jetzt noch einiges zu erledigen. Was halten Sie von Baguette und Käse oben im Camper, dazu einen Roten um sechs?«

»Auf jeden Fall nicht nein. Ich gebe Fritz Bescheid, dass wir für heute Schluss machen.«

»Nicht nur für heute, wenn Sie mich fragen«, sagte er leise, während er sich bereits von mir abwandte, um zu gehen. Aber ich hörte es trotzdem. Ob es nun für mich bestimmt war oder nicht. Fritz stand in seinem Salon bei offener Schiebetür und hatte alles beobachtet, ohne sich zeigen zu wollen. Ich erklärte ihm, dass ich jetzt auch nicht mehr in Stimmung sei, und schlug vor, uns auf morgen zu vertagen.

Fritz hörte mir stumm zu. Versuchte zu lächeln, kam dann auf mich zu, um mich zu drücken.

»Danke«, sagte er leise. »Das hat mir gutgetan. Fühle mich schon besser. Wohin soll ich dir dein Geld überweisen?«

»Überweisen ist gerade ganz schlecht. Gib es mir lieber in bar.«

»Dann muss ich erst zur Bank. Wie dringend ist es?«

»Sehr.«

»O.k. Dann gehe ich morgen.«

Ich atmete tief durch. Morgen würde ich Geld bekommen. Es war hart erarbeitet, und ich fand, ich hatte es verdient. Wie viel genau er mir geben wollte, wagte ich nicht zu fragen. So was musste ich noch lernen. Überhaupt musste ich noch lernen, mir vom Leben zu nehmen, was ich wollte.

Bis sechs Uhr hatte ich noch etwa zwei Stunden Zeit. Ich zog mich auf den Seitensteg neben der *Happy Days* zurück und setzte mich auf den Sitzsack. Bevor ich hoch zum Camper ging, wollte ich mich frisch machen, endlich wieder etwas Nettes anziehen.

GELATO-THERAPIE

Kurz vor sechs lief ich auf den Hauptsteg. Auf der alten Steintreppe kam Marta mir von oben entgegen. Sie trug einen Rollkoffer, der schwer auf mich wirkte. Ihre Augen waren rot und sahen verweint aus. Sie schaute auf die dunklen Steinstufen, wahrscheinlich wollte sie, dass ich es nicht bemerke. So grüßte ich nur höflich und ging an ihr vorbei. Ein paar Stufen unter mir schien ihr der Koffer aus der Hand gerutscht zu sein, er polterte den Rest der Treppe herunter. Ich drehte mich um zu ihr. »Kann ich dir helfen?«

»Lasst mich doch alle in Ruhe«, hörte ich sie fluchen. Eine kleine Überbrückung aus Aluminium-Gitter verband die Treppe mit dem größeren Steg, der rechts abbog. Um ein Haar wäre der Koffer genau an dieser Stelle ins Wasser gefallen. Sie zog ihn hinter sich her bis zu ihrem Boot, wo sie ihn an Bord hievte. Noch eine, die in den Hafen einzog.

Oben angekommen, überfuhr mich fast schon wieder der schwarze Ritter. Ich hatte große Lust, ihm etwas Unflätiges hinterherzurufen. Aber bei seinem Tempo hätte ich ein Megafon benötigt, damit er es noch hätte hören können.

Golt zog gerade einen Tisch vor die Sitzbank, auf der er nach seinem Rhein-Fall gelegen hatte. Dann drehte er den Beifahrersitz herum und wir konnten uns gegenübersitzen. In seinem Küchenbereich suchte er Teller, Käse, Baguette und Rotwein und stellte alles auf den schmalen Tisch vor uns hin.

»Morgen kann ich ja mal was kochen. Mögen Sie Huhn?«, fragte er.

»Ich liebe Huhn.«

»Gut.«

»Haben Sie etwas zu meiner Entlastung herausgefunden?«, erkundigte ich mich.

»Frau Weißenberg, doch nicht beim Essen. Probieren Sie meinen aktuellen Lieblingswein. Den Käse habe ich aus einem kleinen Laden in der Innenstadt. Die haben eine tolle Auswahl.«

Der Käse interessierte mich im Augenblick nur wenig. Aber ich hoffte, nach dem einen oder anderen Glas Wein doch noch etwas aus ihm herauszubekommen und nahm dankend an. Aus der offenen Schiebetür sah ich hinaus in den Hafen unter uns. Von hier aus hatte man einen guten Überblick über das Geschehen auf den Booten und dem Steg. Eine Mittdreißigerin mit langen, dunklen Locken spazierte im kurzen Rock über den Hauptsteg. Ihr Haar hob sich ab vom vielen Weiß der Boote. Sie bog an der *Big Wave* links ab, und Hille half ihr hoch aufs Boot, in dem sie beide verschwanden. Hier oben entging einem nichts. So viel war klar.

»Wie lebt es sich in einem solchen Camper?«, fragte ich ihn, »eine kleine Küche und ein Bett, viel mehr ist ja gar nicht nötig, wenn man es genau betrachtet.«

»Es bedeutet Freiheit«, sagte er. »Viel mehr kann man vom Leben nicht verlangen.«

»Mehr verlangen Sie nicht? Was ist mit Liebe?«

»Liebe darf man nicht verlangen. Entweder sie wird einem geschenkt oder nicht.«

Zusammen mit einem Schluck Rotwein sog ich diesen Satz in mich auf. Im Moment hatte ich den Eindruck, dass mir nichts geschenkt wurde. Doch, Rotwein und Käse. So schlecht konnte es um mich nicht stehen.

Golt schob einen Teller mit Oliven zu mir rüber und hörte mir zu.

»Wenn ich Sie in Ihrem Camper erlebe, denke ich, dass das Leben auch anders geführt werden kann. Ohne großes Zuhause, ohne viele Dinge. Ihr Zuhause ist immer bei Ihnen. Sie fahren einfach weiter, wenn Ihnen danach ist.«

»Die Nomaden sagen: Wer viel hat, hat auch viel Gepäck.«

»Fühlen Sie sich nie allein?«, fragte ich.

»Immer.«

Ich schluckte.

»Ich habe noch ein kleines Appartement hier in Köln«, sagte er. »Aber in dem fühle ich mich noch einsamer. Diesem Gefühl entkomme ich nur bei meiner Schwester.« Er schaute auf sein Rotweinglas, schob seine Finger am Stiel rauf und runter, schenkte mir nach. »Finden Sie es eigentlich auch merkwürdig, dass alle, die Sie entlasten könnten, nicht mehr aufzufinden sind?«

Ich richtete mich auf. »Zufall. Anders kann ich es mir nicht erklären. Haben Sie schon versucht, Marisa van Gedden zu sprechen? Sie hält sich bestimmt in ihrem Haus im Hahnwald auf.«

»Tut sie nicht.«

»Sind Sie sicher? Sie hat vielleicht nur Besorgungen gemacht, die Beerdigung vorbereitet, ein Grab gekauft und ist nun wieder zu Hause.«

»Ihre Haushälterin sagte uns, dass sie mit einem Koffer das Haus verließ. Ohne ihr zu sagen, wohin sie verreisen wollte.«

»Merkwürdig. Haben Sie es bei Ihren Kindern schon versucht, die wohnen ja beide hier in Köln?«

Er nickte. Die wussten auch nicht, wo ihre Mutter war.

»Richard van Gedden bewohnte ein Appartement hier in der Stadt, wenn er abends nicht nach Hause wollte«, sagte ich.

Golt sah mich an. »Woher wissen Sie davon?«

»Marisa erwähnte es mir gegenüber. Die kann doch nicht vom Erdboden verschluckt sein. Macht sie das nicht verdächtig?«

»Im Gegensatz zu Ihnen hat Marisa ein Alibi.« Er schenkte uns Rotwein nach. »Und Ihr neuer Freund Ben? Wo ist der so plötzlich hin? Selbst Alice Kettner taucht nicht wieder auf, von deren Mutter und Ihrer Cousine Maike ganz zu schweigen.«

Selbst mir waren das ein paar Zufälle zu viel.

»So, Frau Weißenberg, nun zum krönenden Abschluss meines etwas spartanischen Menüs.« Golt stand auf, ging hinter die Sitzreihe, auf der ich saß. Dort hörte ich ihn klappern. Dann kam er mit zwei Schüsselchen voll mit Eis zurück, dass er mit seiner eigenen Eismaschine hergestellt hatte.

»Eis ist etwas Wunderbares«, sagte er und stellte die Schälchen auf unsere leer gegessenen Teller.

Er probierte, verdrehte die Augen und genoss sein Werk. »Bevor Sie sich auf den nächsten Mann legen, versuchen Sie es lieber mit einem richtigen Beruf.«

»Was soll ich Ihrer Meinung nach machen? Eis verkaufen?«

»Warum nicht? Das ist ehrbar.«

»Etwas frostig vielleicht.«

»Kennen Sie dieses Gefühl, wenn Ihr kleiner Plastiklöffel auf dem Grund des Pappbechers schabt? Oder wenn der unterste Zipfel des Hörnchens auf Ihrer Zunge zerbröselt? Mmhh, dann denke ich schon an das nächste Eis.«

In mir zerbröselte langsam auch etwas. Ich glaube, es war mein Hirn.

»Auf der anderen Seite sehe ich auch etwas Therapeutisches in Ihnen. Sie wollen immer für alle da sein.«

»Ja, ja, ich werde Eistherapeutin. Ich sehe schon mein Firmenschild: *Gelato-Therapie. Hier verschleppen wir keine Probleme, wir verschlecken sie.*«

Er lachte, fand, das sei eine glänzende Idee.

»Die Yogalehrerin«, sagte ich.

»Was?«

»Marisas Yogalehrerin. Die kann mich auch entlasten.«

»Haben Sie eine Ahnung, wie viele dieser Gattung es in Köln gibt?«

»Wie viele davon unterrichten auf einem Stand-Up-Paddleboard?«, fragte ich, »kreist das diese Gattung nicht vielleicht auf wenige ein?«

Golt zog sein Handy aus der Hosentasche und gab eine Recherche in Auftrag. Dann sah er mich an. »Zufrieden?«

Ja, war ich. Ich aß mein Eis auf und räumte das Geschirr zusammen. Als ich meinen Teller anhob, sah ich darunter vier 50-Euro-Scheine. Ich setzte mich wieder hin und sah ihn an.

»Nehmen Sie die«, sagte er, »sobald es Ihnen finanziell besser geht, geben Sie es mir zurück. Es hat keine Eile.«

Ich hielt inne. 200 Euro waren verlockend, aber nicht richtig, sie von ihm anzunehmen.

Ich schob die Scheine zu ihm rüber. »Besser, ich verdiene es selbst.«

»Seien Sie nicht dumm. Es wird niemand erfahren.« Er schob die Scheine zurück zu mir. Ich stand auf, trug das Geschirr in die Spüle hinter mir und verabschiedete mich. Das Geld ließ ich liegen.

»Sie sind eine störrische Eselin«, sagte er, »ich bin ein Experte darin, ich kann es beurteilen.«

RITTER SPORT

Ich stieg aus dem Camper, nicht ohne ihm für das Angebot zu danken. Vielleicht musste ich doch noch darauf zurückkommen.

Er nickte stumm, und ich zog die Schiebetür seines Zuhauses zu. Als ich mich umdrehte, um zur Steintreppe zu gehen, sauste ein Radfahrer derart nah an mir vorbei, dass ich ihn mit meiner Elle berührte. Er versuchte auszuweichen, verlor sein Gleichgewicht und kam ins Straucheln. Der Mann trug jene Radfahrschuhe, die man in die Pedale einrastete, und bekam sie offenbar nicht schnell genug frei, um sich mit dem Fuß auf der Erde abzustützen. Er fiel hin. Es war der schwarze Ritter, dem ich am liebsten ein paar warme Worte hinterhergeworfen hätte. Stattdessen lief ich zu ihm hin, um ihm aufzuhelfen. Er lag zur Hälfte unter seinem Rad. Vorsichtig versuchte ich, es anzuheben und ihn zu befreien.

»Sind Sie ok?«, fragte ich. Er atmete schwer und antwortete nicht, war aber bei Bewusstsein. Dann sagte er: »Was für eine Scheiße«, und ich erkannte, wer er war. Adrian lag mit Mütze, über den Mund gezogenem Rollkragen und Sonnenbrille vor mir auf dem Kopfsteinpflaster. Der schwarze Ritter war mein eigener Mann, der nun sein Bein nicht mehr bewegen konnte.

Es war noch gar nicht lange her, da bestand seine einzige sportliche Betätigung aus Surfen im Internet. Jetzt raste er auf diesem Rennrad durch Köln und war offensichtlich nicht einmal in der Lage, damit richtig umzugehen.

Er stöhnte. »Mein Knie. Ich kann nicht aufstehen. Ruf einen Krankenwagen. Da ist was gebrochen. Ich kann nicht mehr gehen.«

»Du hast Glück, dass ich noch ein Handy habe, um zu telefonieren. Sonst ist mir ja nichts geblieben.«

»Linda, bitte.«

»Ja, was bitte? Du hättest mir ruhig mal Bescheid geben können, dass du mir den Geldhahn zudrehst. Gehst fremd und bestrafst mich, wenn ich ausziehe. Aber die Keule des modernen Mannes ist ja bekanntlich sein Konto.«

»Ich brauche Hilfe, Linda. Nimm dir mein Portemonnaie und alles, was darin ist. Aber ruf jetzt Hilfe.«

»Du kannst dir dein Geld sonst wohin stecken. Ich komm schon alleine klar.«

Kaum zehn Minuten später, die ich kniend neben ihm verbracht hatte, erschien auf dem Harry-Blum-Platz ein Krankenwagen, den ich für ihn gerufen hatte. Die beiden Sanitäter stellten ihm einige Fragen und legten ihn auf eine Trage. Er musste ins Krankenhaus, da waren sie sich sicher.

»Lass mich jetzt nicht allein. Kommst du mit mir?«

»Wo ist denn deine Doris?«, fragte ich.

»Linda, bitte.«

Ich schob sein Rad zur Seite und stieg mit ein. Es sollte in die Orthopädie des Köln-Merheimer Krankenhauses gehen.

»Seit wann fährst du Rennrad?«, fragte ich ihn, nachdem sich die Türe des Krankenwagens geschlossen hatte.

»Seitdem meine Frau mit anderen Männern rummacht.«

»Ich mache nicht mit anderen Männern rum. Und außerdem, wer hat denn mit dem Fremdknutschen angefangen und andere Frauen in unserem Schlafzimmer empfangen?«

»Ich auf jeden Fall nicht.«

»Und wie kam dann Doris' Zigarettenspitze in mein Bett?«

»Was?«

»Du hörst ganz richtig.«

»Ich habe keine Ahnung.«

»Sanitäter, geben Sie dem Mann eine Betäubung! Oder mir.«

»Für Paartherapie sind wir nicht ausgebildet«, sagte der.

»Ich lande vielleicht im Rollstuhl, Linda!«

»Dann muss Doris dich schieben.«

Am liebsten wäre ich aus dem fahrenden Wagen gesprungen. Fünf Minuten später hielten wir bereits vor einem langen Gebäude aus rotem Backstein mit vielen weißen Fenstern. Es war das Krankenhaus in Merheim. Hier überließ ich Adrian den Ärzten und seinem medizinischen Schicksal. Erwog jedoch, das Ergebnis seiner Untersuchung abzuwarten, falls er meine Hilfe brauchte, bevor ich nach Hause fuhr. Wobei der Begriff *Zuhause* zurzeit eine merkwürdige Verwirrung in mir auslöste.

Alices Mutter war nach ihrem Sturz hier eingeliefert worden. Wie bekam ich heraus, wohin die Reise für sie von hier aus hinging? Die Dame am Empfang würde mir das bestimmt nicht sagen dürfen. Aber irgend etwas müsste ich ihr doch entlocken können. Ich ging zu ihr und stellte mich als die Nichte von Gundel Kettner vor, die ihr Handykabel auf dem Zimmer hatte liegen lassen. Ich solle es holen, wusste aber die Zimmernummer nicht mehr. Die Dame ging in ihren Computer, tippte den Namen ein und sagte: »Zimmer 214. Aber wenn Ihre Tante hier etwas vergessen hätte, hätten wir es gefunden und sie benachrichtigt.«

»Sicher ist sicher, ich schaue noch mal nach.« Mit glühenden Wangen machte ich mich davon.

»Wir hätten dieses Kabel gefunden«, hörte ich die Empfangsdame hinter mir herrufen. Ich tat, als hörte ich sie nicht und sah bereits die Aufzüge, auf die ich schnell zusteuerte. In der zweiten Etage stieg ich aus. Die Tür zu Zimmer 214 stand halb offen. Ich klopfte und ging hinein. Eine ältere Dame saß aufrecht in ihrem Bett und blätterte in einem Magazin.

»Entschuldigen Sie«, sagte ich, »ich wollte zu Frau Kettner.«

»Da kommen Sie zu spät.«

»Wo ist sie denn hin?«, fragte ich und tat so betroffen, wie es mir möglich war.

»Die ist jetzt …« Die Frau wischte mit ihrer Hand vor ihren Augen hin und her.

»Sie ist jetzt was?«

»Sie wissen schon. Plemplem.« Die Dame wurde leise. »Die ist jetzt in der Klapse. Bei den Alexianern in Porz.«

»War sie denn auf den Kopf gefallen?«

»Was weiß ich? Die faselte lauter komische Sachen. Irgendwas von Schuld. Der ging es echt schlecht. Hat sie was verbrochen?«

»Aber nein«, sagte ich und verabschiedete mich schnell. Tatsächlich ging mir dieser Gedanke auch durch den Kopf, als ich über den kargen Flur zurück zu den Aufzügen lief. Vielleicht war ich hier auf einer Spur. Allerdings konnte ich mir beim besten Willen kein Motiv vorstellen. Und welche Verbindung sollte es zwischen ihr und van Gedden gegeben haben? Er hatte sie ja wohl kaum beim Putzen gestört. Der Mann hatte in seinem Leben wahrscheinlich noch nie Berührung mit einem Wischmop. Aber wieso führten ihre Wege sie beide in die Deutzer Brücke an diesem Tag?

Ich überlegte, ob ich mich um Adrian kümmern sollte. Vielleicht hatte er längst Doris angerufen und sie saß händchenhaltend an seinem Krankenbett. Diesen Anblick würde ich nicht ertragen. Aber ich brachte es auch nicht übers Herz, ihn einfach zurückzulassen. Also ging ich wieder zu der Dame am Empfang und fragte nach, in welchem Zimmer er gelandet war.

»Gute Frau, heute gehören Sie zu den Ewiggestrigen. Herr Weißenberg ist wieder auf freiem Fuß.« Sie lachte, ich wußte nicht, worüber.

»Dann hatte er gar nichts?«

Sie zuckte mit den Achseln. Adrian hatte offensichtlich simuliert.

Ich sah auf die Uhr. Es war halb neun. Hier stand ich nun, weit weg vom Hafen. Meinem neuen Zuhause. Da ich ursprünglich nur zu Golts Camper gehen wollte, hatte ich nicht einmal Geld eingesteckt. Mein Handy hing am Ladekabel auf der *Happy Days*. Mir war danach, zur psychiatrischen Klinik in Porz zu fahren, in der sich Gundel offenbar befand. Aber um diese Uhrzeit kam man dort wohl nicht so ohne Weiteres rein. Und ohne Geld auch nicht dorthin. Ich lief los. Bis zum Rheinauhafen brauchte ich zu Fuß bestimmt eine Stunde. Zum Glück trug ich bequemes Schuhwerk. Als ich die Severinsbrücke erreichte, fasste ich einen neuen Plan. Unter mir auf der Siegburger Straße fuhr die Linie 7. In sie stieg ich ein und fuhr bis zur Haltestelle Salmstraße, ohne Fahrkarte, mit angehaltenem Atem. Von dort lief ich zur Alfred-Schütte-Allee und fragte mich durch zur Hausnummer 42. Ein alter Klinkerbau, drei Etagen hoch. Auf einem der Klingelschilder stand *Familie Kettner*. Ich drückte die Klingel, es öffnete sich die Tür. Der Hausflur war dunkel und kühl, ich nahm die Stufen hoch, bis ich vor einer mir unbekannten Dame auskam, die neugierig ins Treppenhaus herunterschaute. Auf dem Türschild stand: *Die Kettners*. Hier war ich richtig. Ich stellte mich vor.

»Ich bin auf der Suche nach Alice. Die wohnt doch hier, oder?«, fragte ich. Die Dame zögerte, antwortete nicht.

»Es tut mir leid, dass ich Sie noch so spät störe, aber es ist wirklich wichtig für mich, ich brauche Alice. Dringend.«

»Was brauchen Sie denn von ihr?«

Ich überlegte, ob ich mit der Wahrheit herausrücken sollte, hatte jedoch keine andere Wahl. »Sie muss mich entlasten.«

»Wovon?«

Ich nickte, wurde leiser, damit nicht die gesamte Nachbarschaft davon erfuhr. »Ich stehe unter Mordverdacht.«

Die Dame zog mich am Arm in die Wohnung, schloss sofort die Tür hinter uns und starrte mich mit weit geöffneten Augen an.

Ich erklärte ihr die Umstände und fragte mich im gleichen Augenblick, ob das taktisch klug war.

»Sie sind für meine Mutter eingesprungen? Das sollte doch Alice machen«, sagte sie in verärgertem Ton, aber immer noch leise.

»Deswegen brauche ich sie ja jetzt auch so dringend.«

Sie nickte. Fuhr sich durch die Haare. Erklärte, dass sie sich darum kümmern und dann bei mir melden wollte. Hinter ihr auf einer kleinen Anrichte sah ich eine Glasschale. Gefüllt mit bunten Starburst-Bonbons. Daneben eine kleine Plastik-Zippertüte, in der sich nur grüne Exemplare davon befanden. Darüber an der Wand ein Porträt der Königin von England.

»Wann erwarten Sie Alice zurück?«, fragte ich.

»Nicht so bald.«

»Wie geht es Ihrer Mutter?«

Sie stockte kurz. »Gut. Ganz gut.«

»Ich hörte, sie sei verlegt worden.«

Sie trat einen Schritt zurück. »Es ist schon spät, ich habe noch zu tun.« Mit einer hastigen Geste schob sie mich Richtung Tür und öffnete sie. Bevor ich mich versah, stand ich wieder im Hausflur, nachdem ich hastig meine Telefonnummer auf den kleinen Block geschrieben hatte, den sie mir hinhielt.

NACHTSCHATTEN

Da stand ich nun in einem fremden Hausflur und wunderte mich, was ich noch tun konnte. Als Nächstes sollte man unbedingt Mutter Kettner in der Alexianer-Klinik interviewen. Dafür war es nun zu spät. Sicher war es schon nach zehn. Ich lief die Treppen hinunter. Draußen war es dunkel und kalt. Ich hatte keine Jacke dabei und musste nun zu Fuß zurück in den Rheinauhafen. Über die Südbrücke. Das steinerne Treppenhaus, durch das ich zu ihr hochsteigen musste, roch nach Urin und war kaum beleuchtet. Hier war es so unheimlich wie in der Deutzer Brücke, der Wind pfiff durch die Öffnungen. Mir war, als hörte ich etwas hinter mir, ich sah aber niemanden. Um mich herum war es menschenleer. Ich begann, die Stufen hochzurennen, und hielt das Tempo durch, bis ich am anderen Ende der Brücke wieder hinunterlaufen konnte. Völlig aus der Puste kam ich unten auf dem Agrippinaufer an und war froh, dass dort der Bürgersteig noch belebt war. Von hier aus war es nicht mehr weit bis zum Hafen. Mein Atem beruhigte sich etwas. Ich beeilte mich, wollte nur noch von Golt ungesehen ins Bett. Sein Camper war dunkel, wahrscheinlich schlief der Mann längst. Das war mir recht. Morgen würde ich früh zu ihm gehen und ihm meine Erkenntnisse mitteilen, damit er sofort zur Alexianer-Klinik mit mir fuhr. Vorsichtig schlich ich mich wie ein Teenager, der zu spät nach Hause kam, die alte Steintreppe hinunter. Von der Treppe galt es etwa anderthalb Meter zum Hauptsteg auf einem Aluminium-Rost zu überwinden. Den sah ich im Dunkeln kaum und tastete mich vorsichtig hinüber und schaffte es, nicht ins Wasser zu fallen. Als ich jedoch an die große weiße Eisentür kam, musste ich feststellen, dass sie verschlossen war. Tagsüber hatte sie bis jetzt immer offen gestanden. Aber jetzt war sie zu, und mein Schlüssel lag auf der *Happy Days*. Gleich neben meinem Portemonnaie. Diese Tür war über zwei Meter hoch, bestand aus Längsstreben, rechts und links befanden sich jeweils breite Metallplatten, die weit ins Wasser ragten. An diesem Ding führte kein Weg vorbei und auch keiner darüber hinweg. Ich hing fest. Sowohl die *Bonanza* als auch Hilmars *Big Wave* lagen an die hundert Meter weit weg. Zu rufen hatte keinen Sinn, sondern weckte womöglich Golt auf. Und der besaß keinen Schlüssel zu dieser Tür. Vielleicht bot er mir einen Schlafplatz in seinem Camper an, nachdem er mir den Hintern versohlt hatte, weil ich so spät heimkam. Es musste andere Wege geben. Im Moment war allerdings der einzige, der mir einfiel, der Wasserweg. Ich zog meine Schuhe aus, dann meine Hose und meine Bluse, knotete alles fest zusammen und warf das Bündel in hohem Bogen über die Tür. Es landete trocken auf der anderen Seite. Rechts von mir befand sich eine jener roten Leitern, die man ausfahren konnte und die alle paar Meter entlang der Stege im ganzen Hafen befestigt waren. Auf ihr stieg ich hinab und hätte am liebsten einen Rückzieher gemacht, als mein Fuß ins Wasser tauchte. Ich befürchtete einen Herzstillstand, so kalt war das Wasser. Ich japste nach Luft und musste mich kurz beruhigen, bevor ich langsam im Dunkeln um dieses Monster von Tür herumschwamm. Leider musste ich auch unter dem Seitensteg hindurch, der zum querliegenden Schiff hochführte. Hier war es besonders finster, und ich hatte Angst davor, mit einer Ratte in Tuchfühlung zu geraten. Auf der anderen Seite fand ich keine Leiter, sondern war in einen toten Winkel des Hafens geraten. Nur mit Mühe und nach einigen erfolglosen Anläufen schaffte ich es schließlich, mich auf den Steg hochzuwuchten. Triefend vor Rheinwasser griff ich mein Klamottenbündel und lief auf dem Hauptsteg in Richtung *Happy Days*, hoffend, dass mich niemand in Unterwäsche sehen würde. Das fröhliche Schlüpfer-Raten kam bei diesem Anblick spätestens zum traurigen Erliegen.

Etwa auf der Hälfte des Weges hörte ich ein Geräusch, das klang, als würde man jene Ratte strangulieren, die mir im Wasser erspart geblieben war. Ich blieb kurz stehen und sah mich um. Der Steg war nachts nur spärlich erhellt durch einige wenige Lampen, die alle paar Meter leuchteten. Auf Martas Boot war Licht. Offensichtlich lebte sie nun auch hier. Allein. Was, wenn jemand sie strangulierte und sie Hilfe brauchte? Besser, ich schaute nach. Meine trockenen Sachen an mich drückend, schlich ich zu ihrem Boot. Dort sah ich Marta. Sie staubsaugte. Als sie mich wahrnahm, stellte sie das Gerät aus und schaute an mir rauf und runter. Auf keinen Fall wollte ich ihr erklären, wie es zu meinem Zustand gekommen war, sondern fragte sie stattdessen, ob bei ihr alles o.k. sei und was sie so spät noch machte.

»Ich schlafwandle.«

»Während du staubsaugst?«

»Ich saugwandle. Was geht es dich an?«

»Nichts. Und finde nur das Konzept, sich umeinander zu kümmern, ganz gut. Meinst du nicht, dass wir sonst die Welt bald dichtmachen könnten?«

»Pass du mal auf dich selbst auf. Sonst kannst du bei dir bald dichtmachen. Du träumst wohl noch davon, dass du bei unseren Hafen-Halunken nur kussechten Lippenstift brauchst. Bevor du dich versiehst, sehnst du dich aber nach wasserfester Wimperntusche, meine Liebe.«

Ich bedankte mich für diesen freundlichen Kosmetikhinweis und zog mich zurück.

»Wegen dir muss ich jetzt wohl noch einen Aushang machen von wegen Dresscode auf dem Hauptsteg. Seit wann laufen wir hier in Unterwäsche rum? Warst du schwimmen?«

»Ja.«

»Du bist verrückt.«

»Wahrscheinlich.«

Ich hatte mich bereits herumgedreht und lief mit meinem Bündel zur *Happy Days*. Verfroren stieg ich hinein. Bens Liegeplatz war noch immer leer. Ich legte mich trocken und schaute auf mein Handy. Kein Rückruf von Maike. Die hatte der Erdboden verschluckt. Hoffentlich war es nur der und nicht etwas Schlimmeres. Mit ein bisschen Glück wachte ich morgen früh auf, und sie stand wieder vor meiner Tür. Mit frischen Brötchen, die ins Hafenwasser fielen beim Versuch, auf mein Boot zu steigen. Mein Boot, was für ein schöner Gedanke. Wenn es doch nur mir gehörte. Wie viel es wohl kostete? Wahrscheinlich musste man sehr lange dafür putzen. Vor meinem Auge sah ich Flori am Pazifik, mit blauem Himmel und Sandstrand. Wie auf einer Postkarte. Um dort hinzukommen, musste ich ebenfalls noch lange putzen. Ich schaute noch einmal durchs Fenster. Die Hafenbeleuchtung warf einen fahlen Schein aufs Wasser. Helma und Luise schwammen vorbei, neckten sich, wurden lauter, spritzten im Wasser, pimperten schließlich. Von nun an würden wir sie Helmut und Luise nennen müssen. Müde kroch ich in meine kleine Koje und ließ mich vom Vor und Zurück der *Happy Days* in den Schlaf wiegen.

Mitten in der Nacht wachte ich mit einem Schrecken auf. Mein Herz pochte. Ich hatte ein Geräusch gehört. Da lief jemand auf meinem Bootsdeck herum. Oder war es ein Tier? Es klang wie ein Tapsen. Ich hatte keine Ahnung, wie spät es war. Keiner meiner Nachbarn rechts und links war da. Jetzt hörte ich Schritte. Sollte ich schreien oder lieber nicht? Golt würde mich nicht hören. Wo war mein Handy, ich sollte ihn anrufen. War er schnell genug hier unten? Hatte ich meine Tür abgeschlossen? Wenn nicht, übersah man meine Koje, wenn ich mich still verhielt? Ich wagte nicht, mich zu bewegen. Warum war ich nur ganz allein? Mein Handy lag auf dem Tisch im Salon. Vorsichtig fuhr ich über den Riegel, der meine Koje verschloss. Mit ein wenig Gewaltanwendung wäre die Holzklappe von außen schnell aufgebrochen. Mein Herz pochte hart gegen meinen Brustkorb. Ich wusste nicht, was ich tun sollte, wollte nur noch weg, in Sicherheit. Die Hafentür war zu. Wie kamen diese Leute hier herein? Tauchen, Schwimmen, Paddeln? Schließlich hatte ja auch ich es geschafft, an dieser Tür vorbeizukommen. Mein Puls explodierte. Dann plötzlich Ruhe. Mein Boot bewegte sich. Jemand war von Bord gegangen. Ich hörte Schritte auf dem Steg, die sich entfernten. In Gedanken ging ich alle durch, die gerade im Hafen wohnten beziehungsweise übernachteten. Außer Fritz und Hille fiel mir nur noch Marta ein. Ihre *Ariadne* lag etwa 50 Meter von mir entfernt. Die turnte sicher nachts nicht über die Schiffe. Es sei denn, sie schlafsaugte wieder oder wollte mir einen Denkzettel verpassen. Aber so grausam war sie nicht. Es wurde still.

Mein Puls beruhigte sich langsam wieder. Ich bewegte mich noch immer nicht von der Stelle, wagte kaum zu atmen. Achtete auf jedes Geräusch. Draußen hörte ich ein Plumsgeräusch im Wasser. Die Enten? Das Knarzen der Taue schien mir lauter als sonst. Die Gummipömpel, Ben nannte sie Fender, die zwischen Schiffswand und Steg für Abfederung sorgten, quietschten leise durch die Bewegung der *Happy Days*. Alles schien mir unheimlich in dieser Nacht. Deshalb verhielt ich mich so ruhig wie möglich, stellte mich tot. In der Hoffnung, dass die Gefahr an mir vorüberziehen würde, weil sie mich nicht bemerkte.

UNERWARTETES

Wie lange ich so verharrt hatte, wusste ich nicht. Irgendwann musste ich eingeschlafen sein. Als ich das nächste Mal aufwachte, horchte ich aufmerksam, ob es Geräusche auf meinem Boot gab. Aber es war alles still. Sollte ich meine kleine Holzklappe öffnen? Mir graute ein wenig davor. Vielleicht hatte sich jemand auf meinem Boot in der Nacht eingenistet. Suchte eine Bleibe. Wollte Geld. Vielleicht lag ein Tier auf dem Oberdeck. Mir schwirrten verschiedenste Horrorszenarien durch den Kopf. Wobei der Gedanke an ein Tier noch der harmloseste war, schließlich befanden wir uns nicht in einem Wildpark, sondern im Hafen. Aber wer wusste schon, was in der Nacht passiert war und welcher Anblick sich mir draußen bot. Andererseits konnte ich hier nicht für den Rest meines Lebens verharren. Ich versprach mir, nie mehr ohne Handy in meine Koje zu kriechen. So leise es ging, schob ich den Riegel zur Seite. Ich horchte wieder, ob sich im Boot etwas regte. Erst nach einer Weile der Stille wagte ich, die Klappe einen Spalt weit zu öffnen. Wieder horchte ich. Nichts. Dann versuchte ich herauszuschauen, ob ich jemanden sah. Mein Herz schlug heftig, aber es war niemand zu sehen. Ich dachte an Golts Hinweis, meinen neuen Freunden nicht allzu sehr zu vertrauen. Dann noch Martas Hinweise. Aber hier im Hafen war man aufgeschmissen, wenn man seinen Mitbewohnern nicht vertrauen konnte. Zum ersten Mal zweifelte ich an, ob es eine so gute Idee war, hier so alleine einzuziehen. Aber mit wem wollte ich in diesen Tagen zusammen sein? Langsam und so vorsichtig wie möglich kroch ich auf allen vieren aus meiner kleinen Schlafstätte, schaute in den Vorraum mit dem Steuer und der kleinen Eckbank mit den blauen Polstern. Hier war alles wie immer. Ich stand auf, schaute hinunter in den Salon, auch hier war nichts zu sehen. Vorsichtig ging ich unten an die Türe zum Klo. Niemand drin. Ich atmete erleichtert auf. Plötzlich sprang wieder jemand auf das Boot. Und wieder dieses Tapsen. Eine Ratte? Dazu jetzt Schritte. Ich sah Hosenbeine durch das Fenster im Salon, etwas Schwarzes. Ein Hund.

»Komm her«, hörte ich jemanden flüstern. War das

Hilles Stimme oder die von Fritz? Ich hoffte es. Bewegte mich nicht. Dann wurde es still, das Boot schaukelte. Ich schaute durch das Fenster. Sah Hille weggehen. Ein kleiner Hund lief ihm nach. Was wollte Hille auf meinem Schiff? Ob er auch in der Nacht bei mir an Bord war? Ich griff nach meinem Handy. Wollte Golt anrufen. Es war erst sieben. Ich zögerte. Erst mal Kaffee kochen. Aus dem Fenster der kleinen Küche sah ich Hilmar bei der *Bonanza* anklopfen. Den Hund hielt er auf dem Arm. Ein verschlafener Fritz mit nacktem Oberkörper und Boxershorts zog den Reißverschluss seiner schwarzen Persenning auf.

»Hier«, hörte ich Hille sagen, der ihm den kleinen Hund überreichte. »Dein neuer Mitbewohner.«

Fritz nahm das kleine, strampelnde Bündel und ließ den Pudel zu Boden. Sofort verschwand der mit zappeligem Getappse im Bootsinneren, kam wieder rausgerannt, bellte und schien ziemlich aufgeregt.

Hille schaute sich das Ganze amüsiert an.

»Ich war schon mit ihm Gassi«, erklärte Hille, »der hat eine Sextaner-Blase. Halte lieber einen Wischlappen parat.«

Ich schaltete die Kaffeemaschine ein, schloss meine Bootstür auf und schob sie zur Seite. Frühlingsluft strömte ins Boot. Im Hafen war es ruhig. Man hörte nur den Verkehr über die Severinsbrücke fließen in einem Dauerrauschen, das nur durch die Straßenbahn unterbrochen wurde, die alles übertönte mit ihrem Schschsch.

Vor mir auf der schmalen Laufleiste des Schiffes lag mein Autoschlüssel. Ich nahm ihn und stieg im Schlafanzug vom Schiff. Die Sonne schien auf die Boote, tauchte alles in ein freundliches Licht. Barfuß lief ich über den Seitensteg zu den Jungs.

Hille begrüßte mich. »Du hattest Besuch heute Nacht.« Er lachte, aber ich zuckte nur bei dem Gedanken daran wieder zusammen. »Whisky war bei dir. Zeig mal den kleinen Racker, Fritz.«

Der ging ins Innere der *Bonanza* und kehrte mit dem kleinen schwarzen Pudel auf dem Arm zurück.

»Darf ich vorstellen? Das ist Whisky. Er gehört jetzt Fritz. Ich habe ihm den kleinen Pupser geschenkt, damit er nicht mehr so allein ist.«

»Wie nett von dir«, sagte ich und wedelte mit meinem Autoschlüssel.

»Ja, dein Mini steht jetzt wieder im Freien, meine Kleene. Ist ja ein richtiges Mädchenauto. Er steht da oben zwischen dem Kommissaren-Camper und dem roten Raserati, ich meine Maserati. Da kann er aber nicht bleiben. Ohne Parkberechtigung läuft unsere Hafen-Marta-Hari Amok. Du kennst sie doch, die ist auf ihre charmante Art unheilbar unlustig.«

Ich wollte wissen, wie er mein Auto befreien konnte.

»Hast du noch nie ein Auto aus der Tiefgarage geholt, ohne zu bezahlen? Warst du nie jung, knapp bei Kasse und übermütig? Jetzt sind wir ja nur noch übermütig.« Er legte seinen Arm um mich. »Ach Lindalein, du bist zu gut für diese Welt. Fritz und ich haben das zusammen hingebogen.«

Ich lud die beiden zu einem Kaffee ein und stieg zurück auf die *Happy Days*, um die Kanne zu holen. Ich war wieder mobil, wie wunderbar. Es gab noch gute Nachrichten in diesen Tagen. Als Nächstes würde ich Golt aus dem Schlaf rütteln, um mit ihm zu Gundel zu fahren. Ich goss drei Tassen voll. Nur mit Mühe balancierte ich – noch immer im rosa Schlafanzug – aus dem Boot und lief den kleinen Seitensteg entlang. Als ich auf den großen Steg stieß, wo die beiden Jungs standen, kam Golt mit zwei Beamten in Uniform auf uns zu. Am liebsten hätte ich kehrt gemacht, um mir was Ordentliches anzuziehen, aber jetzt war es zu spät. Er stand bereits vor mir und schaute grinsend an mir rauf und runter.

»Hafenstyle?«, sagte er. Hille stand barfuß auf dem Steg, in grauer Jogginghose und einem ausgewaschenen T-Shirt mit der Aufschrift: *Rollt mich zurück ins Wasser*. Fritz' Boxershorts hatten offensichtlich schon bessere Tage gesehen. Vor langer Zeit. Seine Brust war so stark behaart, dass man einen Rasenmäher gebraucht hätte, um sie zu rasieren.

»Wir mögen es hier relaxed«, sagte Hilmar. »Wir sind ja normalerweise unter uns.«

»Meine Herren, vielleicht wollen Sie sich etwas festlicher kleiden«, er überreichte beiden ein Schreiben. »Ich nehme Sie mit aufs Präsidium. Meine Kollegen hier werden Sie fahren. Dies sind Ihre Vorladungen.«

Stille entstand. Ich sah die beiden Jungs an, sie lasen die Vorladung nicht durch, sondern sahen einander an.

Dann lachte Hille. »Beim Neptun. Et gibt Tage, da führt sich das Leben auf wie eine Zicke. Was machen Sie, wenn ich nicht mitkomme? Fordern Sie mich zum Duell? Ich wähle die Waffen. Vollgesogene Teebeutel auf zwei Meter Entfernung. Alternativ gehen auch Wattebäuschchen. Oder wir schlagen uns mit feuchten Abschminktüchern.«

»Sie sollten einen Zirkus gründen, dort wären Sie Ihre eigene Clownsnummer«, sagte Golt. »Ich kann Sie gerne in Handschellen durch den Hafen abführen. Ich hätte sonst auch noch das Modell Zwangsjacke. Wäre Ihnen die lieber?«

Hille sank langsam der Schalk auf dem Gesicht. Er nickte und bat darum, sich anziehen zu dürfen, einer der Beamten begleitete ihn, der andere ging mit Fritz. Golt nahm eine meiner Kaffeetassen. »Darf ich?« Ich musste an seine Warnung denken. Warum sagten die beiden nichts? Sie fragten weder, warum sie mitkommen sollten, noch wehrten sie sich dagegen. So schweigend machten sie mir Angst. Als Hilmar einige Minuten später bekleidet zurückkam, sagte er:

»Kannst du gleich mal mit Whisky Gassi gehen? Wir sind bald zurück.«

»Klar. Was ist denn passiert?«, fragte ich. Hille antwortete nicht, sondern ging mit dem Beamten Richtung Treppe. Gefolgt von Fritz und dem anderen Beamten. Ich sah zu Golt. Der trank in aller Ruhe meinen Kaffee.

»Sagen Sie mir, was los ist?«

»Wie oft soll ich es noch wiederholen? Laufendes Verfahren.«

»Ja, das läuft Ihnen auch nicht weg, wenn Sie mir was sagen. Das sind meine Nachbarn. Können Sie mir mal erklären, wie ich hier noch wohnen soll, wenn ich annehmen muss, dass ich möglicherweise von Killern umgeben bin?«

»Sagen Sie nicht, ich hätte Sie nicht gewarnt. Es könnte sein, dass wir eine Zeugin haben.«

»Was hat sie gesehen?«

»Warum, meinen Sie, holen wir die beiden Herren ab? Mehr kann ich beim besten Willen nicht sagen.« Er gab mir die leere Tasse zurück. »Guter Kaffee. Danke. Bleiben Sie schön im Hafen. Wir sehen uns später.«

»Wann?«

»Später.« Er lief den Steg entlang Richtung Ausgang.

Dann drehte er sich wieder um und kam zu mir zurück. Verschränkte die Arme und räusperte sich.

»Haben Sie wirklich keine andere Bleibe als dieses Boot hier?«

»Warum?«

»Wir holen gerade zwei Ihrer Nachbarn ab, und den dritten suchen wir. Meinen Sie wirklich, das sei eine gute Umgebung für Sie?«

»Welchen Dritten meinen Sie? Ben?«

Er nickte. »Schlucken Sie mal Ihren heimischen Ärger runter und gehen zurück in Ihr Haus, wo Sie sicher aufgehoben sind. Ihr Mann mag ja ein Dummkopf sein, aber bisher hat er mir nicht den Eindruck vermittelt, als sei er gefährlich.«

Ich sah ihn an und wusste gar nicht, was ich sagen sollte. Gerade war ich noch froh, in diesem Boot eine Bleibe gefunden zu haben, in der ich mein Leben neu sortieren und aufstellen konnte. Ein Leben ohne meinen Mann. Und jetzt schlägt mir der Herr Kriminalkommissar vor, dass ich zu ihm zurückkehren soll. Die Welt hob sich aus den Angeln. Was setzte als Nächstes aus? Die Schwerkraft?

»Sie halten doch die drei Jungs nicht für die Mörder?«, fragte ich.

»Was meinen Sie, warum wir die abholen? Weil wir die so nett finden?«

Der Weg zu Adrian führte geradewegs zurück ins Ehe-Grab, in die Lauheit meines alten Lebens. Was, wenn ich dort auf Doris traf? Ein Mord mehr.

»Bevor ich nach Hause gehe, kommen die Beatles wieder zusammen.«

»Von denen leben ja gar nicht mehr alle.«

»Eben.«

Er ging.

Ich lief ihm nach, wollte ihm von Gundel berichten und von Hilles Pistole. Aber er war schon am Ende des Steges angekommen. Ich sah, wie er die Steintreppe hochging und in seinen Camper stieg, mit dem er wegfuhr. Sicher wollte er jetzt zum Präsidium, um die beiden Jungs zu verhören. Das gab mir etwa zwei Stunden Zeit, um Gundel in der Psychiatrie zu besuchen. Vielleicht war es ein Fehler, Golt das nicht selbst machen zu lassen, aber das musste ich riskieren. Die Vorstellung, dass ich die letzten beiden Tage im Hafen Tür an Tür mit drei Mördern verbracht hatte, ging gegen meine gesamte Intuition. Gegen jegliches Empfinden von Menschenkenntnis. Sollte sich Gundel als verdächtig erweisen, würde ich Golt sofort informieren. Ich wünschte mir tatsächlich sehr, dass die Jungens unschuldig waren. Sie hatten mich so wunderbar unkompliziert in ihre Arme geschlossen, mir das Gefühl gegeben, so etwas wie ein Zuhause gefunden zu haben. Ich wollte nicht glauben, dass ich mich so in ihnen getäuscht haben sollte.

EIGENE WEGE

Zurück im Boot zog ich eine Jeans aus meinem Koffer, den ich als Ersatz für einen nicht vorhandenen Kleiderschrank benutzte, suchte die Adresse der Alexianer-Klinik auf meinem Handy, mit dem ich wieder online gehen konnte dank Hilles Kabel. Es war noch Benzin im Tank, das war die zweite gute Nachricht des Tages. Ich konnte los. Man wurde bescheiden. Den Anweisungen meines Navis folgend, fuhr ich über die Severinsbrücke auf die rechte Rheinseite, kam über das Hasental auf die Siegburger Straße und folgte dieser immer geradeaus, bis ich kurz vor Porz die Hinweisschilder zur Klinik sah. Ein schwarzer, schmiedeeiserner Zaun umrahmte das Gelände. Kleine Pfeilspitzen am oberen Ende. Viele Gebäude standen dahinter. Zwei alte Villen in Beige und Ockergelb. Dann ein großes Haus mit Kapelle auf der Ecke, das aussah wie ein altes Kloster. Rundherum Bäume und Rasenflächen. Ich parkte und hörte beim Aussteigen, wie jemand nach Haus Monika fragte. Es sei gleich hinter dem Hauptgebäude, man zeigte auf das große Haus. Dort würde ich mein Glück versuchen, ich ging durch eine große, alte Holztür und stand gleich vor einem Empfangscounter. Ich fragte nach Frau Kettner, und man sagte mir eine Zimmernummer, der erste Gang auf der linken Seite. Hohe weiße Wände mit rotem Geländer auf beiden Seiten. Mein erster Besuch in einer Psychiatrie. Vorm Zimmer blieb ich stehen, die Tür war nur angelehnt, Alice saß am Bett ihrer Mutter. Ich blieb auf dem Gang stehen. Sie versuchte ihre Mutter zu beruhigen, die sich in einem aufgewühlten

Zustand befand. Sie wollte sich der Polizei stellen, hielt ihre Schuld nicht mehr aus. Alice strich ihr übers Haar und tupfte ihre Stirn mit einem Handtuch ab.

»Alice, mein Kleine, ich muss dir etwas sagen.« Sie machte eine Pause. »Richard van Gedden ist euer Vater. Ich wollte es euch eine Million Mal schon sagen und dann auch wieder nicht. Ich lernte ihn in England kennen, als ich dort auf einem Sprachkurs war. Wir waren so jung. Ich verliebte mich in ihn. Damals ahnte ich nicht, dass sich das nie mehr ändern würde.«

Ein Pfleger kam den Gang entlang, ich zog mein Handy aus der Tasche, tat so, als würde ich eine Nachricht schreiben.

»Kann ich Ihnen helfen?«, fragte der junge Mann.

»Nein, nein, alles gut«, sagte ich, ohne von meinem Display aufzusehen, und hoffte, er würde einfach weitergehen, was er netterweise tat.

»Warum hast du nie etwas gesagt? Unser Vater lebte in Köln, wir hätten ihn kennenlernen können!«, sagte Alice.

»Hättet ihr nicht. Das habe ich seinerzeit unterschrieben.«

»Wie kann man denn so was unterschreiben?«

Gundel erzählte ihrer Tochter, wie es dazu kam. Nachdem sie herausfand, dass sie schwanger war, kam bald darauf Richards Vater mit einem Anwalt und bot ihr eine große Summe Geld für eine Abtreibung. Eine Verbindung zwischen den beiden sowie eine Vaterschaft seines Sohnes wollte er nicht dulden. Gundel unterschrieb eine Verschwiegenheitsklausel, tat so, als nähme sie sein Angebot an, fuhr nach Hause und bekam Zwillinge. Sie musste zustimmen, Richard nie mehr wiederzusehen.

Alice stand vom Bett auf, hielt sich die Stirn, lief auf und ab. Schwieg.

Gundel fand nach Jahren heraus, dass Richard in Köln lebte und eine Familie gegründet hatte, als sie im Hafen Hilmars Boot zu putzen begann. Dann setzte sie sich mit ihm in Verbindung, erzählte ihm, dass er zwei Töchter hat. Er wusste es ja noch nicht.

»Wollte er uns denn nicht kennenlernen?«, frage Alice.

Gundel schüttelte den Kopf. Wahrscheinlich hatte er Angst vor seinem Vater und vor seiner Frau. Immer wenn Gundel in finanzielle Schwierigkeiten geriet, verabredete sie sich mit ihm in der Deutzer Brücke. Dort liebten sie sich heimlich. Im Container, wo ja ein Bett stand. Er gab ihr Geld und ging wieder. Danach verachtete sie ihn meist. Und sich selbst noch mehr. Wollte sich das Leben nehmen vor Schmerz. Wollte ihm das Leben nehmen vor Hass. Dennoch traf sie sich immer wieder mit ihm, kam aus diesem Teufelskreis nicht heraus. Eines Tages war ihr klar, dass sie etwas unternehmen musste, wenn sich ihre Lage ändern sollte. Sie besorgte sich über dunkle Kanäle einen Revolver und ließ ihn in ihrem Nachttisch liegen, ohne zu wissen, ob er überhaupt geladen war. Eines Tages steckte sie ihn auf dem Weg zum Rendezvous mit Richard in ihre Tasche.

»Was für einen Revolver?«, fragte Alice mit leiser, zittriger Stimme.

»Den gibt es nicht mehr, habe ihn in den Rhein geworfen«, sagte Gundel.

Es wurde still, ein Arzt kam den Gang entlang, ich vertiefte mich in meine Handtasche. Tat beschäftigt. Mein Herz schlug heftig. Im Grunde hatte ich genug gehört. Ich musste Golt verständigen. Gundel Kettner war van Geddens Mörderin. Das erklärte, warum mein Schlüssel, der ja ihrer war, an diesem Tag bereits vorher benutzt worden war. Sie hatte sich mit Richard dort getroffen und ihn umgebracht. Schnell lief ich den Gang entlang hinaus an die frische Luft, wo ich durchatmen konnte, und suchte in meiner Handtasche nach Golts Visitenkarte, um ihn anzurufen. Da ich sie nicht auf Anhieb fand, ging ich durch die Seitentaschen und fand zu meiner Überraschung den Chip-Schlüssel für die Deutzer Brücke. Hier war der und nicht etwa im Rhein in der Hosentasche meiner Putz-Jeans. Endlich fand ich auch die Visitenkarte und rief Golt an. Warum stand auf diesem Ding nur eine Festnetznummer? Erst ging niemand ran, dann doch. Kommissar Golt sei im Gespräch, ob man mir weiterhelfen könne. Wie sollte ich einem wildfremden Menschen erklären, dass ich eine Mörderin an der Angel hatte? Ich bat um Rückruf, stieg in mein Auto und fuhr zu ihm ins Präsidium, ganz gleich, ob ich im Hafen bleiben sollte oder nicht, hier ging es um mehr als meinen Hausarrest. Er würde das verstehen, hoffte ich. Im Präsidium wandte ich mich an einen Herrn im Empfangsbereich. Ihm erklärte ich, wie dringend ich zu Golt musste. Ein Anruf und jemand kam mich holen. Kriminalkommissariat 11 (KK 11), Todesermittlungen, las ich auf einem Schild in jenem Gang, den ich schon von meinem letzten Besuch kannte. Die Türe zu Golts Büro öffnete sich, Hille, Fritz und der Anwalt Dr. Rosenstein kamen heraus in Begleitung von zwei Beamten.

Hille klopfte mir auf die Schulter. »Mach dir keine Sorgen. Es klärt sich alles auf.«

Sie verschwanden. Golt zog mich am Arm in sein Büro.

»Habe ich Ihnen nicht gesagt, Sie sollen im Hafen bleiben?«

»Haben Sie, aber …«

»Sie hatten etwas Besseres vor?«

»Hatte ich.«

»Ich würde Sie am liebsten übers Knie legen.«

»Herr Kommissar! Ich habe die Mörderin. Sie hat gestanden, es ist Alices Mutter Gundel. Richard war der Vater ihrer Kinder. Sie ist bei den Alexianern in Porz. Kommen Sie, schnell!«

»Woher wollen Sie das alles wissen?«

»Ich war dort und habe sie belauscht.«

»Sie waren gegen meine Anweisung dort?«

»Das ist doch jetzt egal. Wir müssen da hin.«

»Wir müssen nirgendwo hin. Ich bin ziemlich sicher, dass wir die Täter im Hause haben. Eine Zeugin hat beobachtet, wie diese beiden Herren Hilmar Blunt und Fritz Naster das Mordopfer vor der Eingangstür zur Deutzer Brücke am Heumarkt verprügelt haben. In der Gegenüberstellung hat sie die beiden klar identifiziert. Hilmar Blunt hatte all sein Geld in van Geddens Geschäft gesteckt und verloren. Er ist pleite, nicht einmal das Schiff gehört mehr ihm, sondern Marisa van Gedden. Ich gehe davon aus, dass die beiden ein Paar sind, warum sonst sollte Marisa für all seine Schulden aufkommen?«

Ich setzte mich auf einen der Stühle vor seinem Schreibtisch. Das klang alles nicht gut für die Jungs. »Und haben sie den Mord gestanden so wie Gundel?«, fragte ich.

»Noch leugnen sie alles, aber eine Nacht in der Zelle hat schon so manchem die Zunge gelockert. Uns fehlt noch dieser Ben, Ihr feiner Tröster, der kam wahrscheinlich auch noch dazu. Aber er ist flüchtig, spricht auch nicht gerade für seine Unschuld. Es ist eine Fahndung nach ihm raus.«

»Warum sollte Gundel Kettner einen Mord gestehen, den sie nicht begangen hat? Wir müssen jetzt zu ihr«, sagte ich.

Er nahm einen Schluck Kaffee aus seiner Tasse, gab ein Geräusch von sich, das wie ein Brummen klang, und griff sein Schlüsselbund, das auf dem Schreibtisch lag.

»Also gut. Übers Knie lege ich Sie dann gleich im Anschluss.«

»Unterstehen Sie sich. Vorher geben Sie mir besser Ihre Handynummer.«

Er schrieb sie mir auf einen Zettel. Anstandslos. Zu meinem Erstaunen.

EINE ALTE GESCHICHTE

Wir gingen hinaus auf den Gang und liefen zu unseren Autos. Er stieg in seinen Nugget und ich in meinen Mini. Wir fuhren los. Vor dem Haupteingang des Alexianer-Krankenhauses trafen wir uns und gingen zum Gang, in dem Gundels Zimmer lag. Golt klopfte und versuchte, mich auf dem Gang zu parken, aber ich kam gleich hinter ihm mit hinein. Es saßen nun beide Töchter an ihrem Bett. Und erst jetzt wurde mir klar, dass es sich um eineiige Zwillinge handelte, die man deshalb kaum als solche erkannte, weil sie sich extrem unterschiedlich zurechtmachten. Alice, die Künstlerin, trug bunte Blümchenleggings zum lila T-Shirt. Ihre Schwester dagegen ein dunkelblaues Kleid. Ihr Haar war kurz geschnitten, während Alice es lang trug.

Ich hatte keine Ahnung, wie wir Gundel entlocken wollten, was sie vor einer Stunde ihrer Tochter gestanden hatte. Golt stellte sich vor als Kommissar, der in der Mordsache van Gedden ermittle. Es wurde sofort ruhig im Raum. Das Fallen einer Stecknadel hätte hier wie Donnerhall geklungen. Gundel trug einen blauen Pyjama. Ihre kurzen, weißen Haare wirkten ungekämmt. Sie war eine schöne Frau, mit hohen Wangenknochen und wachen, wenn auch jetzt rot verweinten Augen.

»Es ist gut, dass Sie gekommen sind«, sagte sie mit ruhiger Stimme.

»Mamma!«, Alice sprang von ihrem Stuhl auf.

Gundel wiegelte ab. »Es ist besser. So kann ich nicht weiterleben.«

Helen, jene Schwester, die ich bereits in ihrer Wohnung besucht hatte, stand ebenfalls auf. »Du sagst jetzt gar nichts mehr! Herr Kommissar, meine Mutter ist krank, bitte nehmen Sie das zur Kenntnis und gehen Sie.«

»Wenn er nicht bleibt, werde ich nur noch kränker«, sagte Gundel. »Ich habe Richard van Gedden getötet. Es tut mir leid. Aber ich kann es nicht rückgängig machen. Ich wollte das nicht. Denn ich liebte ihn sehr, auch wenn ich ihn manchmal gerade deswegen hasste. Ein Irrsinn. Man könnte meinen, jetzt ist Ruhe. Aber mein Kopf hat sich in einen Vulkan verwandelt, der ständig aufs Neue ausbricht und Dreck ausspeit.«

Gundel erzählte, wie sie Richard im Alter von 17 Jahren in England kennenlernte, schwanger von ihm nach Deutschland zurückkehrte und gegen den Willen von dessen Vater heimlich Zwillinge zur Welt brachte, die sie allein großzog. Alice und Helen. Ihre beiden wunderbaren Mädchen. Zeitlebens nahm sie Richard übel, sich weder zu ihr noch zu seinen Töchtern zu bekennen. Gleichzeitig kam sie nicht von ihm los, freute sich später sogar auf ihre Treffen mit ihm im Brückenpfeiler der Deutzer Brücke, einem Ort, der unromantischer nicht hätte sein können. Jedes Mal brachte sie ihm Starburst-Bonbons mit, die sie im englischen Laden in der Kölner Innenstadt kaufte. Die hatten sie in England immer gemeinsam gegessen. Er mochte am liebsten die grünen. Deshalb pickte sie die für ihn aus den Packungen heraus. Wie schon seinerzeit in England. Die Andersfarbenen verschenkte sie an Hilmar Blunt, der sie auch ganz gerne aß.

»Die Grünen fand Richard so schön fruchtig.« Sie legte ihren Kopf zurück und schloss die Augen. »Auf seiner Beerdigung werfe ich die ihm auf den Sarg.«

Sie öffnete die Augen, schaute an die Decke, machte eine Pause, atmete schwer, erzählte dann weiter, was geschah. Demnach war sie mit Richard wieder einmal im Innenraum der Deutzer Brücke verabredet, ihrem Liebesnest. Sie wollte, dass er sich endlich zu ihr und seinen Töchtern bekannte, damit die ihren Vater endlich kennenlernen konnten. Als er kurz nach neun Uhr morgens das verabredete Klopfzeichen gab und sie die Türe von innen öffnete, fiel er geradezu in den Brückenraum hinein, weil er sich draußen mit zwei Männern prügelte. Sie reagierte rasch, zog ihn hinein, erkannte Hilmar Blunt in der Eile, bevor sie es schaffte, die Türe wieder zu schließen und Richard in Sicherheit zu bringen.

Der wolle Geld von ihm, hatte van Gedden erklärt, alle wollten immer nur Geld von ihm. Er sei dessen müde. Abgespannt und irgendwie krank wirkte er auf sie. Deshalb schlug sie vor, er solle sich auf dem Bett im Container ausruhen. Dort legte sie sich zu ihm und erklärte ungeachtet seiner schlechten Verfassung, dass sie so nicht weiterleben konnte und eine Entscheidung von ihm wollte.

»Ich zeigte ihm die Pistole und sagte, dass ich mich erschieße, wenn sich die Situation nicht ändert.«

Aber Richard schien gar nicht zuzuhören, ignorierte offensichtlich ihre Rage, tat so, als schliefe er jeden Moment ein, was sie noch rasender machte. Sie empfand seine augenscheinlich ignorante Haltung als Demütigung, die sie gänzlich den Kopf verlieren ließ. Sie fuchtelte in dem engen Bett mit der Pistole herum, bis er nach ihr griff, sie in seine Richtung zog und sich ein Schuss löste, ohne dass sie es beabsichtigt hätte. Wer von ihnen beiden abgedrückt hatte, wusste sie nicht. Sie erschrak. Schrie. Blut lief an seiner Schläfe entlang. Sie fühlte seinen Puls, geriet in Panik, wollte einen Arzt rufen, musste jedoch erkennen, dass es zu spät war. Sein Herz schlug nicht mehr, er hatte aufgehört zu atmen. Sie richtete die Waffe gegen sich selbst, wusste nicht mehr weiter, dachte dann an ihre Kinder, ließ den Revolver sinken, erkannte, dass sie ihren Mädchen nicht auch noch die Mutter nehmen konnte, nachdem sie nie einen Vater hatten.

Alice verbarg ihr Gesicht in ihren Händen. Gundel schien gefasst, während sie all das erzählte.

Golt räusperte sich. »Frau Kettner. Wo hatten Sie die Waffe her?«

»Wie sah die aus? Hatte sie einen hölzernen Griff?«, fragte ich.

Sie stockte einen Moment lang. Schließlich sagte sie: »Ich weiß nicht mehr, wie sie aussah, aber sie hatte keinen hölzernen Griff.«

»Haben Sie die Waffe gekauft?«, wollte Golt wissen.

»Wenn Sie in gewissen Stadtteilen Kölns die richtigen Leute fragen, kennen die immer einen, der einen kennt. Auf diesem Wege kriegen Sie fast alles. Den Mann, der sie mir letztlich verkaufte, kenne ich selbst gar nicht.«

»Dem werden wir noch nachgehen, Frau Kettner. Was geschah weiter im Brückenlager?«

Sie öffnete die Augen, schaute auf ihre Töchter, strich Alice übers Haar. Bot beiden an, den Raum zu verlassen, damit sie diese traurige Geschichte nicht weiter mit anhören musste. Sie wollten jedoch bleiben.

Zögernd fuhr Gundel fort zu berichten, was sich weiterhin im Lagerraum zutrug.

Sie entschied, Richard zu beerdigen. Außerhalb des Lagerraumes war dies nicht möglich, ohne gesehen zu werden. So begrub sie ihn in der einzigen Stelle, wo der Boden nicht aus Beton bestand, sondern aus Sand. Es gab nur diesen einen Bereich im Brückenraum, kaum zwei Quadratmeter groß. Wie für ein Grab gemacht. Dort wollte sie ihn für immer hinter sich lassen und doch auch für immer bei sich haben. Wann immer sie dort arbeitete. In diesem Raum fand sie alles, was man dafür brauchte. Schubkarren, Spaten, Besen, Arbeitshandschuhe. Sie kannte ihn wie ihre Westentasche. Er war ihr ein zweites Zuhause geworden. Dann wischte sie in Windeseile jegliche Spuren im Container weg, nahm alles aus dem Bett, woran sich Blut befand, und warf die Sachen draußen in eine Abfalltonne. Den Revolver ließ sie so unauffällig wie möglich gleich neben dem Pegelhäuschen an der Rheinpromenade ins Wasser gleiten. Keine 30 Meter vom Eingang in den Lagerraum entfernt. Niemand schenkte dem offenbar Beachtung. Dann brach sie zusammen.

»Keine Bonbons mehr für Richard. Keinen Vater mehr für euch«, sagte sie.

Ihre Töchter saßen wie angewurzelt neben ihr. Beide weinten, schienen erstarrt und im Schock.

Gundel richtete sich in ihrem Bett auf. »Hass ist ein grausamer Gefährte. Er gilt einem anderen, aber wie ein Bumerang kehrt er immer wieder zu einem selbst zurück und vergiftet die eigenen Gefühle.«

Sie schloss die Augen. Mir fiel es schwer zu atmen, ich musste dringend raus aus diesem Raum und ging auf Zehenspitzen in den Korridor. Der rote Handlauf an den Wänden verschwamm vor meinen Augen, als ich mich an ihm festhalten wollte. Gundel tat mir leid. Richard auch. Seine Familie noch viel mehr. Ich zitterte. Gleichzeitig machte sich so etwas wie Erleichterung in mir breit, konnte ich nun doch mein eigenes, neues Leben beginnen. Ein Pfleger kam den Gang entlanggelaufen, fragte mich, ob alles in Ordnung mit mir sei. Ich sah ihn an und konnte nicht antworten. Golt kam aus dem Zimmer, bat ihn darum, sich um Frau Kettner zu kümmern und vielleicht einen Arzt zu holen. Dann führte er mich nach draußen an die frische Luft. Dort erholte ich mich ein wenig. Die Sonne schien und tauchte die beiden alten Villen schräg gegenüber in ein warmes Ocker.

»Wenigstens bin ich jetzt entlastet«, sagte ich. »Wir haben den Mörder. Nehmen Sie Gundel fest? Kommen Hilmar und Fritz wieder frei?«

Golts Handy klingelte. Er zog das Gerät aus seiner Hosentasche und ging ran, hörte aufmerksam zu und fragte dann, ob das wirklich hundertprozentig sicher sei, ob er sich auf dieses Ergebnis verlassen könne. Am Ende des Gespräches sah er mich an.

»Ich enttäusche Sie nur ungern, aber Frau Kettner scheint nicht die Mörderin zu sein. Die Kollegen von der Gerichtsmedizin haben gerade mitgeteilt, dass das Opfer an Vergiftung starb und nicht an der Schusswunde. Die war nur ein ganz milder Streifschuss, kaum mehr als ein Kratzer. Frau Kettner ist demnach nicht die Mörderin.«

»Sie wollen mich auf den Arm nehmen. Diese Frau hat gestanden – und es soll nicht stimmen?«

Er nickte. »Das bedeutet leider auch, dass Sie als Verdächtige noch nicht raus sind aus dem Spiel.«

In meinem Hirn fühlte es sich an, als gäbe es Papierstau. Ich konnte mir beim besten Willen nicht vorstellen, wie Richard van Gedden ums Leben gekommen sein soll, wenn nicht durch ihren Schuss in seine Schläfe.

»Was hat denn das Verhör von den beiden Jungs ergeben, sollen die ihn etwa vergiftet haben?«, fragte ich.

»Jetzt, in diesem Augenblick werden im Hafen ihre Yachten durchsucht, vielleicht sind wir danach schlauer.«

Golt gab telefonisch die Anweisung, auf deren Schiffen auch nach Giftspuren zu suchen. Die Damen und Herren Polizisten konnten froh sein, dass ich bei Fritz schon ordentlich was weggeputzt hatte. Sonst wäre die Durchsuchung wie die Kernbohrung in einer Müllhalde geworden.

»Auf Fritz' Boot ist mir nichts aufgefallen. Gefühlt hatte ich da alles einmal in der Hand.«

»Alles?« Er hüstelte und schaute auf den Boden.

»Aber bei Hilmar ist mir die Bonbonsorte aufgefallen, die ich in der Deutzer Brücke gefunden habe. Diese Starburst-Bonbons, die habe ich sonst noch nie gesehen. Aber bei ihm stand eine Schüssel voll, bei Gundel zu Hause ebenfalls so wie bei Marisa van Gedden auf der *Blue Sky*.«

»Vielleicht isst Gundel sie einfach nur gerne und nimmt sie überall hin mit«, sagte er.

»Auch zu Marisa auf die Yacht?«

»Stimmt, das macht keinen Sinn, aber wie kamen die auf die *Big Wave*?«

»Dort hat Gundel auch geputzt.«

»Woher wissen Sie das?«

»Von Fritz.«

Golt sah mich an. Seine rechte Augenbraue zog sich leicht nach oben.

»So so. Fritz.«

»Genau. Der weiß eine ganze Menge.«

»Davon war auf dem Präsidium nichts zu spüren.«

»Die beiden haben sich vielleicht mit Richard geprügelt, aber so schnell kann man doch niemanden vergiften.«

»Haben Sie eine Ahnung.«

»Was sollte Fritz denn zum Beispiel für ein Motiv gehabt haben?«

»Sagen Sie es mir. Ich hab nicht auf ihm gelegen.«

Ich schmiss meinen Autoschlüssel auf den Rasen.

»Sorry«, sagte er, »hab mich im Ton vergriffen. In der Wortwahl, Sie wissen schon.«

Mit Schmoll nahm ich seine Entschuldigung an und überlegte, ob ich von Hilmars Revolver in dessen Nachtschränkchen berichten sollte. Schließlich war van Gedden nicht erschossen worden, und ich wollte Hille nicht unnötig belasten, entschied mich aber dafür, die Wahrheit zu sagen. Wofür es auch immer gut sein mochte.

»Haben Sie da etwa auch gelegen?«, fragte Golt und fuhr sich durch die Haare.

»Habe mir nur ein Ladekabel fürs Handy borgen wollen. Sonst nichts.«

Er berührte mich am Unterarm. »Es geht mich gar nichts an. Lassen Sie uns diesen ungastlichen Ort verlassen.«

Telefonisch orderte er ein paar Kollegen, die Gundels Aussage hier vor Ort zu Protokoll nehmen sollten, und auf Hilmar Blunts Yacht sollten die Nachtschränke nach Pistolen durchsucht werden. Ein Herr in einem Wolljackett, mit weißem Bart und Nickelbrille kam uns entgegen. Eine Dame sprach ihn an: »Herr Professor, wie schön Sie hier zu sehen, langweilt Sie etwa der Un-Ruhestand?«

»Sie wissen doch, den Täter zieht es immer an den Tatort zurück«, antwortete der und lief über die Rasenfläche vorbei an einigen rauchenden Männern.

Golt bot an, mich in den Hafen zu fahren.

»Das ist lieb von Ihnen, aber ich habe ja mein Auto hier.«

»Wie haben Sie das eigentlich aus der Tiefgarage bekommen? Hat dieser Fritz es für Sie ausgelöst?«

In diesem Fall wollte ich der Wahrheit nun doch nicht die Ehre erweisen. »Ein Vorschuss sozusagen.«

»Und jetzt arbeiten Sie den ab? Putzen Sie für das Geld oder …?«

»Ich putze!«

Raimund Golt sah mich an, sagte nichts, hob nur seine Hand zum Abschied und ging zu seinem Auto.

Ich lief ihm nach, wollte fragen, ob ich denn überhaupt noch Hafenarrest hatte, als ich bemerkte, dass er telefonierte. Er veranlasste, dass man Fritz freiließ. Mit der Auflage, den Hafen nicht zu verlassen. Hilmar dagegen sollte die Nacht in der Zelle verbringen, und wenn sein Anwalt Dr. Rosenstein sich auf den Kopf stellte. Schließlich habe die Zeugin ihn bei der Gegenüberstellung klar identifiziert. Ich folgte ihm nicht länger, sondern stieg einfach in meinen Mini ein. Allerdings war ich nicht sicher, wohin ich fahren wollte. Bei dem Gedanken an den Hafen zögerte ich. Wenn nun Fritz und Hille doch etwas mit Richards Tod zu tun hatten? Ich könnte zurück nach Hause gehen. Zurück in die Lauheit meines alten Lebens und ein Bett, das Adrian offensichtlich schon mit Doris teilte. Ich beschloss, zunächst zum Campingplatz zu fahren, um zu sehen, ob Maike zurückgekehrt war. Aber dort fand ich nur ihr Auto mit dem Zeltdach, leider leer. Ich fragte einen Stellplatznachbarn, der gerade einen Klappstuhl vor seinen Wohnwagen stellte, aber der konnte mir auch nichts zu Maike sagen. Vielleicht sollte ich eine Vermisstenanzeige aufgeben. Andererseits war Maike eine erwachsene Frau und ging schon mal spontan ihre eigenen Wege. Nach dem Tode ihres Mannes hatte sie sich etwas Neues aufgebaut. Jetzt nahm sie sich vom Leben, was sie wollte. Das bewunderte ich an ihr. Ab und zu spontan ihrer Wege zu gehen, gehörte da dazu.

Der Täter kehrt an seinen Tatort zurück, hatte der weißhaarige Professor gesagt. Das ging mir nicht aus dem Kopf.

Vielleicht fuhr ich noch mal zu dem Raum in der Deutzer Brücke und schaute, ob mir etwas auffiel, was Golt womöglich übersehen hatte. Den Schlüssel hatte ich ja dabei. Vorsichtig fuhr ich auf die kleine Straße, die zum Campingplatz führte und gerade voller Radfahrer war. Als ich auf die Alfred-Schütte-Allee einbog, machte ich mir Gedanken darüber, wo ich mein Auto von nun an lassen sollte, damit die anfallenden Parkgebühren nicht mein allerletztes Geld aufzehrten. Kurz vor der Südbrücke kam mir die zündende Idee. Denn rund um sie herum gab es kostenlose Parkbuchten. Hier würde mein Mini bleiben müssen. Den Rest galt es, zu Fuß zu erledigen. Und so lief ich wieder über die Brücke. Tagsüber im hellen war sie luftig und weniger angsteinflößend. Auf der anderen Rheinseite lief ich entlang des Ufers am Hafenbecken vorbei. Unten sah ich einen Polizisten in Uniform vor Fritz' Yacht, der *Bonanza*, stehen. Offensichtlich durchsuchte man sie noch. Schnell ging ich weiter bis zur Deutzer Brücke, dort wieder den kleinen Asphaltweg hinunter zum Eingang, wie vor zwei Tagen. Mit jedem Meter, der mich näher an das helle Grau der großen Metalltür brachte, wurden meine Schritte langsamer. Es fiel mir schwer, den Schlüssel aus der Tasche zu ziehen und auf das Schloss zu halten. Die Türe öffnete sich. Vorsichtig, wie auf dem Weg in einen Sarkophag, trat ich ein. Mein Herz schlug fester. Ich wagte kaum auf die Stelle zu meiner Linken zu blicken, an der wir Richards Leiche gefunden hatten. Sie war mit rotem Flatterband abgesperrt. Gundel hatte also schon länger vorgehabt, Richard umzubringen. Was für ein Leben musste man führen, wenn man solche Pläne hatte?

Hinter mir fiel die Tür ins Schloss. Das Geräusch tönte laut in meinen Ohren. Dieses Mal war ich so klug genug gewesen, als Erstes das Licht einzuschalten. Es war still. Und kühl. Der Beton um mich herum strahlte eine düstere, graue Ruhe aus. Selbst nach diesem Unglück. Ich schaute auf den blauen Container zu meiner Rechten. Dort hatte sie es getan. In demselben Bett, in dem sie sich zu Liebesstunden trafen. Dieses Mal hatte sie nicht der Liebe, sondern ihren Hassgefühlen nachgegeben, um nicht nur sein Leben, sondern in gewisser Weise auch das ihre zu beenden. Selbst wenn sie ihn mit dem Schuss nicht getötet hatte, musste sie doch ihr Leben lang damit zurechtkommen, den Vater ihrer Kinder auf diese Weise verloren zu haben.

Vielleicht hatte sie ihn vergiftet, um ihn so zu schwächen, dass er sich beim Schießen nicht widersetzen würde, weil er zu kraftlos war. Dann noch die Prügelei mit Hille. Vielleicht gab es ja zwei Mordversuche, zwei Personen mit derselben Absicht, die nur verschiedene Wege einschlugen. Es gab jemanden, der Richard durch Vergiftung umbringen wollte, und gleichzeitig wollte Gundel ihn erschießen. Golt würde das überzufällig nennen.

Ich drückte mich rücklings an die Eingangstür, spürte ihre Kühle in meinem Rücken. An diesem Ort hielt ich es nicht länger aus. Ich musste raus. Dringend.

Außerdem hatte ich mich um Fritz' kleinen Pudel zu kümmern, denn es war nicht davon auszugehen, dass die Polizeibeamten das übernahmen.

RICHTUNGSWECHSEL

Ich öffnete die Türe hinter mir. Draußen saß wie ein Häufchen Elend Richards Assistentin Annabelle in ihrem dunkelblauen Hosenanzug auf dem Bordstein und weinte. Ihr Pferdeschwanz löste sich in Teilen auf, Strähnen ihres braunen Haares hingen herunter. Ich setzte mich zu ihr, versuchte, sie zu beruhigen. Sie hielt den Kopf zwischen ihren Händen, als ob er schmerzte, schaute auf den Asphalt des Weges. Ich strich ihr über den Arm und wartete ab, ob sie sich fangen würde. Oben liefen Passanten und Touristen ans nahegelegene Rheinufer und bemerkten uns nicht. Ich bot ihr an, ein Glas Wasser aus dem Container drinnen im Brückenraum zu holen. Sie reagierte nicht, war so tief in ihrem Weinen gefangen, dass ich mich fragte, ob ich nicht sogar einen Arzt rufen sollte. Als ich ihr das vorschlug, wehrte sie es ab.

»Machen Sie sich Sorgen um Ihre Zukunft, jetzt, wo es Richard und die Firma nicht mehr gibt?«, fragte ich sie.

»Die Firma nicht mehr gibt? Was meinen Sie?«

»Nichts, gar nichts. Ich dachte nur, dass es ja Richards Firma war und jetzt, wo er nicht mehr da ist …«

»Kilian wird sie übernehmen. Deswegen studiert er doch Betriebswirtschaft.«

»Das ist gut. Sind Sie schon lange dort beschäftigt?«

»Sieben Jahre im August.«

»Es war bestimmt anstrengend, Richards Assistentin zu sein. Viel Verantwortung und so.«

»Verantwortung? Richard war kein Delegierer. Seine

Firma war praktisch eine One-Man-Show, und ich trug ihm seine Sachen hinterher. Wie eine Mami.«

»Apropos: Sie wissen nicht zufällig, wo seine Frau sich aufhält?«

»Die hat sich in seiner Stadtwohnung verbarrikadiert. Mit ein paar Flaschen Alkohol und merkwürdiger Musik. Als ich reinkam, dachte ich, mich tritt ein Pferd, so wie sie aussah. Vollkommen betrunken. Sie hat mich erst gar nicht bemerkt, weggetreten, wie sie war.«

»Sie haben einen Schlüssel zu der Wohnung?«

»Ich? Ja. Nein. Von Dienst wegen. Ab und zu musste ich Richards Unterlagen dort hinbringen. Ich muss jetzt los.« Sie stand auf, richtete sich ihre Haare.

»Wo ist diese Wohnung? Wäre wichtig für mich.«

Sie nannte mir eine Adresse im Gerling-Quartier. Ich wusste nicht viel über diese Gegend, nur so viel, dass sie teuer war. Dort würden wir also Marisa finden.

»Kann ich Sie nach Hause begleiten?«, fragte ich, denn ich machte mir aufrichtig Sorgen um sie. Das lehnte sie jedoch ab, wischte sich mit einem Papiertaschentuch die Tränen aus dem Gesicht und zog sich die Lippen mit blutrotem Lippenstift nach.

»Warten Sie«, ich rüttelte schnell noch an der Tür, um sicherzugehen, dass sie wirklich verschlossen war. »Ich gehe ein Stück mit Ihnen, in welche Richtung müssen Sie?«

Es stellte sich heraus, dass Annabelle eine Wohnung im Rheinauhafen bewohnte, eine nicht minder teure Wohngegend. Sie residierte in einem der Kranhäuser, jener neuen Wahrzeichen der Stadt, die sich in ihrer Bekanntheit gleich neben den Kölner Dom gesellten. Wir liefen am Rhein entlang. Sie schwieg, verbarg ihre rot geweinten Augen hinter der Sonnenbrille und sah in ihrem Outfit nicht nur geschäftsmäßig, sondern auch teuer aus. Alle meine Anläufe, weiterhin mit ihr ins Gespräch zu kommen, scheiterten. Sie verstummte regelrecht. Unter anderen Umständen hätte ich respektiert, dass sie nicht in Gesprächsverfassung war, aber im Augenblick erschien mir jede Information, die ich über sie gewinnen konnte, zu wichtig, als dass ich so einfach von ihr ablassen konnte. Ich fragte nach ihrem Sohn. Sie blieb stehen und sah mich an. »Was soll mit dem sein?«

»Nichts, gar nichts. Geht es ihm gut?«, fragte ich.

»Warum denn nicht? Ich hole ihn jetzt aus der Kita. Heute arbeite ich sowieso nicht mehr, so wie die Dinge stehen.«

Sie verabschiedete sich von mir und bog ab. Ich sah ihr nach, wie sie mit großen Schritten auf ihren hohen Schuhen in Richtung Severinstraße lief. Sie war eine stolze Erscheinung.

Hafenarrest hin oder her, ich musste zu dieser Adresse im Gerling-Quartier. Marisa konnte mich entlasten. Ich machte eine Kehrtwende und dachte darüber nach, ob ich Golt informieren sollte, wohin ich ging, entschied mich aber dagegen, damit er es mir nicht untersagen konnte. Dann fiel mir Whisky wieder ein, der kleine Kerl musste dringend Gassi gehen, ich würde ihn holen und mitnehmen. Meine Füße taten mir allerdings jetzt schon weh vom vielen Laufen. Auf der anderen Seite wollte Golt ja Fritz freilassen, so konnte er sich selbst um den Kleinen kümmern. Ich musste lernen, Dinge zu delegieren. Jahrelang war ich zu Hause die One-Woman-Show gewesen, und Adrian hatte sich alles von mir hinterhertragen lassen, wie von einer Mami. Ich musste umdenken und lief in Richtung Gerling-Quartier. Vorsichtshalber rief ich Marta an und bat sie, dem kleinen Pudel Wasser und Futter zu geben. Zu meiner Überraschung wollte sie das ohne Murren übernehmen.

Nach einer halben Stunde Fußmarsch traf ich am Gereonshof ein, der besagten Adresse. Ein großer freier Platz mit hellbeigen Naturstein-Pflasterplatten und Springbrunnenanlagen in der Mitte. Hier war alles in creme-beige, auch die Hausfassaden, die den Platz umrahmten. Kein Papierchen lag auf dem Boden, alles war super sauber und gepflegt. Die Hausnummer, die Annabelle mir genannt hatte, fand ich gleich zu meiner Linken. Ich wollte kurz verschnaufen und setzte mich auf ein paar Stufen in der Mitte des Platzes mit Blick auf den Brunnen. Ihn zierten nackte Jungen-Figuren auf Delfinen. Hier befand man sich in einer Oase der Stille mitten in der Kölner Innenstadt. Autofrei. Kaum hatte ich mich gesetzt, kam ein Herr in weißem Hemd und schwarzer Hose, um mir freundlich zu erklären, dass ich auf den Stufen nicht sitzen dürfe, und wies auf eine Betonbank mit eleganter Holzverschalung. Wie sollte ich dem Mann erklären, dass meine Füße in Flammen standen und jeder weitere Schritt eine Zumutung für sie war? Ich hielt die Klappe und lief brav zur Bank, wie er befahl. Hier hatte also der bankrotte Dandy mit Hang zur Nebenfrau samt Sicherheitsbeauftragtem seine zweiten Zelte aufgeschlagen, falls er mal seine Ruhe vor Marisa haben wollte. Ich lief zum Eingang seiner Wohnung unter einer Kolonnade. R.v. Gedden, stand auf einem der Namensschilder.

ABSCHIEDSVERSUCH

Ich klingelte und war gespannt, was passieren würde. Zunächst nichts. Ich wartete kurz ab und klingelte erneut. Immer noch nichts. Jemand öffnete die Haustür von innen, und ich schlüpfte hinter ihm in den Hausflur hinein, las Namensschilder, ging eine Treppe hoch, bis ich endlich im ersten Stock an der richtigen Tür angekommen war. Ich klingelte noch einmal. Vielleicht stimmte die Info nicht oder Marisa war schon wieder weg. Jetzt öffnete eine Dame mit Müllbeutel in der Hand, die im Begriff war zu gehen, die Türe.

»Frau van Gedden«, rief ich an ihr vorbei in die Wohnung, »ich brauche Ihre Hilfe.« Die Frau mit dem Müllbeutel ging und ließ die Türe hinter sich offen. Vorsichtig betrat ich einen Flur mit weißen Wänden und hellem Parkett, hier war niemand zu sehen. Aus einem der Zimmer klang Heavy Metal-Musik, dort ging ich hinein. Auf einem großen Bett lag Marisa van Gedden, die Haare hingen ihr strähnig ins Gesicht, ihre Augen waren verquollen und rot. Sie trug einen großen Herrenmorgenmantel aus schwarzer Seide und trank aus einer Sektflasche.

»Marisa, um Gottes willen, was machen Sie hier?«

»Ich liege in seinem Fremdgehbett. Heute wird mal nicht fremdgegangen. Es wird überhaupt nie mehr fremdgegangen.«

»Marisa, ich bitte Sie. Sie trauern, das verstehe ich, aber doch vielleicht nicht so. Ich koche Ihnen erst mal einen starken Kaffee, und dann schauen wir weiter.«

»Wie kommen Sie hierhin?«, wollte sie wissen.

»Ich habe Sie gesucht, weil ich Ihre Hilfe brauche.«

»Meine Hilfe braucht niemand. Nicht mal meine Kinder.«

»Doch Marisa, gerade die. Sie haben ihren Vater verloren und brauchen Sie jetzt mehr denn je.« Ich versuchte, sie aufzurichten. Aber es gelang mir nur sehr schwer, denn sie half nicht mit, sondern ließ sich hängen wie ein Kartoffelsack.

»Hast du auch mit ihm geschlafen?«, fragte sie und sah mir in die Augen.

»Mit wem, bitte?«

»Mit Richard. Die ganze Stadt hat es getan.«

»Er war vielleicht nicht treu, aber die ganze Stadt?«

»Ich sage nur die Wahrheit.«

»Wo wir schon beim Thema sind: Könnten Sie für mich bei der Polizei bestätigen, dass Sie mich zur vermeintlichen Tatzeit, also am Morgen, bevor ich zum Putzen in die Brücke ging, im Hafen gesehen haben?«

»Warst du das?«

»Aber ja. Ich war doch auf der *Blue Sky* zusammen mit meiner Cousine Maike. Ist wichtig. Ist mein Alibi«, erklärte ich.

»Du brauchst ein Alibi? Du hast doch was mit ihm gehabt. Gib es zu. Du bist eine von den Schlampen, die er hier empfangen hat. Woher würdest du die Wohnung sonst kennen?« Sie setzte sich die Flasche an den Hals.

»Marisa, hören Sie bitte mit dem Trinken auf, es löst doch keine Probleme.«

»Mag sein, aber es lässt sie erträglicher werden.«

»Wenn der Rausch endet, sind die noch da, vielleicht sogar größer als vorher.«

»Deswegen darf man ja nicht aufhören mit dem Saufen.«

Ich nahm ihr die Flasche aus der Hand, was ihr nicht gefiel.

»Jetzt hör mir mal gut zu. Es ist ganz egal, was ich mache. Es interessiert keinen. Mich auch nicht mehr. Richard hat seinen Laden gegen die Wand gefahren. Er war total pleite. Mehr als das. Er hatte Schulden bis zum Abwinken. Er hinterlässt seinen Kindern keinen Cent. Weder meinen noch irgendwelchen anderen Kindern, die jetzt alle erben wollen. Na, wie findest du das? Diese Pleite war Richards ganz persönlicher Untergang, und es hätte mich nicht gewundert, wenn er sich selbst das Leben genommen hätte. Er wollte wahrscheinlich verschwinden und sich aus allem rausstehlen. So war, ist und so bleibt er. Verstehst du? Richard war am Ende. Alles ist zu Ende.«

»Seine Firma war am Ende, das ist doch etwas anderes.«

»Du hast ja keine Ahnung. Richard war ohne die Firma nichts. Kannst du dir den Schuldner und armen Teufel Richard van Gedden vorstellen? Ich nicht. Er nicht. Unsere Kinder nicht. Nur mein Vater.« Sie zog ein Kissen über ihren Kopf und drehte sich von mir weg. »Der hat mich immer gewarnt.«

»Marisa, wenn Sie mich bei der Polizei nicht entlasten, hole ich die her und lasse Sie in genau diesem Zustand vernehmen. Möchten Sie das?«

»Mir doch egal.« Ich kramte mein Handy aus der Tasche und wollte Golt anrufen, als ich sah, dass sie sich erhob und auf den Balkon ging. Vielleicht kam sie doch noch zur Vernunft.

»Marisa, soll ich einen Kaffee für Sie kochen?« Sie antwortete nicht, sondern stellte sich an das Balkongeländer, das nur aus Glas bestand.

»Wo ist die Küche?« Ich sah mich um, trat in den Flur

zurück und fand einen großen Wohnraum mit angrenzender Küche. Dort fand ich eine Kaffeemaschine und warf eine Kapsel aus einer Schachtel gleich daneben ein. Dann nahm ich den Milchschäumer und lief zurück ins Schlafzimmer.

»Mit Milch, Marisa?«

Ich sah nur noch ihren halben Körper auf der anderen Seite der Glasbalustrade, über die sie sich gerade stürzte.

DER FALL

Der Korridor im Krankenhaus war dunkel und kühl. Ich wartete auf Neuigkeiten und auf Golt. Ihn hatte ich in meiner Not angerufen, ich wollte nicht alleine sein. Marisa schwebte zwischen Leben und Tod. Sie hatte Glück gehabt, genau unter ihrem Balkon standen vier dichte Büsche, in die war sie gefallen, aus dem ersten Stock. Möglicherweise hatten die ihr das Leben gerettet. Aber sie war ohne Bewusstsein, und niemand konnte mir sagen, wie schlimm es um sie stand. Die Telefonnummern ihrer Kinder kannte ich nicht, sonst hätte ich sie benachrichtigt. Ich lief auf und ab mit dem Blick auf den grauen Linoleumboden unter mir. Man schob ein leeres Bett an mir vorbei, als Golt kam. Stumm nahm er mich in den Arm. Es dauerte eine Weile, bis ich sprechen und ihm erklären konnte, was passiert war.

Er kramte in seiner Jackentasche und holte ein Aufnahmegerät heraus.

»Was soll das denn jetzt?«, fragte ich.

»Reine Routine.«

»Sie glauben doch nicht etwa …?«

»Ich glaube gar nichts.«

Er steckte das Aufnahmegerät wieder weg. »Woher hatten Sie die Adresse und warum haben Sie mich nicht angerufen, bevor Sie dort auf eigene Faust hingefahren sind? Wollen Sie denn nicht ein einziges Mal auf mich hören?«

»Seien Sie doch nicht so streng mit mir.«

Er zog seine Augenbrauen hoch, sagte nichts, sondern wandte sich von mir ab und lief den Gang entlang zu einer Stuhlgruppe. Dort setzt er sich hin und lehnte seinen Hinterkopf gegen die Wand hinter ihm.

Ich folgte ihm. »Ich wollte Sie anrufen, sobald ich Marisa gefunden hatte, um mich so schnell wie möglich von diesem Verdacht zu befreien. Wissen Sie, wie der sich anfühlt?«

Er deutete mit einer Handbewegung auf den Stuhl neben sich.

»Er legt sich wie ein dunkles Tuch auf meine Seele und dämpft alles, was ich denke und empfinde. Man hat das Gefühl, als gäbe es niemanden, der einen davor beschützt.«

Er verschränkte seine Arme. »Was glauben Sie, was ich tue?«

»Echt?« Ich legte meine Hand auf seinen Unterarm. »Warum sagen Sie dann nichts?«

»Wer kommt schon darauf, dass Sie es nicht merken.«

Er holte wieder sein Aufnahmegerät hervor und legte es zwischen uns auf seine Stuhllehne. Ich sollte ihm alles der Reihe nach erzählen. Dann steckte er das Gerät wieder in seine Jackentasche. »Fällt Ihnen auf, dass alle, die Sie entlasten könnten, von der Bildfläche verschwinden?«

»Ja, ist mir selbst unheimlich.«

Er erkundigte sich nach Maike, aber ganz gleich wie oft ich die anrief, ich erreichte immer nur ihre Mailbox.

»Woher kennt seine Annabelle Hartung diese Wohnung im Gerconshof?«, fragte Golt.

»Hab ich sie nicht gefragt. Ich dachte, als Assistentin bekommt man so was automatisch mit. Sie brachte ja auch Tabletten für ihn aufs Schiff. Die schien mir so was wie seine eigene Kinderfrau zu sein.«

Eine Schwester rannte über den Flur, kam mit einem Arzt zurück, beide wirkten alarmiert. Ich verbarg mein Gesicht in meinen Händen. »Wenn sie das nicht überlebt, werde ich auch meines Lebens nicht mehr froh.«

»Hey«, Golt legte seinen Arm um mich. »Sie können doch nichts dafür.«

»Sie hat zwei Kinder, die kann man doch so nicht zurücklassen.«

»Sie war betrunken.«

»Trotzdem, ich werde diesen Anblick nicht mehr los.«

Er strich mir über den Rücken.

»Vielleicht hat sie Glück und kommt mit ein paar Brüchen davon.« Er stand auf und lief ans Ende des Ganges. Dort fand er offenbar einen Arzt. Ich sah, wie er seinen Dienstausweis vorzeigte und man mit ihm sprach. Dann kam er wieder zu mir zurück.

»Sie können noch nichts sagen, werden mich aber benachrichtigen, sobald sie mehr wissen. Wir können jetzt gerade nichts tun. Lassen Sie uns gehen.« Er reichte mir seine Hand und half mir auf. Tatsächlich fühlte ich mich um Jahre gealtert und schwerfällig, so als hätte ich auf diesem Stuhl nicht eine Viertelstunde, sondern ein Vierteljahrhundert lang gesessen. Traurig und erschöpft folgte ich Golt zum Ausgang. Er fuhr uns zum Hafen. Gegen 17 Uhr hielten wir auf seinem Parkplatz gleich neben dem Hafenbecken. Ein Fahrradfahrer mit Sonnenbrille, ganz in Schwarz gekleidet, sauste am Wagen vorbei. Golt wollte eine Pause einlegen und lud mich zu einem kühlen Imbiss in seinen Camper ein. Ich sollte mich einfach überraschen lassen und nur kurz aufstehen, damit er meinen Sitz umdrehen konnte. Dann zog er einen Klapptisch von der Wand zwischen dem Fahrer- und dem jetzt herumgedrehten Beifahrersitz und stellte sich in die kleine Küche im hinteren Teil des Wagens. Dort sah ich ihn werkeln, Zutaten aus dem Kühlschrank und Schälchen aus einem Schrank nehmen.

Es dauerte nicht lange, und er servierte uns Walnusseis mit Krokantsplittern. Dazu brachte er noch Rum, den ich ablehnte. Eierlikör wäre mir lieber gewesen, den hatte er leider nicht.

»Wollen Sie heute noch auf der *Bonanza* putzen?«

»Weiß nicht. Es würde mich vielleicht von meinem Gedankenkarussell ablenken.«

»Wie viel schulden Sie dem Mann für die Autoauslöse?«

»Ist das so wichtig?«

Er schaute auf sein Eis und stocherte mit seinem Löffel darin herum, ohne zu antworten. Wir tranken noch einen Kaffee gemeinsam, bevor ich mich verabschiedete und aus seinem Nugget ausstieg.

»Ich werde Eierlikör besorgen«, rief er mir auf dem Weg zur Hafentreppe nach.

An einer mürrisch dreinschauenden Marta vorbei, die im Hafenmeisterhäuschen saß, ging ich über den Hauptsteg zurück zur *Happy Days*. Die Parkbucht neben ihr war noch immer leer. Die letzten Sonnenstrahlen des Tages glitzerten dort sanft auf dem Wasser. Ich hoffte, dass Ben nicht in diesen Mordfall verwickelt war. Und dass er nicht für immer weggefahren war. Kleine Wellen kräuselten sich im Wind. Er fehlte mir. Ebenso sein lachender Anker. Obwohl ich ihn erst einen Tag lang kannte. Ich mochte die Art, wie er träumte. Von einsamen Buchten in der Türkei, wo man leben konnte, ohne viel zu brauchen. Dort würde ihn sicher niemand finden, sollte er dahin aufgebrochen sein. Oder sollte ich sagen, geflohen?

Ben war jemand, der tröstete. Mordete er auch? Bald würde es dämmern. Alle Freizeitboote mussten vor Einbruch der Dunkelheit einen Hafen aufsuchen. Das hatte Ben mir selbst erzählt. Kam er jetzt nicht bald, würde er die Nacht woanders verbringen. Wo auch immer das war.

Aus der Ferne hörte ich die Brandung des Straßenverkehrs wie ein leises Dauerrauschen. Ich lehnte mich gegen mein Boot und hörte das Quietschen der Gummifender, die zwischen Boot und Steg hingen und dafür sorgen sollten, dass das eine nicht vom anderen zerkratzt wurde. Ab und zu ein leises Plätschern.

VAN GEDDEN INVEST

Dann ein quietschendes Geräusch, das ich nicht einordnen konnte. Ich sah mich um. Oben an Land stand ein Haus, an dessen Fenstern sich gerade elektrisch gesteuert Aluminium-Jalousien hochfuhren. Sie verursachten dieses Geräusch. Daneben lag eines der Kranhäuser. 17 Etagen mit Balkonen, viel blau getöntes Glas. Graue Fensterrahmen, braune Leisten. Kühl und mondän. Die Sonne spiegelte sich in den Fenstern. Auf einem der Balkone leuchtete der regenbogenfarbene Bubikopf der jungen Apothekerin aus Maikes Haus. Sie spielte mit einem kleinen Jungen. Nun trat Annabelle Hartung heraus und gab dem Kind eine Jacke. Richards Kindermädchen hatte sie sich genannt, die sogar Tabletten für ihn besorgte. Wie nahe musste man sich stehen, wenn man die Medikamente für seinen Chef organisierte? Er war vergiftet worden. Ich dachte daran, wie sie mir weinend am Tatort begegnete. Es wunderte mich, dass sie Richard an diesem Ort beweinte. Am Tatort. Und woher wusste sie vom Tatort? Ob sie etwas mit dem Mord zu tun hatte? Welches Motiv sollte sie gehabt haben, ihren Arbeitgeber zu beseitigen? Es gefährdete doch nur ihren Arbeitsplatz. Andererseits ging sie davon aus, dass die Geschäfte unter der Führung von Richards Sohn Kilian weiterlaufen würden, der ihrem Alter näher war als van Gedden Senior. Ob da was mit dem Junior lief? Dann hätte ihr dieser Mord Vorteile verschaffen können.

Ich ging zurück über den Steg zum Ausgang. Schon aus der Ferne sah ich, dass Golts Camper nicht mehr an seiner

Stelle stand. Dabei wollte ich ihn dieses Mal informieren, bevor ich etwas unternahm. Also rief ich ihn an, erwischte aber nur seine Mailbox und erklärte darauf meine Gedanken und dass ich nun versuchen wollte, ins Kranhaus zu gelangen, um der Dame auf den Zahn zu fühlen. Dabei fiel mir ein, dass ja auch sie mich kurz auf Marisas Yacht gesehen hatte, nämlich als sie Unterlagen und Tabletten für Richard gebracht hatte. Sie konnte demnach auch mein Alibi bestätigen. Ich musste sie unbedingt sprechen, schon aus diesem Grund. Ich zählte nach. Ihr Balkon befand sich auf der 13. Etage. Vielleicht bekam ich bei der Gelegenheit heraus, was für Tabletten sie für Richard besorgt hatte. Ob uns das in den Ermittlungen weiterbrachte, wusste ich nicht, aber man musste doch allen noch so kleinen Spuren nachgehen, fand ich.

So lief ich über die Steintreppe hoch und einmal halb um das Hafenbecken herum zum Eingang des einen Kranhauses, welches bewohnt war. Die beiden anderen Kranhäuser haben nur Büroetagen.

Ich stand unter diesem 18 Etagen hohen Riesen, der nach vorne in einem 90-Grad-Winkel abknickte wie ein überdimensionaler Finger. Ein Baldachin aus Glas und Beton spannte sich über mir auf. Die drei Häuser sollten an Ladekräne erinnern, die einst ihre Arbeit taten, bevor man den Arbeitshafen schloss, um ihn zu einem schicken Viertel mit einer Marina umzubauen. Mich schüchterte dieser teure Bau ein, und ich zögerte, hineinzugehen. Womöglich gab es im Foyer so etwas wie eine Concierge, der ich hätte anvertrauen müssen, warum ich gekommen war. Ich sah mich um. Hinter mir erstreckte sich ein gläserner Schacht, der den abgeknickten Teil des Fingers abstützte. In ihm befand sich offenbar ein Treppenhaus. Jemand kam dort gerade herunter. Schnell lief ich die paar Meter herüber und erwischte noch die offene Tür, die der Herr aufgestoßen hatte. Ich kam herein, sah einen Fahrstuhl, fuhr in die 13. Etage und lief durch den Flur. Schließlich kam ich an ein zum Himmel offenes Atrium. Es herrschte eine kühle Atmosphäre. Hier lief niemand außer mir herum, es war auffallend still, und ich fühlte mich wie ein Eindringling. Ich schaute auf die Klingelschilder. Den Namen Annabelle Hartung fand ich nicht, statt dessen aber ein Schild mit dem Logo ›Van Gedden Invest‹. Ich klingelte. Annabelle öffnete mir die Tür und stand barfuß vor mir. Ihre Augen strahlten ein eisiges Blau aus.

»Hat Marisa Sie geschickt?«, war ihre einzige Begrüßung. Sie klang harsch. Jemand kam aus einer Wohnungstür nebenan und grüßte.

»Kann ich hereinkommen?«, fragte ich und tat es einfach, indem ich an ihr vorbei die Wohnung betrat. Auf diese Weise hatte ich noch nie jemanden überrumpelt, und es fühlte sich nicht gut an, aber ich hatte keine Zeit zu verlieren.

»Hey!« Sie wollte mich beim Arm packen, aber ich war schneller und ging in ein großes Wohnzimmer. Mit Ausnahme des honigfarbigen Eichenparketts war es ganz in Weiß gehalten. Der Einrichtungsstil erinnerte mich an die Wohnung im Gereonshof, wo ich Marisa gefunden hatte. Nur dass hier mehr Bilder an der Wand hingen und mehr Deko im Raum verteilt war. Intuitiv ging ich weiter in den hintersten Winkel des Raums. Hinter mir befand sich die Balkontür.

»Woher kennen Sie diese Adresse? Von Marisa, stimmt's? Sonst wären Sie ja gar nicht hier.«

Ihr aggressiver Tonfall machte mich stutzig. Bis jetzt hatte ich noch gar nichts gesagt, was den gerechtfertigt hätte. Die Dame mit der Regenbogen-Frisur kam vom Balkon und hatte den Jungen an der Hand.

»Paul und ich gehen jetzt ein Eis essen. Wir sind gleich wieder da. Sag tschüß zu Mammi.«

»Viel Spaß, Frau Hartung«, sagte ich. Die sah erst mich an, dann Annabelle an und ging wortlos hinaus mit dem Jungen an der Hand hinaus.

»Woher kennen Sie meine Schwester?«

»Aus der Apotheke.« Die Wohnungstür fiel hinter den beiden ins Schloss. »Ich bin gekommen, um Sie um Hilfe zu bitten.«

Es klingelte. Sie reagierte nicht, sondern fixierte mich mit ihrem Blick.

»Wollen Sie nicht öffnen?«, fragte ich. Zögernd ging sie zur Tür. Ich sah mich um. Die Wohnung war elegant eingerichtet. Weiße Wände, helle Bilder, braune Ledermöbel. Unter dem Sofa lugte der Zipfel eines grünen Bonbonpapiers heraus. Ich erkannte es sofort. Es war die Marke Starburst. Schnell ging ich in die Hocke, um es zu greifen, als Annabelle bereits ins Zimmer zurückkehrte.

»Lassen Sie das liegen!«, rief sie, aber ich hielt es bereits fest. Sie griff nach meiner Hand, dabei geriet ich ins Wanken und fiel auf die Seite. Sie stürzte sich auf mich, nach diesem Papierchen schnappend. Je mehr sie danach griff, desto stärker wurde mir klar, welch große Bedeutung es haben musste. Ich verteidigte es, so gut ich konnte, versuchte mich aufzurichten. »Was ist so wichtig an diesem Stück Papier?«

»Das geht Sie gar nichts an. Sie geben es mir jetzt und dann verschwinden Sie.«

Mit ihrem aggressiven Blick machte sie mir Angst. Das Bonbonpapier hielt ich fest in meiner Hand. Im Kopf ging ich durch, wie schnell ich am Ausgang sein konnte, bevor sie mich fangen würde, als sie den Tisch umkippte und ich gerade noch zur Seite springen konnte Richtung Balkon. Sie kam mir nach, ich trat hinaus und war nun auf ihm gefangen, drückte mich mit dem Po ans gläserne Geländer hinter mir. Sie kam jedoch nicht nach, sondern schloss die Balkontür von innen und ließ mich alleine draußen stehen. Ein Blick nach unten auf den grauen Betonboden 13 Stockwerke unter mir zog meinen Darm zu einer Schlinge zusammen, und ich erkannte, auf welch einsamem Posten ich stand. Ich sah das Hafenbecken, sogar die *Happy Days*, nur unerreichbar weit weg. Von hier war kein Entkommen möglich. Ich überlegte, ob mich die Passanten unten hören würden, wenn ich um Hilfe schrie, als Annabelle die Balkontüre öffnete, mit einem Küchenmesser in der Hand. Ich ließ mich zu Boden sinken, weil meine Beine zitterten, aber auch, damit sie mich nicht so leicht über die Brüstung drücken konnte. Sie fuchtelte mit dem Messer in der Luft herum. »Rück das Stück Papier heraus, sonst erlebst du dein blaues Wunder.«

Ich hielt schützend beide Arme über meinen Kopf, öffnete dabei meine Hand und bot ihr das Papierchen an. Auf keinen Fall wollte ich mein Leben dafür geben. Es musste weniger gefährliche Wege geben, meine Unschuld zu beweisen.

»Was hat Marisa dir erzählt? Raus mit der Sprache.«

»Marisa wollte sich das Leben nehmen und ist vom Balkon gesprungen. Sie liegt im Krankenhaus, und ich weiß nicht, wie es ihr geht. Sie hat mir nichts gesagt. Nur, dass ihr Mann pleite war.«

»Sag das noch mal.«

»Richard hatte nichts als Schulden.«

Sie ließ das Messer sinken. »Das kann nicht sein.« Sie hielt sich ihren Bauch und beugte sich leicht vornüber, so als tat ihr etwas weh.

»Aber es gibt auch gute Nachrichten, wir haben den Mörder«, log ich in der Hoffnung, das würde sie beruhigen und von mir ablenken. Ich schloss in diesem Moment nicht aus, Richards wirkliche Mörderin vor mir zu haben. »Es gibt ein Geständnis. Gundel Kettner hat Richard umgebracht. Das hat sie zugegeben. Der Kommissar verfasst gerade das Protokoll mit ihrer Aussage.«

»Was erzählst du mir da?«

»Es ist die Wahrheit. Ich war dabei.« Noch immer kauerte ich auf dem Boden und fühlte mich auf diesem kleinen Balkon, der nur von Glas umrandet war, wie in einem schwebenden Aquarium gefangen. Auf den umliegenden Balkonen war niemand zu sehen, den ich um Hilfe bitten konnte.

Annabelle stieß ein Lachen aus, das hysterisch auf mich wirkte.

»Wer soll diese Frau sein?«, fragte sie.

»Richard hatte als junger Mann eine Affäre mit ihr, aus der zwei Kinder hervorgingen. Zwillinge. Die hat er nie offiziell anerkannt. Aus Hass hat sie ihn umgebracht. Aus lauter Hass.«

»Der hat noch zwei Kinder?« Ihr Lachen wandelte sich in eine Art Häme. »Weißt du das genau?«

»Wahrscheinlich unterschreibt sie jetzt gerade auf dem Präsidium ihr Geständnis.«

Ich versuchte durch meine Arme, die ich nach wie vor über mir hielt, hindurchzusehen, was sie gerade mit dem

Messer machte. Sie hielt es noch in der Hand, schaute aber abwesend über mich hinweg. Ich verhielt mich so ruhig ich konnte. Balkone waren kein guter Ort für Auseinandersetzungen oder falsche Bewegungen. Marisa hatte gezeigt, wie das enden konnte. Aus dem 13. Stock retteten einen auch keine Büsche mehr.

Annabelle erhob das Messer wieder. »Und du? Was machst du in all dem hier?«

»Ich gehöre selbst zu den Verdächtigen und brauche ein Alibi. Ich hatte gehofft, Sie würden es mir geben.«

»Dass ich nicht lache, wo doch eine andere gestanden haben soll. Was wolltest du mit dem Bonbonpapier?« Sie stieß mit dem Messer an meinen rechten Oberarm.

»Ich dachte … es wäre etwas Wertvolles. Keine Ahnung. War dumm von mir.« Meine Beine, meine Arme, alles überzogen von Gänsehaut, alles in Anspannung. Ich dachte an meine Floriane, an meine Eltern, sogar an Adrian. An mein ganzes Leben. An Golt. Und erwartete jeden Augenblick Unheilvolles von diesem Messer, fühlte mich ihr ausgeliefert. Und das nur, weil ich ein Bonbonpapier nicht herausgeben wollte. Mein Herz raste, ich suchte nach einem Ausweg. Irgendwas geht immer, dachte ich, ergriff einen ihrer Füße und riss ihn zu mir nach vorne, sie verlor das Gleichgewicht, fiel auf den Rücken, das Messer rutschte ihr aus der Hand. Sie lag halb auf dem Balkon und halb in der Wohnung. Auf allen vieren versuchte ich, über sie hinwegzukommen. Als ich es schon fast geschafft hatte und das Messer erreichte, hielt sie mich fest.

SCHÖNE AUSSICHTEN

»Was ist denn hier los?«, hörte ich jemanden rufen. Es war nicht Annabelle. Die ließ jetzt ab von mir. Eine junge Frau mit weißem Häkelkleid und einem Dutt auf dem Kopf stand im Wohnzimmer, in ihrer Hand hielt sie ein großes Schlüsselbund. Ich erkannte Richards Tochter Cara, die für mich gerade aussah wie ein Rettungsengel.

Annabelle drehte sich zu ihr um, zeigte dann auf mich. »Cara hilf mir, die hat mich überfallen.«

»Rufen Sie die Polizei, bitte! Es ist genau umgekehrt«, rief ich.

»Lassen Sie das Messer los!«, sagte Cara.

Ich legte es wieder auf den Boden, nicht zu weit weg von mir.

»Die ist gefährlich, die wollte hier einbrechen«, kam es von Annabelle. Sie stand auf und zog schwer atmend ihre weiße Bluse zurecht. »Das ist eine Killerin.«

»Und warum wollen Sie Frau Hartung umbringen?«, fragte Cara.

»Das stimmt doch nicht. Ich wollte Frau Hartung lediglich darum bitten, zu bestätigen, dass ich vorgestern Morgen an Bord der *Blue Sky* war. So wie Sie ja auch.«

»Sie sind in den Mord an meinem Vater verstrickt?« Cara trat einen Schritt zurück und zog ihr Handy aus der Tasche.

»Nein.«

»Wozu ist dann das Alibi nötig?«

Mir wurde langsam schwindelig. »Ich war zur fraglichen Zeit auf dem Boot Ihrer Mutter! Ich saß Ihnen gegenüber, erinnern Sie sich nicht mehr?«

»Da saß jemand. Waren Sie das?«

»Ja. Lassen Sie mich die Polizei rufen, Annabelle hat mich mit dem Messer bedroht, bitte!« Ich zog mein Handy aus der Tasche. Annabelle stürzte sich darauf und riss es mir aus der Hand. »Die ruft doch nur Komplizen an.«

»Rufen Sie die Polizei!«, bettelte ich Cara an.

»Vorher will ich wissen, was hier los ist. Ich brauche nicht noch mehr kompromittierende Vorfälle für meine Familie. Ich finde zwei kämpfende Frauen in einer Wohnung vor, die von Rechts wegen der Firma meines Vaters gehört, wie wir gerade festgestellt haben. Wollt ihr mir das mal erklären?« Sie ging zwei Schritte zurück und schaute in ein Zimmer, dessen Türe halb offen stand.

»Die Klamotten kenne ich doch, die sind allesamt von dir, Annabelle. Wohnst du hier?«

»Diese Wohnung ist Teil meines Gehalts«, sagte die.

»Deines Gehalts? Wir gehen gerade die Bücher durch und wundern uns über dein tolles Gehalt. Dafür bekommt man normalerweise drei Assistentinnen.«

»Er hat mich eben geschätzt.«

»Der Gedanke kam uns auch schon, und wir haben uns gefragt, wie sehr er dich geschätzt haben muss, wenn er dir noch eine Wohnung mietfrei hinterherwirft, die über 10.000 Euro pro Quadratmeter wert ist? Aber ich habe schlechte Nachrichten. Die Wohnung gehört seit Kurzem meiner Mutter. Mein Großvater hat für alles, was er völlig vergebens in die Firma meines Vaters pumpte, damit sie nicht bankrott geht, Sicherheiten auf meine Mutter überschreiben lassen. Ihr gehört die Yacht, das Haus im Hahnwald, diese Wohnung, die Wohnung im Gereonsviertel, ihr gehört sogar noch eine andere Yacht im Hafen, die sie für einen Gläubiger übernahm, der all sein Geld in

Papas Firma verlor, weil er es darin angelegt hatte. Papa war blank. Pleite. Am Ende. Finito.«

Annabelle rieb sich die Augen, so als wollte sie verhindern, in Tränen auszubrechen. »Dann sind wir jetzt also alle arm.«

»Wir?«, wiederholte Cara.

»Mein Paul geht auch leer aus.«

»Dein Paul?«

»Er ist Richards Sohn.«

Cara fasste sich an die Stirn. Ich musste an ihre Mutter denken, von der ich nicht wusste, ob sie noch lebte, erwähnte aber ihr Schicksal lieber nicht in diesem Augenblick. Ich brauchte Cara als stabile dritte Kraft im Raum, damit Annabelle mich nicht weiter attackierte.

»Dann war alles umsonst«, sagte die leise, so als hätte sie vergessen, dass sie nicht alleine war.

»Deine Affäre mit Papa? Meinst du das? War die umsonst? Weil du jetzt sein Geld nicht haben kannst? Meinst du, ich hab die nicht bemerkt?«

Annabelle schwieg. Jemand klopfte an die Wohnungstür, die halb offen stand. Es war Golt. Ich stand auf und lief zu ihm, erklärte, dass ich von Annabelle bedroht wurde. Als ich zu ihr herübersah, steckte sie gerade das grüne Bonbonpapier in den Mund und aß es auf. Dieses Stück Papier musste eine enorme Bedeutung haben. Noch konnte ich mir keinen Reim darauf machen, aber sie wollte offensichtlich Spuren beseitigen, indem sie es aufaß.

Golt ging zu dem am Boden liegenden Messer und nahm es an sich, ich blieb in der Nähe der Wohnungstür stehen, um mir einen Fluchtweg offen zu halten. Über den Hausflur kamen zwei Polizisten in Uniform und baten mich, Platz zu machen, damit sie die Wohnung betreten konnten.

»Was ist denn hier los?«, fragte Golt und hielt Annabelle seinen Dienstausweis hin.

»Die hat mich angegriffen«, wiederholte sie. »Wer weiß, was in sie gefahren ist, ich habe mich nur verteidigt. Die hat sich hier reingeschlichen und ehe ich mich versah ... Wahrscheinlich hat sie gehofft, etwas Wertvolles zu finden.«

Golt sah mich an.

»Als ich ein grünes Bonbonpapier der Marke Starburst bei ihr fand, ging sie auf mich los, und gerade hat sie es aufgegessen. Was, wenn sie ein Bonbon vergiftet hat und es Richard zu essen gab?«

»Was redest du da für einen Stuss?«, rief Annabelle in einem Ton, der mich einen Schritt zurückweichen ließ.

»Wo waren Sie denn vorgestern Morgen zwischen acht und zwölf?«, fragte sie Golt.

»Zuerst im Büro, das kann Richards Sekretärin bezeugen, und später im Hafen auf seinem Boot, das kann die da bezeugen.« Annabelle zeigte auf mich. Endlich hatte ich mein Alibi. Sie leider auch.

»Seit wann wissen Sie, dass Richard van Gedden pleite war?«, fragte ich sie.

»Seit gerade, durch Cara, wieso?«

Ich antwortete nicht, sondern hoffte insgeheim, dass Golt mit dem Hinweis etwas anfangen konnte und die Wohnung durchsuchen ließ. Stattdessen behauptete Annabelle erneut, ich sei gewaltsam eingedrungen und gehörte festgenommen. Cara gab an, nichts gesehen zu haben. Golt unterrichtete sie über den Zustand ihrer Mutter. Es ging ihr inzwischen wieder besser. Sie würde nicht nur überleben, sondern nach dem Abheilen einiger komplizierter Brüche wahrscheinlich wieder ganz gesund, was mich ungeheuer erleichterte.

INSTINKTE

»Sie kann man wirklich keinen Augenblick alleine lassen«, sagte Golt. Wir hatten das Kranhaus verlassen und standen am Geländer der Rheinpromenade. Ein Schubschiff voll mit Sand fuhr an uns vorbei.

»Gut, dass Sie gekommen sind, das war kein Augenblick zu früh.«

Er gab ein brummendes Geräusch von sich und schaute aufs Wasser. »Immerhin haben Sie mich angerufen, bevor Sie da hochgegangen sind. Nächstes Mal warten Sie vielleicht sogar schon auf mich. Wer weiß? Es sollen schon Wunder geschehen sein.«

Aus seiner Hosentasche zog er ein Päckchen, welches ich öffnen sollte. In ihm befand sich eine neue Uhr, die meiner alten ähnlich sah. Einmal mit mir in den Rhein getunkt, war sie wohl nicht mehr zu reparieren.

Ich legte sie an. »Die ist doch viel zu teuer. Jetzt schulde ich Ihnen was.«

»Unsinn. Sie schulden niemandem etwas.«

Ich überlegte, ihn zu umarmen. Ließ es aber lieber sein, wahrscheinlich gab es Dienstanweisungen dagegen. So wandte ich mich wieder dem Fall zu.

»Annabelle besorgte Richard Medikamente. Haben Sie schon darüber nachgedacht, dass sie ihn auf diesem Weg vergiftet haben könnte? Ihre Schwester ist Apothekerin.«

Ich erzählte ihm, was sich oben zugetragen hatte und wie verdächtig sich in meinen Augen Annabelle dadurch gemacht hatte, dass sie dieses Bonbonpapier gegessen hatte. Ich versuchte mir vorzustellen, wie das schmeckte. Es fühlte sich leicht gewachst an und hatte sicher einen Plastikanteil.

»Wir müssen in die Brücke«, sagte ich.

»Und was wollen wir da?«

»Vielleicht finden wir dort Hinweise, die Ihre Leute noch nicht entdeckt haben«, sagte ich und zog ihn am Ellbogen Richtung Innenstadt. Zu Fuß waren wir schneller, als wenn wir erst ums Hafenbecken zu seinem Auto liefen.

»Was meine Leute noch nicht entdeckt haben? Das sind Profis, Frau Weißenberg.« Trotzdem lief er mit mir in Richtung Innenstadt. Unter der Severinsbrücke hörten wir den Verkehr über uns hinweg dröhnen.

Wir erreichten das Schokoladenmuseum mit seinen Bären vor der Tür. Bunt und mannsgroß, so wie man sie nur in Berlin erwarten würde. Golt wollte dort einen Kaffee trinken, bevor das Café darin Feierabend für heute machte, es war kurz vor 18 Uhr, aber ich zerrte an ihm, wollte keine Zeit verlieren und schlängelte mich an einer Fahrrad-Rikscha vorbei über die alte Drehbrücke, die uns zur Rheinuferstraße brachte. Auf ihr liefen wir weiter, bis wir den Eingang zum Lagerraum in der Deutzer Brücke erreichten. Golt hielt den schwarzen Chip-Schlüssel an das Schloss, und die Metalltür ließ sich öffnen. Ich ging hinter ihm hinein und schaltete das Licht ein, als die Türe laut in ihr Schloss fiel. Ich war froh, dass ich nicht alleine war.

»Hier sind wir nun in der Seufzerbrücke von Köln. Dieser Raum ist eine richtige Gruselgrube«, sagte Golt. »Sie verlangen sich ganz schön was ab, um Ihr Geld zu verdienen.«

»Sie etwa nicht?«

»Doch. Leider.«

Zu unserer Linken die Stelle, an der wir Richard van Gedden gefunden hatten. Ich versuchte, nicht hinzuschauen, sondern ging gleich rechts rüber zu dem Container. Golt folgte mir, zeigte mir oben in der linken Wand die Einschussstelle der Kugel, die Gundel abgefeuert hatte. Sie war mir beim ersten Besuch entgangen. Dann schaute ich in den Papierkorb und fand das grüne Papierchen, das ich beim Ausschütteln des Bettzeugs gefunden hatte. Auf dem Tisch lag auch noch das Bonbon. Beides zeigte ich Golt.

Er beugte sich darüber und sah es sich genauer an. »Was soll damit sein?«

Wir gingen ganz nah ran, und ich entdeckte etwas: »Sehen Sie dieses kleine Loch? Es ist winzig. Aber man könnte dadurch Gift in das Bonbon spritzen. Diese Grünen aß Richard offenbar besonders gern. Es gab drei Frauen, die das wussten und sie für ihn sammelten. Gundel, Marisa und vielleicht auch Annabelle. Gundel scheidet wahrscheinlich aus, wie Sie sagen. Bleiben nur noch Marisa und Annabelle.«

»Die Kollegen von der Gerichtsmedizin sagten, das verwendete Gift wirkt in kleinsten Dosen, zeitverzögert, dann aber sehr schnell und tödlich. Van Gedden muss es demnach nicht in diesem Raum zugeführt bekommen haben. Sollten Sie recht haben und es verbarg sich in einem der Bonbons, dann kann er es theoretisch in Annabelles Wohnung, auf seiner eigenen Yacht oder auf der von Hilmar Blunt bekommen haben.«

Er sah mich an. Zog seine Oberlippe leicht hoch. »An Ihnen ist eine Detektivin verloren gegangen. Annabelle und Sie: zwei Frauen mit Instinkt. Die spürte, dass Sie ihr vielleicht auf den Fersen waren, und Sie spürten, dass Sie vielleicht eine Mörderin vor sich hatten. Es kam zu einem Instinkt-Urknall.«

»Sie machen sich lustig über mich. Stattdessen würde ich dieses Bonbon und das Papierchen auf Fingerabdrücke hin untersuchen lassen.«

Er zog zwei kleine Plastiktüten aus seiner Jackentasche, in die er beides steckte. Ich fragte ihn, ob er Annabelles Wohnung durchsuchen lassen wollte.

»Es braucht einen triftigen Grund für einen Durchsuchungsbeschluss. Da reichen weder zwei Papierchen noch die Tatsache, dass sich zwei Frauen ankeifen, aus. Angreifen, meinte ich. Instinkt hin oder her.«

»Wenn ich die Täterin wäre«, sagte ich, »hätte ich längst alle Spuren beseitigt, die sich in meiner Wohnung befinden. Ich hätte das Spritzenbesteck entsorgt, das Gift, so noch welches übrig ist, ins Klo geschüttet, alles abgewischt und gereinigt. Wäre ich Polizist auf Spurensuche, würde ich all diese Orte noch einmal gründlich untersuchen. Bei Marisa und Annabelle, vielleicht sogar bei deren Schwester in der Apotheke.«

Golt gab einen zischenden Laut von sich und setzte sich aufs Bett, das mit einer Plastikplane abgedeckt war. »Und haben Sie auch Motive für die Damen im Angebot?«

Ich setzte mich zu ihm. »Marisa hat herausgefunden, dass ihr Mann nicht nur pleite war, sondern obendrein noch fremdgegangen ist. Das kann einen schon mal auf ungute Gedanken kommen lassen.«

Golt kratzte sich hinterm Ohr. »Mord aus Eifersucht? Soll es schon gegeben haben. Und was ist mit der Nebenbuhlerin?«

»Unter der Annahme, dass Richard reich war, wäre Annabelle Nutznießerin durch seinen Tod geworden. Sie hat einen Sohn mit ihm, das hat sie Cara vorhin gesagt. Mit ihm als Erben wäre Annabelle sofort reich gewesen und hätte nicht auf Richards natürliches Ableben warten müssen, wenn Paul vielleicht schon alt genug gewesen wäre, um selbst über das Geld zu verfügen. Je früher er starb, desto besser für sie.«

»Habgier ist ein Motiv. Aber wir haben keinerlei Beweise, und zur Tatzeit besitzt sie offenbar Alibis, von denen Sie schon eins bestätigt haben.«

»Deshalb könnten die Papierchen die Lösung bringen. Wenn man daran Gift und Fingerabdrücke oder Hautpartikel nachweisen kann, überführen wir den Mörder, oder etwa nicht?«

Er steckte die beiden Plastiktütchen zurück in seine Jackentasche, sah mich an und legte seinen Arm um mich. »Sie sind ganz schön auf Zack.«

Dann beugte er sich zu mir vor, berührte mit seinen Lippen mein Gesicht. In mir zündete ein Urknall seiner ganz eigenen Art.

»Hallo, ist da jemand?«

Golt hielt an meinem Mund inne. Jemand war in den Brückenraum gekommen.

»Hallo!«, rief die Männerstimme. Wir hörten Schritte. Golt stand auf, fummelte an dem Pistolenhalfter unter seinem Jackett herum und zog seine Waffe. Ich konnte nur hoffen, dass die nach seinem Rhein-Fall noch schoss. Die Türe zum Container öffnete sich. Leander Winterhaus kam herein. »Störe ich?«

Golt ordnete seinen Pistolenhalfter, steckte die Waffe wieder hinein und atmete kurz aus. »Wir haben nur etwas recherchiert. Ich muss dann auch los.« Er drehte sich zu mir um und versprach, mich auf dem Laufenden zu halten. Mein Urknall schwoll ab.

»Hat der Kommissar dich geärgert, du wirkst so aufgewühlt«, fragte Leander und setzte sich zu mir. »Willst du noch putzen?«

Danach war mir längst nicht mehr, andererseits brauchte ich noch immer Geld und hatte versprochen, diesen Job zu übernehmen. Auch wenn es mir vor diesem Ort längst gruselte. Wir verständigten uns darauf, dass ich nur die Toilette putzte und in der Tabelle, die dort aushing, Datum und Uhrzeit eintrug.

SÜSSE GEFAHR

Leander war in Eile, stand im Parkverbot und ging rasch wieder. Also nahm ich den Putzeimer und füllte ihn mit Wasser. Als ich damit aus dem Container in die Halle trat, stand dort Annabelle.

»Was wollen Sie denn hier?«, fragte ich.

»Der Herr Kommissar hat die Türe nicht richtig geschlossen, da dachte ich, ich schaue mich mal um.«

Ihr Blick war kalt.

»Machen Sie das. Ist ein faszinierender Ort.« Mein einziger Gedanke war, wie ich an ihr vorbei und aus ihm heraus kam. Sie hatte sich umgezogen, trug eine Jeans mit weißen Turnschuhen, so wie ich.

»Was machen Sie hier?«, fragte sie.

»Ich putze die Toilette.«

Sie stieß einen verächtlich klingenden Ton aus. »Die Toilette. Mit Golt?«

»Der holt nur schnell ein Putzmittel. Kommt jeden Moment wieder.«

»Willst du mich verarschen?« Sie klang herrisch.

»Wir haben geknutscht. Darf keiner wissen. Wir sind beide verheiratet.«

»Was für einen Scheiß erzählst du denn da?«

»Annabelle, was suchen Sie hier?« Ich wollte sie irgendwie ablenken. Diese Frage war jedoch die schlechteste aller Ideen. Die musste sie nur noch mehr provozieren. Sie trat zur Seite und nahm einen Spaten, der an der Containerwand lehnte. Ich war nur mit einem Putzeimer bewaffnet.

»Machen Sie keinen Quatsch, Annabelle. Was soll das werden? Ein Mord? Gleich neben Richards Unglücksstelle? Gleich hier vorne war er begraben.« Ich zeigte nach links, und ihr Blick folgte meinem Finger. Diese Sekunde nutzte ich, schüttete ihr das Wasser aus meinem Eimer entgegen und versuchte, so schnell ich konnte an ihr vorbeizurennen. Raus aus der Brücke. Nur weg. Sie kam hinter mir her mit einem Brüllen, das mir durch Mark und Bein ging. Ich rannte auf die Tür zu, riss sie auf und warf sie gleich hinter mir wieder zu. Ein lautes Geräusch in meinem Rücken klang, als hätte Annabelle den Spaten von innen gegen die Tür geworfen. Ich rannte die Rampe hoch, hörte, wie sich die Türe wieder öffnete. Oben auf der Straße liefen Passanten auf dem Weg zum Rhein, und Leander kam mir entgegen.

»Linda, ich habe den Wagen umgeparkt und wollte dir noch ein paar alte Fotos aus unserer Tanzstunde zeigen.«

»Vorsicht!«, rief ich ihm entgegen und sah mich um. Annabelle stolperte über die kleine Leiste der Türschwelle und fiel samt Spaten hin.

»Wer ist das?«, fragte Leander und sprach sie an, »brauchen Sie Hilfe?« Er wollte zu Annabelle hinuntergehen, aber ich hielt ihn fest.

»Geh nicht zu ihr. Die ist gefährlich«, warnte ich.

Sie lag auf dem Spaten, dessen Schaft ein Stück unter ihr hervorschaute. Vielleicht hatte sie sich verletzt, aber das Risiko, wieder angegriffen zu werden, wollte ich nicht eingehen. Ich rief Golt an und bat ihn, sofort zurückzukommen. Der lief gerade unter der Severinsbrücke her auf dem Weg zu seinem Auto, wollte schnell umkehren.

Aus gehörigem Abstand, am oberen Ende der Rampe, fragte ich Annabelle, ob sie einen Arzt brauchte. Sie richtete sich auf, zog den Spaten unter sich hervor und warf ihn gegen die Mauer neben ihr. »Ich war so nah dran.«

»Wo waren Sie nah dran?«, fragte ich, meine Entfernung haltend.

Langsam sammelten sich Passanten und schauten uns zu. Leander versuchte, sie zum Weitergehen zu bewegen. Jemand fragte, ob wir einen Film drehten.

»Ich drehe gleich durch, wenn Sie nicht weitergehen«, rief ich.

Golt kam. Er stand hinter einem Teenager als Sozius auf einem E-Scooter. Seine Haare wehten im Fahrtwind, sein graues Sakko flatterte. Der E-Scooter war eben doch der Mustang-Hengst des Städters.

Als er abstieg, gab er dem Jugendlichen einen Geldschein und bedankte sich für die spontane Unterstützung seiner Polizeiarbeit.

Ich zeigte auf Annabelle, die am unteren Ende der Rampe noch immer auf dem Boden hockte. »Seien Sie vorsichtig, die ist ein Raubtier mit kurzer Zündschnur.«

»Was meinen Sie damit?«

»Die haut.«

Ich versuchte, beruhigend auf sie einzureden, erkundigte mich, wie es ihr ging und warum alles umsonst gewesen sein soll.

»Sie wissen ja nicht, wie das ist, wenn man immer nur den Wurstzipfel vor sich sieht und nie richtig drankommt. Dann bekommt man sein Kind, und es ändert sich nichts. Man wird weiter verheimlicht. Paul sollte mal die ganze Wurst bekommen.« Sie sank in sich zusammen. »Aber von Ihnen lasse ich mir keinen Mord anhängen, den ich nicht begangen habe.«

Golt schaltete sich ein. »Frau Hartung, sollten Sie die Bonbons vergiftet haben, finden wir das raus, da können Sie sicher sein, selbst wenn Sie versucht haben, alle Spuren zu beseitigen. Unsere Kriminaltechnik findet immer was«, er ging ein paar Schritte auf sie zu, zog sein Aufnahmegerät und hielt es in ihre Richtung.

»Ja, ich habe Bonbons mit Gift versehen, aber in letzter Minute habe ich sie wieder aussortiert. Ich konnte mich doch nicht entschließen, sie ihm zu geben. Ich weiß nicht, wie Richard an eins davon gekommen ist. Nicht von mir. Ich habe die alle weggeschmissen.«

»Alle? Wie viele waren es denn?«

»Fünf.«

»Wo haben Sie die entsorgt?«

»Im Küchenmüll.«

Golt rief in seinem Büro an und forderte Kollegen zur Deutzer Brücke an, sowie zwei weitere, die sich vor dem Kranhaus Nord sammeln sollten. Er selbst würde auch gleich dort sein. Von Annabelle Hartung ließ er sich die Wohnungsschlüssel geben, die sie nur widerwillig herausrückte.

FREUNDE?

Mit wunden Füßen und schweren Beinen kam ich zurück in den Hafen gelaufen. Ich tastete mich in der Dunkelheit die Kaimauertreppe hinunter und war froh, dass ich meinen Schlüssel für die Metalltür zum Hauptsteg bei mir hatte. So musste ich nicht wieder im kalten Wasser um sie herum schwimmen. Stattdessen freute ich mich darauf, ein wenig Ruhe im Sitzsack neben der *Happy Days* zu genießen. Als ich auf den Hauptsteg einbog, hörte ich schon von Weitem Musik. Fritz und Marta tanzten miteinander. Bei näherem Hinsehen erkannte ich, dass sie Wange an Wange einander stützten, damit sie nicht umfielen. Dabei bewegten sich ihre Füße nur ganz leicht. Beide wirkten angetrunken auf mich. Hilmar saß auf seinem Boot und sah ihnen zu, eine Flasche Bier in der Hand.

Golt hatte Annabelle aufs Präsidium bringen lassen. Zusammen mit dem Bonbon und dem Papier. Sie hatte wohl verstanden, dass die Wurst, wie sie es nannte, inzwischen gegessen war. Richard hatte sich am Buffet des Lebens zu sehr bedient und es leer zurückgelassen. Leider ließ er auch fünf Kinder zurück. Mindestens zwei davon hatten seine Liebe nie erfahren. Was für ein Jammer. Es dämmerte, und ich gesellte mich zu unserem Tanzpaar, zu Fritz Astaire und Ginger Rogers des Rheinauhafens.

»Wie schön, dass ihr wieder frei seid«, sagte ich. Hille murmelte etwas von Formsache. Fritz lud mich zu einem Bier ein, ohne sich von Martas Wange zu lösen. Nach diesem Tag hatte ich es mir verdient, wie ich fand. Ich holte mir eine Jacke von meinem Boot, denn es wurde kalt, während Hille barfuß, in kaputter Jeans und zerschlissenem T-Shirt offenbar nicht fror. Bens Parkbucht stand immer noch leer. Es war nun dunkel, das hieß, heute würde er nicht mehr nach Hause kommen. Zum gefühlt hundertsten Mal rief ich Maikes Handy an. Wieder nur die Mailbox.

Als ich zurückkam, fragte ich die beiden Jungs, warum man sie festgenommen hatte. Zögernd erzählten sie, dass sie mit der *Speedy Gonzales* Richard auf dem Wasserweg zur Deutzer Brücke gefolgt waren. Da man dort nicht gut festmachen konnte, blieb Fritz an Bord, um das Boot zu sichern, während Hilmar Richard van Gedden vor dem Brückeneingang auflauerte. Dort stellte er ihn zur Rede über den Verbleib seines Geldes in dessen Firma. Es kam zur Rauferei. Ben hatte Wind von der Sache bekommen und wollte eine Eskalation verhindern. Deshalb fuhr er mit dem Fahrrad zur Deutzer Brücke. Bevor er schlichtend eingreifen konnte, öffnete eine Frau von innen die Tür und zog Richard hinein. Danach hatte man Richard nicht mehr lebendig gesehen.

Hilmar kletterte von der *Big Wave* zu uns herunter, und ich berichtete ihnen davon, was ich mit Annabelle erlebt hatte.

»Ich wusste es ja schon immer, je schöner eine Frau, desto gefährlicher«, war Hilmars Reaktion. »Das liebe Geld macht uns alle noch verrückt. Weiß Marisa schon davon?«

Ihre Geschichte erzählte ich nun auch noch. Fritz nahm seine Wange von Martas und schaute zu Hille. Der stellte sein Bier ab, drehte um in Richtung *Big Wave*, nur um kurz darauf in einem dunklen Anzug und festen Schuhen zurückzukommen. »Ich muss zu ihr. In welchem Krankenhaus liegt sie?«

Ich bot an, ihn zu fahren, denn er war zu betrunken. Nach kurzem Zögern nahm er mein Angebot an und gab mir seinen Autoschlüssel. Sein Volvo stand oben in der Nähe von Golts Camper. Während der Fahrt dachte ich über Richard nach. Ihn wollten gleich zwei Frauen umbringen. Er hätte umsichtiger leben sollen. Ehrlicher.

Hilmar zog seinen Gurt hin und zurück. »Wird sie wieder gesund?«

»Marisa? Soweit ich weiß, ja.«

»Sie ist ein ganz besonderer Mensch.« Er fuhr sich mit der Hand über seinen Mund. »Eine Frau bat mich einst, ihr ihren Schal zu holen. Der hing an einem Antennenmast unterhalb meiner Wohnung im dritten Stock. Ich wollte der Dame imponieren und stieg über das Balkongeländer. Marisa stellte sich sofort zu mir und hielt mich am Hosengürtel fest. Auf ihre ganz eigene, unauffällige Art. Ich wäre sonst glatt von diesem Balkon gefallen, weil ich Hornochse nicht genügend Halt hatte. So ist sie.«

Er machte eine Pause. Marisa war also eine Heilige.

»Und wenn ich nicht so verdammt dumm wäre, hätte ich sie mir damals gegriffen und nie mehr losgelassen. Stattdessen konnte Richard sie kapern und in Besitz nehmen wie ein Pirat.«

Während ich Hilmar zuhörte, wurde ich das Gefühl nicht los, dass auch in ihm ein bis zwei starke Mordmotive brodelten. Auch er besaß die Starburst-Bonbons und konnte sie Richard mit einem Schuss Gift darin untergejubelt haben. Annabelle hatte ihre Tat noch nicht gestanden. Auf jeden Fall schien es mir angebracht, ihn auf Marisas Zimmer zu begleiten. Seine Anspannung schien mit jeder Minute zu steigen.

Ich versuchte, ihn abzulenken. »Siehst gut aus in deinem Anzug.«

»Du findest nicht, dass ich ein bisschen unjugendlich ausseh in dem Ding?«

»I wo.«

Vorm Eingang des Krankenhauses ließ ich ihn aus seinem eigenen Auto aussteigen. Er fragte nicht, ob ich auf ihn warten oder heimfahren wollte, er stürmte gleich durch den Eingang. Vorsichtig parkte ich seinen schwarzen Volvo, wollte auf keinen Fall einen Kratzer in ein so teures Auto machen und folgte ihm. Eine Dame mit langen roten Haaren und blauer Hornbrille am Empfang nannte mir Marisas Zimmernummer, und ich beeilte mich, sie zu finden. Auf den Gängen war es ruhig, so gut wie keine Besucher, die Uhr in der Eingangshalle zeigte halb neun. Ich klopfte an die Tür von Zimmer 201. Drinnen hielt Hille Marisas Hand. Sie sprachen nicht viel, schauten sich an. Ich wusste, dass ich störte. Unter normalen Umständen wäre ich gar nicht erst hereingekommen. Unter diesen unnormalen Umständen blieb ich jedoch, näherte mich vorsichtig Marisas Bett und begrüßte sie leise. Ihr linkes Bein lag in Gips, eine Schulter und die Stirn waren bandagiert.

»Wie geht es dir?«, fragte ich, »es tut mir so leid.«

»Mir tut es leid. Ich hätte das nicht tun sollen.«

»Das ist Richard doch nicht wert«, sagte Hilmar und strich über eine Körperstelle, die noch verbandfrei war.

»Sprich nicht so über ihn.« Sie versuchte, sich aufzurichten, Hille half ihr dabei. »Du kanntest ihn nicht so wie ich. Wenn man hinter seinen Männlichkeitsklimbim schaute, war er verletzlich. Seit seiner Kindheit hatte er Angst vor seinem Vater. Der respektierte ihn nur, wenn er erfolgreich war. Davon konnte sich Richard nie richtig befreien. Ich war die Einzige, die ihn verstand. Dafür hat er mich geliebt. Ganz gleich, mit wem er sonst noch ins Bett stieg.«

»Erzähl mir nicht, dass es dir egal war.«

»Nein, das war es nicht.«

»Und du wusstest schon lange, dass Richard seine Geschäftspartner und Investoren hintergeht. Warum sonst hättest du mir finanziell unter die Arme gegriffen und meine beiden Boote freiwillig vollkommen überteuert gekauft? Du wusstest doch längst, dass ich meine Investitionen in Richards Firma nie mehr wiedersehen würde. Auch als er mich noch hinzuhalten versuchte.«

»Mein Vater hatte mich gewarnt und eine finanzielle Schieflage in Richards Firma befürchtet, wusste aber auch noch nichts Genaues. Er hat versucht, so viel von den Vermögenswerten für mich und die Kinder zu retten wie möglich. Es tut mir leid, dass du in Mitleidenschaft gezogen worden bist. Das wollte ich nicht. Deshalb mein großzügiges Angebot für deine Yacht und die *Speedy Gonzales*. Selbstverständlich kannst du beide weiterhin benutzen oder bewohnen. Lass uns erst mal Klarheit über die Insolvenz gewinnen, dann sehen wir weiter.«

Ein Pfleger kam herein und brachte eine Flasche Wasser, machte uns darauf aufmerksam, dass es schon spät sei und Frau van Gedden dringend Ruhe benötigte. Wir versprachen, nicht mehr lange zu bleiben.

»Wusstest du, dass er mit dieser Annabelle einen Sohn hatte?«, fragte Hille.

Sie schaute nach links in Richtung Fenster. »Wenn ich dir Kinderbilder von Richard zeige, erkennst du sofort die Ähnlichkeit. Sein Feuermal auf dem Oberschenkel war der letzte Beweis, den ich nie brauchte. Richard hat es auch genau dort.«

Hille rieb sich die Augen. »Und das hast du all die Jahre mitgemacht?«

»Es ist schwer zu verstehen, aber ich habe immer nur gelebt, wenn er mich sah. Irgendwie gab es mich nicht, wenn er mich nicht sah. Dieser Mann ist mein Schicksal und ich bin seins.«

Hilmar stand auf. »Das ist Blödsinn, Marisa, dein Schicksal bist du selbst. Unser Schicksal ist jeder von uns selbst.«

Er ging ans Fenster. Von hinten sah ich, wie er sich mit den Händen durchs Gesicht fuhr. Als er sich wieder gefangen hatte, kam er zurück. »Sie haben Annabelle festgenommen. Man nimmt an, dass sie die Mörderin ist.«

Marisa schluckte, reagierte ansonsten nicht.

»Noch bestreitet sie alles«, sagte ich. »Seit wann hat Cara einen Schlüssel zu Annabelles Wohnung?«

»Cara hat mit der Sache nichts zu tun.« Marisas Stimme wurde lauter.

»Seit wann?«, fragte ich noch einmal.

»Cara hat mit der Sache nichts zu tun«, wiederholte sie.

»Wieso hat sie denn diesen Schlüssel?«, wollte ich wissen.

Marisa schaute an die Decke über ihr und schwieg einige Sekunden. »Richard musste Insolvenz beantragen. Deshalb schickte mein Vater einige seiner Leute, um das Verfahren möglichst reibungslos abzuwickeln. Richard wollte und konnte sich nicht darum kümmern. Diese Firma war sein Leben. Es war ihm unmöglich, sie abzuwickeln. In diesem Zusammenhang wurden die Vermögenswerte aufgelistet, die mein Vater über die Jahre von

Richard gekauft und auf mich übertragen hatte, um der Firma aus finanziellen Engpässen zu helfen. Richard verwaltete die nur noch. Dazu gehörten die Wohnungen im Kranhaus Nord.«

»Gleich mehrere?«

»Zwei.«

»Die eine liegt im 13. Stock, dort war ich heute selbst, wo liegt die andere?«, fragte ich.

»Genau darüber.«

Hilmar schaltete sich ein. »Was sollen diese Fragen, Linda? Willst du Marisa quälen?«

»Möglicherweise läuft der Mörder noch frei rum«, antwortete ich. »Das könnte für sie gefährlich werden.«

Er gab mir mit einer Geste zu verstehen, dass ich den Raum verlassen sollte. Ich blieb jedoch, hatte noch Fragen. »Wenn die Wohnung Ihnen gehört, warum hatte Cara den Schlüssel?«

»Es ist genug, Linda.« Hilmar sah mich zornig an, während Marisa wie ein Mantra den Satz wiederholte, dass Cara mit all dem nichts zu tun habe. Tränen liefen ihr nun durchs Gesicht. Sie schloss die Augen.

»Siehst du, was du angerichtet hast?«, sagte Hilmar, »verschwinde!« Er deutete mit dem Kopf in Richtung Türe.

»Wo ist Cara?«, fragte Marisa und bat ihn, sie anzurufen. Die Nummer wollte sie ihm diktieren. Dann entschied sie um. »Das Kind ist unschuldig. Versprecht ihr mir, sie da rauszuhalten?«

»Wo sollen wir sie raushalten?«, fragte Hille.

Sie öffnete die Augen, schaute an die Decke, eine Träne lief seitlich in ihren Kopfverband und versickerte im Mull. »Ruf Dr. Rosenstein an und diesen Kommissar. Die sollen beide kommen.« Sie klang ernst und klar.

Hilmar stand von ihrem Bett auf, zog sein Handy aus der Tasche. »Bist du sicher, dass du auch den Kommissar willst? Vielleicht erst mal nur Dr. Rosenstein?«

Sie wollte reinen Tisch machen, und dazu brauchte sie beide. Während sie Hille Rosensteins Nummer diktierte, wählte ich bereits Golts Nummer, erklärte ihm, worum es ging. Er untersuchte Annabelles Wohnung mit den Kollegen der Kriminaltechnik, versprach, sofort zu kommen.

Hilmar nestelte an ihrem Bettzeug, zog es in einer zärtlichen Geste ein wenig höher zu ihr hoch. Sie bat um Wasser und erzählte, was am Tag vor Richards Tod vorgefallen war. Ihr Vater hatte ihm die Verwaltung aller Objekte entzogen, die ihr gehörten, und wollte die Schlüssel der Immobilien. Offiziell standen die beiden Appartements im Kranhaus leer. Das eine sollte renoviert werden für die nächste Vermietung, über das andere wusste sie, dass Annabelle es bewohnte, auch wenn ihr Name nicht auf dem Klingelschild stand oder in anderen Unterlagen als Mieterin auftauchte. Dieser Umstand hatte Marisa dazu bewogen, die *Blue Sky* zu kaufen und sie an einer Stelle des Hafens zu platzieren, von wo aus man die Wohnung und deren Balkon sehen konnte. Annabelle und Richard sollten wissen, dass Marisa sie beobachtete. Vom Schiff aus hatte man einen guten Blick auf den Balkon. Als sie die andere, zweite Wohnung inspizierte und dort auf den Balkon ging, der genau über dem von Annabelle lag, hörte sie die mit einem Mann darüber sprechen, dass sie nicht mehr daran glaubte, durch Heirat an Richards Geld zu kommen. Pauls Geburt hatte an ihrem Status als Geliebte nichts geändert. Über den Jungen würde sie jedoch miterben, wenn Richard starb. Und das sofort, nicht erst in Jahren. Zusammen mit diesem Mann besprach sie, wie sie die Bonbons besorgt hatte, die er ständig aß. Fünf grüne davon hatte sie mit Gift präpariert. Die würde sie ihm unauffällig unterjubeln. Er würde sie alle essen, wie bisher auch immer. Dann mussten sie nur abwarten und wären zusammen mit dem kleinen Paul endlich reich. Niemand würde ihr auf die Schliche kommen. Selbst wenn. Da er diese Bonbons nicht nur von ihr, sondern auch von Marisa bekam, könnte man nicht nachweisen, von wem das Gift stammte. Es wäre der perfekte Mord. Marisa wartete, bis Annabelle nach diesem Gespräch das Haus verließ, und ging mit dem Schlüssel, den sie jetzt besaß, in deren Wohnung. Dort fand sie die besagten Bonbons tatsächlich auf der Küchentheke. Sie sah sie lange an. Wollte sie vernichten, dann auch wieder nicht. Schließlich verließ sie die Wohnung unverrichteter Dinge. Am nächsten Tag sah sie, wie der kleine Paul, der zu Besuch auf der *Blue Sky* war, fünf Bonbons in ihre Glasschüssel mit dem Goldrand gab. Der Kleine wußte, dass er die Grünen nicht anrühren durfte, sondern sie für Richard aufbewahren musste. Dafür bekam er die Bonbons in den anderen Farben geschenkt. Marisa war sich nicht sicher, ahnte aber, um welche Bonbons es sich handelte, und ließ sie in der Schüssel. Ignorierte sie. Niemand außer

Richard bediente sich daraus. Niemand mochte die grünen oder hätte gewagt, sie ihm wegzuessen. Also bestand kaum die Gefahr, dass jemand anderer zu Tode kommen würde. Es entstand eine Situation wie im russischen Roulette. Als dann die Nachricht über seinen Tod kam, traf der Schmerz sie mit großer Wucht, und Richards Verlust zog ihr den Boden unter den Füßen weg. Aber überrascht war sie nicht.

»Warum hast du nichts unternommen und diese Frau hochgehen lassen?«, fragte Hilmar.

»Das wollte ich. Und auch nicht. Nach einer schlaflosen Nacht kam ich zu dem Entschluss, Richard dieses Ende finden zu lassen, wenn es denn so sein sollte.«

»Warum?« Hilmar zog sich das Jackett aus und löste die obersten Hemdknöpfe. Seine Hände zitterten.

»Das verstehst du nicht. Richard betrachtete sich und sein Leben als verwirkt. Er hatte alles verloren, was ihn ausmachte, sprach von Selbstmord, weil er damit nicht leben konnte. Den Gedanken, von meinem oder dem Geld meines Vaters zu leben, fand er unerträglich. Und so überließ ich ihn zum ersten Mal in meinem Leben seinem Schicksal. Annabelle hatte er sich selbst ausgesucht. Damit auch sein Ende.«

Offenbar kauften die Frauen in seinem Leben ihm diese Bonbons, um für ihn seine Lieblingssorte herauszufiltern. Wie für ein Kind. Alle hatten sie Kinder von ihm. Und alle wollten seinen Tod oder nahmen ihn zumindest in Kauf. Augen auf bei der Partnerwahl konnte man da nur sagen.

Hilmar legte seinen Kopf auf ihr Bettzeug. Sie strich ihm über sein Haar. Schweißflecken traten durch sein Hemd.

Dann hob er den Kopf und blickte zu mir. »Kann sie dafür belangt werden?«

»Was fragst du mich? Ich bin nicht der Kommissar.«

»Aber du hängst doch ständig mit ihm ab.«

»Deshalb gehöre ich noch nicht zur Polizei.«

»Du hast doch Einfluss auf den Mann. Nicht umsonst steckst du dauernd in seinem Camper, meinst du, das haben wir nicht alle gesehen? Du hast doch was mit dem am Laufen.«

»Wie kommst du denn darauf?«

»Was habt ihr denn in seinem Wohnmobil die ganze Zeit gemacht?«

»Eis gegessen.«

»Willst du mich verarschen?« Schweißperlen traten auf seine Stirn. »Kann das hier nicht unter uns bleiben? Marisa hat doch praktisch nichts getan.«

»Ja, leider. Hätte sie ein wenig mehr getan, könnte Richard vielleicht noch leben.«

Er lehnte sich zu mir herüber und sagte leise, fast flüsternd: »Dann hätte ihn diese andere Frau umgebracht.«

»Schon möglich, aber nicht gewiss. Wenn du keine Mitwisser haben willst, musst du mich schon auch umbringen«, sagte ich.

Es wurde still. Beide schauten mich an.

EIS-KALT

»Marisa«, rief ich. »Halt Marisa, stopp!«

Mir wurde heiß. Ich rang nach Luft. Atmete schwer. Wollte Marisa festhalten. Erwischte nur ihren Ärmel. Aber es ging alles so schnell, ich war machtlos, konnte nichts tun.

Ich riss meine Augen weit auf. Wollte um Hilfe rufen, als ich feststellte, dass ich wieder einmal aus einem bösen Traum erwachte. Die Bilder von Marisa, wie sie vom Balkon sprang, hatten mich im Schlaf verfolgt. Es brauchte einige Sekunden, bis ich verstand, dass sie noch lebte und ich nur geträumt hatte.

Ein neuer Tag brach an, mein Mordverdacht hatte sich aufgelöst, ich war frei. Auf allen vieren kroch ich aus meiner kleinen Schlafkoje und brauchte einen starken Kaffee. Als ich die drei Stufen hinunter auf dem Weg in meine kleine Küche am anderen Ende des Bootes ging, spürte ich, wie das Boot in Bewegung kam. Wellengang im Hafen. Ein Schiff kam herein. Ich stieg die Stufen wieder hoch, öffnete das Schloss und zog die alte Holzschiebetüre auf. Die Sonne ließ das Weiß der Boote um mich herum strahlen. Das Tuckern eines Dieselmotors kam naher. Die *Tobago Sun* steuerte auf ihren Liegeplatz zu. Draußen am Bug stand in einem flatternden Kaftan Maike, die mir zuwinkte, als sie mich sah. Sachte schwenke das Boot in seinen Liegeplatz ein. Ben sprang auf den Steg und befestigte Leinen. Beide waren bester Laune. Sie hatten einen kleinen Ausflug machen wollen, mussten dann aber schon nach einer Stunde mit einem Motorschaden im Zündorfer Hafen festmachen, um die Sache zu reparieren. Ben hatte geschraubt, Maike gekocht, gemeinsam vergaßen sie die Zeit. Ihre Handys hatten beide keinen Saft mehr, aber wer sollte sie schon anrufen? Gemeinsam hatten sie über Kunst philosophiert und Pläne geschmiedet. Sie wollten sich ein Atelier teilen, einander inspirieren und, wenn sie müde wurden, Boot fahren. Dass Ben zwischenzeitlich polizeilich gesucht wurde, ich Maike zu meiner Entlastung dringend gebraucht hätte und einem Selbstmordversuch beiwohnen musste, sogar von Annabelle bedroht wurde, an ihnen war das alles spurlos vorübergegangen.

»Linda, wer würde dich ernsthaft verdächtigen, einen Menschen umgebracht zu haben?«, sagte Maike. »Jeder weiß, dass du dich vor ein Auto werfen würdest, um einer Raupe über die Straße zu helfen. Selbst der Kommissar. Der kennt dich doch.«

Ich schlug vor, erst mal Kaffee für alle zu kochen. Aber Maike wollte mit einem der Mietfahrräder, die oben an der Straße standen, zu den Handwerkern in ihrer Wohnung fahren und danach das neue Camping-Heim auf ihrem Autodach anschauen. Ben wollte sie begleiten. Mittags kämen sie gerne zum Kaffee. Ich blickte ihnen nach, wie sie den Seitensteg entlang liefen, und wollte mich gerade wieder in meine *Happy Days* zurückziehen, als ich ein leises Surren hörte. Es kam vom Wasser. Ich sah mich um, konnte das Geräusch aber nicht zuordnen. Es wurde lauter, und ich sah ein großes Spielzeugboot, etwa einen Meter lang, zwischen der Kaimauer und den Schiffen fahren. Ich ging vorbei am Sitzsack zum Ende des Seitensteges. Das Schiffchen fuhr geradewegs auf mich zu. Es war ein offenes Sportboot, außen weiß und innen rot. Auf dem

Sitz hinter dem Steuerrad lag ein Briefumschlag. In großen Lettern stand darauf: *An Linda*. Ich sah mich um, auf dem Steg stand niemand, der das kleine Boot hätte steuern können. Dann blickte ich auf, oben auf der Hafenpromenade, hinter dem Geländer stand Adrian mit einem Gerät in der Hand, das aussah wie eine Fernsteuerung. Das Bötchen kam längsseits, ich legte mich flach auf den Steg und nahm den Umschlag heraus, um ihn gleich zu öffnen. In ihm befand sich eine Karte:

Einladung
Morgen Abend 19 Uhr
zu einem Fünf-Gang-Dinner
in der CASA Weißenberg,
einem Haus, dem sein Herz fehlt.
Deins.
Eines solltest Du wissen:
Noch immer schmecke ich Salz,
wenn Du weinst.

Ich setzte mich auf den Sitzsack. Alles war möglich in diesen Tagen. Und das war gut so. Auf keinen Fall wollte ich einen Hass-Bumerang in meinem Leben. Ich wollte frei sein.

Ich sah hoch zu Adrian. Seine Haare wehten im Wind, sie schienen etwas grauer über die letzten Tage geworden zu sein. Ich hob meinen Daumen und nickte ihm zu, um zu zeigen, dass ich kommen würde. Er warf mir einen Handkuss zu und ging.

Von meinem letzten Geld würde ich mir erst einmal ein paar Brötchen zu meinem Kaffee beim Bäcker oben im Hafengelände kaufen. Ich zog mich an und lief über den

Hauptsteg. Als ich an Martas Boot vorbeikam, wuchtete sie gerade ihren Koffer von Bord.

»Mein Mann und ich wollen es noch einmal miteinander versuchen«, sagte sie. »Kostet ja nichts, es zu testen.«

Vielleicht ein paar Tränen, dachte ich und half ihr mit dem Koffer die Steintreppe hinauf.

Oben auf dem Hafenparkplatz stand Golts Camper. Er selbst saß auf einem von zwei Klappstühlen vor dem Wagen und trank Kaffee unter einer Markise, die am Auto befestigt war. Golt lud mich ein, mich auf den anderen Stuhl zu setzen und einen Kaffee mit ihm zu trinken. Das Angebot nahm ich gerne an, als eine junge Frau mit einem ungewöhnlichen Lastenfahrrad aufs Hafengelände fuhr. Sie hatte Mühe, die Kurve zu nehmen, ohne die Balance zu verlieren. Golt kam aus seinem Nugget und begrüßte sie, hatte sie offenbar sogar bestellt. Sie klappte den Lastenteil auf, sodass eine Fläche von zwei mal drei Metern entstand, und erklärte ihm, wie diese fahrende Eisdiele funktionierte. Ich schaute hinein und sah vier Kübel mit verschiedenen Sorten Speiseeis darin. Sie bot mir gleich eine Portion an, Herr Golt habe das Rad schließlich für den ganzen Tag gemietet. Zum All-you-can-eat-Tarif. Wenn ich mir die Kübel und deren Größe so ansah, handelte es sich vielleicht eher um einen All-you-can-survive-Tarif. Sollte er das alles verzehren, war er spätestens in ein paar Stunden von innen tiefgefroren. Die junge Frau überreichte ihm zwei Schriftstücke, die er bitte unterschreiben möge, ein Exemplar war für sie. Dann verabschiedete sie sich und nahm einen der E-Roller, die rund um das Hafenbecken standen, um davonzufahren.

»Was hat es damit auf sich?«, fragte ich ihn. »Ein Urlaubstag am Hafen mit Eis?«

»Was Sie hier sehen, ist vielleicht meine Zukunft«, antwortete er. »Meinen Urlaub verbringe ich in Bologna, dort belege ich an der Eis-Universität den Gelato-Grundkurs.«

»Sie nehmen mich auf den Arm.«

»Nein, die Uni gibt es wirklich. Kommen Sie mit mir. Vielleicht liegt im Eis ja auch Ihre Zukunft.«

Ich wusste nicht, wie ich mir meine Zukunft als Misses Softy vorstellen sollte. Er stöberte in dem aufgeklappten Teil des Fahrrads, wo er Hörnchen und Pappbecher fand. Einen davon füllte er mit Walnusseis.

»Hier, nehmen Sie, habe ich extra für Sie bestellt. Warten Sie noch einen Moment. Bin gleich zurück.«

Er stieg in seinen Camper ein und kam mit einer Flasche Eierlikör zurück. Davon schüttete er so viel in meinen Becher, den ich ihm hinhielt, dass der fast überlief. Auf nüchternen Magen würde diese Eis-Gemengelage wahrscheinlich für einen Schwips sorgen. Aber es schmeckte richtig gut.

Mit einem eigenen, ebenfalls randvollen Eisbecher setzte sich Golt auf den Stuhl neben mir. »Vielleicht wollen Sie sich ja auch mit diesem Fahrrad eine Zukunft aufbauen. Eis wird immer gekauft. Und ich wäre Ihr erster Kunde.«

Die Aprilsonne wurde langsam wärmer. Der Mai stand vor der Tür. Mit ihm die Eissaison. Es gab schlechtere Ideen, um sein Geld zu verdienen. Einige davon hatte ich schon ausprobiert.

Weitere Titel finden Sie auf den folgenden Seiten und im Internet:

WWW.GMEINER-VERLAG.DE